VLM

Lee Roddy

Hinterhalt im Hochland

Ein amerikanisches Abenteuer

VLM

Verlag der
Liebenzeller Mission
Lahr

Die Deutsche Bibliothek – CIP-Einheitsaufnahme

Roddy, Lee:
Ein amerikanisches Abenteuer / Lee Roddy. –
Lahr : Verl. der Liebenzeller Mission.
Bd. 9. Hinterhalt im Hochland / [aus dem Amerikan.
durch Johannes W. Volkert]. – 1995
(Edition C: K, Paperback für junge Leute ; 46)
ISBN 3-88002-577-0
NE: Edition C / K

Die amerikanische Originalausgabe erschien unter dem Titel
»High Country Ambush« by Bethany House Publishers, Minneapolis, USA

ISBN 3 88002 577 0

Edition C – Bücher für junge Leute 56 146 (K 46)

Umschlaggestaltung: Grafisches Atelier Arnold, Dettingen/Erms
Umschlagbild: Bethany House Publishers, Minneapolis, USA
Gesamtherstellung: St.-Johannis-Druckerei, 77922 Lahr
Printed in Germany 12232/1995

Inhalt

Kapitel 1

Eine schreckliche Nachricht

Chris Corrigan straffte sich plötzlich und zügelte ihr Pferd. Das unerwartete Geräusch von brüllendem Vieh und unterdrückten Männerstimmen ließ sie argwöhnen, daß sich in dem dichten Nebel etwas Merkwürdiges abspielte.

»Brrr, Buster«, kommandierte sie leise. Sie schob ihren braunen, flachen Hut zurück, so daß er auf ihren hüftlangen, braunen Zöpfen auf ihrem Rücken ruhte, und spitzte ihre Ohren. Ihre blauen Augen versuchten vergeblich, den feuchten, trostlosen Nebel zu durchdringen. Er hing hartnäckig zwischen den leicht wellenförmigen Hügeln und sank schwer in die Täler.

Nachdem sie leise abgestiegen war, ließ Chris die Zügel fallen. Sie wußte, daß der alte Falbe nicht von der Stelle weichen würde. Auf Zehenspitzen schlich sie vorsichtig durch das winterbraune Gras auf die Geräusche zu.

Als sie die Umrisse von zwei Männern auf Pferden ausmachte, blieb das zwölfjährige Mädchen entsetzt stehen. Die Reiter trieben ein halbes Dutzend Ochsen in einen mit einem Gitter versehenen Lastwagen. Zum Schutz vor der Winterkälte trugen die Männer schwere Jacken. Ein dritter, ähnlich gekleideter Mann rannte durch den Stacheldrahtzaun, der zerschnitten und auf die Seite gezogen worden war. Er scheuchte das letzte Tier auf den Lastwagen und hob dann die Rampe, so daß sie die Ladefläche verschloß.

Zu den Reitern gewandt sagte er: »Laßt uns hier verschwinden, bevor sich der Nebel hebt.«

Der größere Reiter lachte leise. »Das dürfte wohl nicht vor dem Mittag geschehen, Zane.«

»Widersprich mir nicht!« fuhr Zane ihn an und ging zur

linken Seite des Lastwagens. »Bringt die Pferde in den Anhänger. Dann teilt ihr euch wie besprochen auf, und später treffen wir uns wieder.«

Der kleinere Mann lenkte seinen Rotfuchs von der Wiese auf die Sandstraße neben den Anhänger, der teilweise von dem Lastwagen verdeckt war. »Ich rate dir, diesmal einen guten Preis zu erzielen, Zane, sonst . . .«

»Sonst was, Smokey?« fragte Zane herausfordernd. Er wirbelte herum und blickte den Reiter mit flammenden Augen an.

Smokey zögerte. Dann schlug er die Augen nieder. »Nichts.«

Zane schaute zu dem hochgewachsenen Reiter auf. »Was ist mit dir, Al? Willst du mir etwa auch vorschreiben, wie ich die Sache abwickeln soll?«

Al zuckte die Schultern und duckte sein unrasiertes Kinn in die Wärme seiner alten Jacke. »Ich will nur meinen Anteil.«

»Den wirst du bekommen«, versicherte ihm Zane, wandte sich um und verschwand auf der anderen Seite des Lastwagens.

Chris' Herz machte einen Sprung. *Sie stehlen Bruder Bens Vieh!* Gerade wollte sie zu ihrem Falben gehen, als dieser den anderen Pferden zuwieherte. Chris' Herz begann zu jagen.

Sie warf einen Blick zurück, während der kleinere Viehtreiber rief: »He! Jemand beobachtet uns!« Er lenkte sein Pferd in schnellem Galopp in Chris' Richtung.

Das Mädchen wandte sich um und hastete zu Buster zurück. Es ergriff die Zügel und sprang mit einem leichten Satz in den Sattel. Dann zog es den Kopf des Pferdes hart herum, ließ ihm die Zügel frei und stieß die Knie in seine Flanken. Obwohl der Falbe schon dreiundzwanzig Jahre alt war, verfiel Buster in einen Galopp. Seine grobe Mähne kratzte Chris' Gesicht, als sie sich tief über den Hals des Pferdes beugte. »Schneller, Buster! Schneller!«

Mit nur leicht gehaltenen Zügeln hob Chris ihren rechten

Arm und spähte darunter hindurch nach hinten. Durch den Nebel konnte sie ihre vorüberfliegende Umgebung kaum erkennen, aber ein dunkler Schatten folgte ihr auf dem Fuß. Es war deutlich, daß ihr Verfolger schnell näher kam. In der Ferne konnte Chris Zanes zornige Rufe hören.

Buster jagte in schnellem Tempo einen Hügel hinauf und begann, auf der anderen Seite bergab zu laufen. Doch dann verfiel er plötzlich in ein Schrittempo. Chris erkannte sofort, wieviel Kraft das alte Pferd für den verzweifelten Ritt hatte aufwenden müssen. »Nur ruhig, Junge!« sagte sie leise und zog die Zügel an. »Ich hatte vergessen, daß du nicht mehr ganz jung bist.«

Als das Pferd heftig schnaubend stehenblieb, befreite Chris ihre Füße aus den Steigbügeln und stieg schnell ab. Suchend schaute sich das Mädchen in dem es umgebenden Nebel nach einem geeigneten Versteck um. Die freien, wellenförmigen Hügel boten nirgendwo Schutz, aber dann erspähte Chris links von sich einen tiefgelegenen Wasserlauf.

Chris stürzte darauf zu, blieb dann aber am Rand stehen: Aufgeregt suchten ihre Augen nach einer Möglichkeit, die gut sieben Meter tiefer liegende, felsige Sohle zu erreichen. Sie hielt den Atem an, um zu lauschen, aber die dröhnenden Hufschläge, die ihr gefolgt waren, hörte sie nicht mehr.

Er ist umgekehrt! dachte Chris mit einem Seufzer der Erleichterung. Sie ging wieder zu ihrem Pferd zurück. »Es tut mir leid, daß ich dich so schnell habe laufen lassen, Buster«, flüsterte sie und klopfte seinen Nacken. »Ich hatte solche Angst, daß ich vergaß, daß du kein Fohlen mehr bist.« Sie nahm die Zügel und ging vor dem Pferd her. »Wir müssen zu Bruder Ben und ihm erzählen, was geschehen ist. »Aber wir gehen lieber beide, damit du dich erholen kannst.«

Das Pferd schien durch den kurzen, wilden Ritt keinen Schaden genommen zu haben. Chris führte es durch die lange, von Eukalyptusbäumen gesäumte und mit Kies bedeckte Auffahrt zu Ben Strongs Ranch, einem einstöckigen Bau in spanischem Stil mit einer angebauten Küche, einem Tankhaus und einer dahinter liegenden Scheune. Der fünfundachtzigjährige ehemalige Sheriff und Ranger trat aus der mit Fliegendraht versehenen Veranda auf der Rückseite des Haupthauses.

»Du bist früh zurück«, stellte er in seinem weichen Tonfall fest.

»Reiter haben Ihre Ochsen gestohlen!« stieß Chris hervor. »Einer hat mich verfolgt, aber Buster und ich konnten entkommen.«

Die scharfen blauen Augen des alten Rangers weiteten sich überrascht; dann zog er ärgerlich die Augenbrauen zusammen. »Wann? Wo?« fragte er scharf, während er mit dem Rücken seines rechten Zeigefingers über seinen weißen Walroßschnurrbart strich. Er war fast einen Meter neunzig groß, trug einen weißen Cowboyhut, eine Jacke aus Schafsleder, blaue Jeans und lohfarbene Cowboystiefel.

Schnell berichtete Chris, was geschehen war. Sie schloß mit der Feststellung: »Ich vergaß, wie alt Buster ist, und ließ ihn zu schnell laufen. Als ich es merkte, hielt ich an. Der Ritt scheint ihm nicht geschadet zu haben.«

»Das ist gut. Hast du die Männer erkennen können?« fragte Ben Strong gespannt.

»Einigermaßen.« So gut sie konnte, beschrieb Chris kurz die drei Viehdiebe und fügte dann hinzu: »Oh, ich habe auch ihre Namen gehört: Al, Smokey und Zane.«

»Zane?« wiederholte der alte Ranger scharf und schüttelte dann seinen Kopf. »Nein, das kann nicht sein.« Der Mann ging zum Telefon, um den Scheriff anzurufen.

Was kann nicht sein? fragte sich Chris, während sie nach draußen eilte. Sie führte Buster zur Scheune, nahm ihm den Sattel ab und brachte ihn zurück in sein Gehege. Dann lief sie schnell zum Haus zurück, um den alten Ranger zu fragen, was er gemeint hatte.

Weil Ben Strong seit vielen Jahren Witwer war, hatte er Chris an diesem Morgen früh von daheim abgeholt, damit sie bei ihm saubermachte. Das tat sie regelmäßig. Manchmal erledigten sie und ihre Cousine Ruby Konning auch Arbeiten im Haus von Matthew Farnham, dem einzigen Bankier von Lone River, dessen Frau im Rollstuhl sitzen mußte, nachdem sie an Kinderlähmung erkrankt war. Die Farnhams benötigten die Dienste der Mädchen an diesem Tag nicht, und deswegen hatte Chris sich vorgenommen, Ruby zu besuchen, sobald sie ihre Arbeiten im Hause von Ben Strong beendet hatte.

Chris sparte ihr Geld, um Weihnachtsgeschenke kaufen zu können. Bis Weihnachten waren es nur noch gut zwei Wochen. Einen ganzen Dollar hatte sie bisher zurücklegen können. Das war eine beachtliche Summe, wenn man bedachte, daß viele Menschen während der Wirtschaftskrise des Jahres 1934 kaum Geld hatten. Wie immer hatte Chris nach der Arbeit Buster zu einem vergnüglichen Ritt gesattelt. Doch diesmal war sie mit den Viehdieben zusammengestoßen.

Chris betrat das Wohnzimmer und setzte sich auf einen der beiden Ledersessel. Sie hatten rote und weiße Rückenlehnen aus Rinderleder. Eine große, schwarze Bibel und ein Stapel von Westernromanen lagen auf dem Beistelltisch, der aus einem Buggy-Sitz gearbeitet war. An den Wänden hingen Bilder mit Szenen aus dem Cowboyleben, verrostete Sporne, Brenneisen und andere Erinnerungsstücke aus einem langen Leben unter freiem Himmel.

Ben Strong, der noch immer seine Jacke und seinen Hut trug, trat ein. Er setzte sich etwas hölzern auf ein altmodisches Sofa. Eine Decke mit einem leuchtenden Indianermuster in Rot und Schwarz lag über der hohen Rückenlehne des Sofas.

Chris fragte: »Was haben Sie damit gemeint, als Sie gerade eben sagten: ›Nein, das kann nicht sein‹?«

Ben runzelte die Stirn und fuhr sich mit der von Altersflecken übersäten Hand durch sein immer noch volles, schneeweißes Haar. »Ich erinnerte mich an einen Mann, den ich vor etwa zwanzig Jahren verhaftete. Er hieß Zane Vernon.«

»Sie glauben, daß er der Mann ist, den ich gesehen habe?«

»Das ist nicht sehr wahrscheinlich. Jener Zane, den ich verhaftete, floh nach Texas, wo er noch immer eine lebenslange Strafe absitzt für einen Doppelmord, den er dort beging.« Der alte Ranger schwieg; ein Anflug von Schmerz zuckte über sein Gesicht.

»Was ist los?« fragte Chris besorgt.

»Zane Vernon war der einzige Gefangene, der mir jemals entkommen ist. Das war die größte Blamage in meiner langen Karriere als Sheriff. Aber was mich, abgesehen von der Tatsache, daß ich ihn nach seiner Flucht nicht wieder fassen konnte, noch immer schmerzt, ist, daß er mich in einen Hinterhalt lockte. Ich wäre gestorben, wenn ich Buster nicht gehabt hätte.«

»Wirklich?«

Bens Augen verdunkelten sich. »Aus diesem Grunde habe ich Buster all die Jahre behalten.«

»Was ist denn damals passiert?«

Ben seufzte leicht. »Wenn es auch schon so lange her ist, tut es immer noch weh, davon zu reden.« Der alte Mann stand plötzlich auf. »Vielleicht erzähle ich es dir eines Tages, aber jetzt möchte ich, daß du mir zeigst, wo du diese Männer gesehen hast. Ich werde den Zaun reparieren und dich dann zu Ruby fahren.«

Nachdem der Zaun repariert war, hielt Ben die Beifahrertür für Chris auf, damit diese sich auf den ledernen Sitz des Packard Victoria aus dem Jahre 1929 setzen konnte. Es war ein großer, gelber Wagen mit schwarzen Kotflügeln, einem braunen Dach aus Zeltstoff und weißrandigen Ballonreifen, die auf leuchtend rote Speichen aufgezogen waren. Das Reserverad ruhte in seiner braunen Hülle in der Beuge des rechten Kotflügels. Der elegante Wagen war ein deutliches Zeichen, daß Ben wirtschaftlichen Erfolg gehabt hatte, obwohl die Zeiten so schwer gewesen waren.

»Zu schade, daß man den Lastwagen und den Anhänger so schlecht ausfindig machen kann«, meinte Ben. »Ich kann im Augenblick nur die Fleischer in Lone River befragen, für den Fall, daß die drei Viehdiebe ihnen das Fleisch verkaufen wollen. Aber gut, deine Cousine erwartet dich. Dann wollen wir losfahren.«

Der Nebel hatte sich gelichtet, aber der Himmel war noch immer völlig verhangen, als der alte Mann und das Mädchen die Arbeiterbaracke erreichten, in der Ruby Konning und ihr Vater lebten. Sie stand außerhalb der kleinen, ländlichen Gemeinde Lone River, im östlichsten Teil des großen San-Joaquin-Tales in Kalifornien, wo die Ausläufer der majestätischen Berge der Sierra Nevada beginnen.

Auf Chris' Klopfen hin öffnete Ruby die Tür der Baracke. Sie war ein Jahr älter und zweieinhalb Zentimeter größer als Chris. Wie gewöhnlich trug Ruby die von ihr bevorzugte Jungenkleidung – einen Jungenoverall und ein verblichenes, blaues Arbeitshemd. Mit ihren haselnußbraunen Augen schaute sie die Besucher an.

»Ich grüße euch«, sagte sie in ihrem Dialekt aus den Ozark-Bergen. »Vati kommt gleich zurück. Er ist zum Haupthaus der Ranch gegangen und spricht mit dem Besitzer. Kommt herein und macht es euch bequem.«

»Vielen Dank«, erwiderte der alte Ranger. »Aber es waren heute morgen Viehdiebe bei mir am Werk, und daher muß ich –«

»Viehdiebe?« unterbrach Ruby ihn. »Ich habe davon bisher nur in Wildwestgeschichten gehört.«

»Dank der Wirtschaftskrise gibt es sie wieder, und sie arbeiten mit allen modernen Tricks, zum Beispiel mit Lastwagen. Nun ja, Chris kann dir alles darüber berichten. Ich muß mich beeilen. *Adios*, meine Damen.«

Die Cousinen winkten Ben Strong nach. Dann platzte Chris voller Aufregung mit den Erlebnissen dieses Morgens heraus. Zum Schluß erzählte sie Ruby, was Ben über den Hinterhalt gesagt hatte und darüber, daß Buster ihm das Leben gerettet hatte.

Die Mädchen besprachen das Ereignis, bis sie es gänzlich ausgeschöpft hatten. Dann holte Chris einen Tabaksbeutel hervor, den sie einmal gefunden hatte. Sie öffnete ihn und nahm einen Silberdollar heraus. Einige Gramm Tabak fielen zusammen mit der Geldmünze auf ihre Handfläche.

»Ich habe bereits für alle ein Geschenk; nur für Molly ist mir noch nichts Geeignetes eingefallen. Was, meinst du, wäre wohl das Richtige für sie?« fragte Chris, während sie ihrer Cousine das Geldstück zum Betrachten reichte.

»Willst du das ganze Geld für Molly ausgeben, oder verschwendest du einen Teil davon für diesen schrecklichen Spud?«

Chris tat es weh, daß Ruby ihren Freund so offensichtlich ablehnte. »Bitte, versuche doch, mit ihm auszukommen.«

»Warum sollte ich? Er regt mich furchtbar auf mit seinen großsprecherischen Worten!«

Chris wollte den Jungen verteidigen, seufzte dann jedoch, weil sie wußte, daß es sinnlos war. Sie sagte nur: »Wie Bruder Ben, Herr Farnham und all meine Freunde in der Kirchengemeinde und der Schule gehört er irgendwie zu meiner erweiterten Familie.«

»Da benutzt du auch schon so ein großsprecherisches Wort – *erweitert*. Ich möchte wetten, daß du es von Spud gelernt hast.«

Chris biß sich auf die Zunge. Ruby und sie waren mehr als Cousinen; ihr ganzes Leben lang waren sie eng befreundet gewesen. Nur selten hatten sie sich gestritten, und wenn, dann wegen Kleinigkeiten. Seit sie jedoch im vergangenen Juni Spud begegnet waren, kam es zwischen den beiden Mädchen aber immer wieder zu Auseinandersetzungen.

»Laß uns doch bitte nicht streiten«, sagte Chris ruhig. »Bitte!«

Ruby nickte, konnte sich aber eine abschließende Bemerkung nicht verkneifen: »Auch wenn du es nicht wahrhaben willst, mich kannst du nicht zum Narren halten! Dieser schreckliche Junge bedeutet dir eine Menge!«

»Das gilt auch für dich und Bruder Ben und Herrn Farnham«, erwiderte Chris. »Ich habe euch alle sehr gerne. Wie Lone River auch.« Sie liebte die Landgemeinde im San-Joaquin-Tal. Das Mädchen fuhr fort: »Dies ist der einzige Ort, an dem ich mich in meinem Leben jemals ganz zuhause gefühlt habe. Ich glaube, daß ich hier mein ›bleibendes Zuhause‹ finden werde, das ich mir immer gewünscht habe. Und jetzt laß uns von etwas anderem reden.«

Das taten die Mädchen, aber die Spannung zwischen ihnen war noch nicht völlig verschwunden, als Rubys Vater Nate Konning Chris am späten Nachmittag an der Hütte aus Teerpappe absetzte, in der das Mädchen mit seiner Familie lebte.

»Hallo, Molly«, rief Chris. »Ich bin wieder da.« Sie ging durch das Wohnzimmer und durch das Eßzimmer zu der angebauten Küche. »Wo sind die Kinder?«

Chris' Stiefmutter schloß die Tür des Holzofens und wischte ihre mehlbedeckten Hände an der Schürze ab. Sie war eine gutaussehende Frau mit braunen Augen und hellbraunem Haar, in dem sich die ersten grauen Strähnen zeigten.

»Sie spielen in der Scheune. Dein Vater möchte sofort mit dir sprechen. Er ist am Holzstapel.«

Es lag etwas Ernstes in Mollys Ton, das Chris beunruhigte. Sie eilte hinaus zu der Scheune mit dem Walmdach, wie sie in Kalifornien üblich waren. Sie konnte hören, wie ihre vier jüngeren Schwestern im Heu lachten. Chris folgte dem Klang der Axt ihres Vaters zur Nordseite der Scheune, wo er Walnußbaumholz für den Küchenofen zerkleinerte.

Chris blieb in respektvollem Abstand von der Axt stehen

und zog ihre Winterjacke fester um sich als Schutz vor der winterlichen Kälte. »Vati, du wolltest mit mir sprechen?«

Der Mann warf einen Blick auf seine älteste Tochter, nickte und trieb dann die einseitig geschliffene Axt in einen Baumstumpf, den er als Spaltblock benutzte. Seine Augen, die ebenso blau waren wie die des Mädchens, erschreckten Chris, denn sie waren blutunterlaufen. Chris hatte ihren Vater niemals weinen sehen, doch nun lag ein trauriger, verzweifelter Ausdruck auf seinem Gesicht, der sie entsetzte.

Joe Corrigan stand neben dem dunklen Holz mit der rauhen Rinde, das er gerade zerkleinerte. Er trug keine Kopfbedeckung; der weiße Streifen auf seiner Stirn zeigte an, wo sein Hut gewöhnlich auf seinem dunklen Haar ruhte. Ungeachtet der kühlen Luft glitzerten ungezählte Schweißtropfen auf seiner Stirn.

Chris' Vater nahm seinen grauen Cowboyhut von einem Nagel in der Scheunenwand. »Wir ziehen um«, sagte er kurz und bündig.

Chris hatte diese gefürchteten Worte schon oft gehört, aber sie hatte sich niemals an sie gewöhnen können. »Oh, Vati!« stöhnte sie. »Nicht schon wieder!«

Chris war in einer Saisonarbeiterhütte zur Welt gekommen. Anschließend war sie mit ihren Eltern von Staat zu Staat gezogen. Seit dem vergangenen Sommer hatte sie in den Bergen der Ozarks in einer Blockhütte gelebt und dann in Kalifornien in einer Art Motel, einem Zelt, einem Scheunenhaus und nun in einer Hütte aus Teerpappe.

»Ich habe keine andere Wahl«, sagte der Mann und nahm seinen abgetragenen Mantel von einem Holzstoß.

»Hoffentlich ziehen wir diesmal in ein richtiges Haus.«

»Ja, es ist ein Haus, aber . . .«

Als ihr Vater zögerte, blickte Chris plötzlich alarmiert auf die grimmige Linie um seinen Mund. »Aber was?« drängte sie.

»Wir werden von Lone River fortziehen.«

Chris zuckte zurück, als ob sie geschlagen worden wäre. »Wohin?« In ihrer Stimme lagen sowohl Zorn wie Überraschung.

»Nach Flatsville.«

»Nein!« Chris war so entsetzt, daß das Wort nur so aus ihr herausbrach. Es war schlimm genug, ihre beste Freundin und all die Menschen in Lone River, die sie liebengelernt hatte, verlassen zu müssen, aber fast einhundertsechzig Kilometer fortzuziehen an einen Ort, der verächtlich »Okie-Stadt« genannt wurde, war undenkbar.

»Wir haben keine andere Wahl«, antwortete ihr Vater mit harter Stimme. »Ich habe meinen Job als Cowboy verloren, und ich habe hier keine andere Arbeit finden können. Aber dann hörte ich von einer Stelle als Traktorfahrer in Flatsville. Ich fuhr dorthin und wurde eingestellt. Ich kann in zwei Wochen mit der Arbeit beginnen.«

»In zwei Wochen?« rief Chris mit schriller, schmerzerfüllter Stimme. »Das ist gerade vor Weihnachten!«

»Ich weiß.«

»Vati, das kann doch nicht dein Ernst sein!«

Die Kinnmuskeln des Mannes zuckten, und seine Stimme wurde unnachgiebig. »Wenn es irgendeine Möglichkeit gäbe, hierzubleiben, dann würden wir auch hierbleiben. Aber wie die Dinge nun einmal liegen, geht es nicht anders. Ich wollte es dir aber zuerst sagen, damit du deine kleinen Schwestern vorbereiten kannst – wo rennst du hin?«

Chris gab keine Antwort. Sie wandte sich um und hastete blindlings aus der Scheune hinaus in den Nebel. In ihren Augen brannten bittere Tränen.

Kapitel 2

Unerwartete Schwierigkeiten

Chris rannte an ihrer überraschten Stiefmutter vorbei in das kleine, ungeheizte Schlafzimmer, das sie mit ihrer elfjährigen Schwester Elizabeth teilte. Ohne ihren Mantel auszuziehen, warf sie sich mit dem Gesicht nach unten auf das Feldbett. Durch ihr Inneres brauste ein Sturm von Gefühlen. Entsetzen, tiefer Schmerz und bittere Enttäuschung kämpften miteinander.

In Chris' Gedanken stiegen zahllose Erinnerungen auf an Menschen, die sie so glücklich gemacht hatten, wie sie es noch nie gewesen war. *Ich kann Ruby nicht verlassen! Wir sind unser ganzes Leben lang die besten Freundinnen gewesen. Oder Spud. Er ist der einzigartigste Junge, den ich je kennengelernt habe! Und was ist mit Bruder Ben, Herrn Farnham und all den anderen?*

Die Menschen kannten im fünften Jahr der großen Wirtschaftskrise nur wenig Freude. Die Krise war an sich ein weltweites Problem, aber Chris und ihre Familie betraf sie ganz persönlich. Jetzt hatte ihr die schwere wirtschaftliche Situation erneut einen schweren Schlag versetzt.

Es war schlimm genug, von Lone River und all den guten Dingen, die es bot, fortziehen zu müssen. Aber in eine Stadt zu ziehen, die für ihre hohe Zahl von Verbrechen und ihre extrem große Armut bekannt war, machte die Sache noch schlimmer.

In ihrem Schmerz stöhnte Chris leise vor sich hin. Sie hob ihren Kopf von dem blau-weiß-gestreiften Kissen. Kissenbezüge oder Laken besaßen die Corrigans nicht.

Chris setzte sich auf den Rand des Feldbettes und schloß ihre Augen. *Herr, ich kann den Gedanken, von allen Men-*

schen hier fortzuziehen, und schon gar nach Flatsville, nicht ertragen. Was soll ich nur tun?

Einige Sekunden lang saß Chris in erwartungsvollem Schweigen da. Dann traf sie eine Entscheidung. Schnell lief sie in die angebaute Küche zurück. »Molly«, sagte sie, »ich muß unbedingt mit Ruby sprechen.«

Gerade schloß ihre Stiefmutter wieder die Tür des Holzofens. »Aber ihr wart doch eben erst zusammen.«

»Ich weiß, aber ich muß sie noch einmal aufsuchen.«

»Du kannst morgen in der Sonntagsschule mit ihr reden.«

»Ich kann nicht warten! Außerdem gehen wir nicht mehr in dieselbe Gemeinde, seitdem ihr Vater eine eigene Gemeinde hat und sie mit ihm dorthin geht.«

Ruby hatte sich niemals für *Religion*, wie sie es nannte, interessiert, so daß sie selten mit Chris den Gottesdienst besucht hatte. Aber jetzt, da ihr Vater in seiner eigenen Gemeinde predigte, ging sie zwar nicht gern, aber um seinetwillen mit ihm dorthin.

Molly wischte sich die Hände an einem Handtuch ab und trat zu ihrer Stieftochter, um sie anzusehen. »Chris, ich weiß, daß es schwer für dich ist, von hier fortzuziehen, besonders so kurz vor Weihnachten. Aber es muß sein. Es wäre daher gut, wenn du den Tatsachen ins Gesicht siehst und mit deinen Schwestern darüber sprichst. Sie werden es besser aufnehmen, wenn du es ihnen sagst, als wenn dein Vater oder ich mit ihnen sprechen.«

Resigniert nickte Chris und lief hinaus in die Scheune.

Elizabeth war die erste von ihren flachsblonden Schwestern, die etwas sagte. Sie setzte sich auf einen Ballen Heu und zuckte mit den Schultern. »Wenn es sein muß, dann muß es sein.«

Chris war enttäuscht, daß Elizabeth die Sache so gelassen hinnahm, aber sie war nicht überrascht. Elizabeth war schon immer ein praktisches Mädchen gewesen.

Marthas Gesicht verzog sich, als ob sie anfangen wollte zu

weinen. Chris kniete nieder und legte ihre Arme um das achtjährige Mädchen. »Vielleicht können wir Vati dazu bewegen, seine Meinung zu ändern«, sagte sie hoffnungsvoll.

Die beinahe sechsjährige Sarah schüttelte die Ponyfransen aus ihren Augen und schrie Chris beinahe an: »Du hast es versprochen! Du hast es versprochen!«

Chris runzelte die Stirn. Sie verstand nicht, was ihre kleine Schwester meinte. Sie setzte sich neben Elizabeth auf den Ballen Heu und hob ihre jüngste Schwester, die dreijährige Iola, auf ihren Schoß. Iola war zu jung, um zu begreifen, wovon ihre Schwestern redeten, aber Sarahs Jammern hatte sie erschreckt.

Elizabeth sagte: »Chris, erinnerst du dich, wie wir nach Mutters Tod in den Ozarks lebten? Du hast versucht, uns allen die Mutter zu ersetzen, weil Vati irgendwo nach Arbeit suchte, und wir alle haben geweint.«

Chris' Gesicht verdunkelte sich bei der traurigen Erinnerung. Sie nickte; ihre braunen Zöpfe schlugen gegen ihre Schultern. Sie erinnerte sich an ihre Worte, als hätte sie sie erst am Tag zuvor ausgesprochen: *Unser Vati wird zurückkommen und uns irgendwohin mitnehmen, von wo wir niemals wieder werden umziehen müssen. Keine Saisonarbeiterhütte mehr. Keine baufälligen Baracken in den Ozarks. Sehr wahrscheinlich werden wir nach Kalifornien ziehen. Wir werden ein hübsches Haus bekommen - ein großes. Und dort werden wir immer zusammen leben. Es wird unser »bleibendes Zuhause« sein.*

»Du hast es versprochen!« schrie Sarah und schlug mit ihren kleinen Fäusten gegen Chris' Beine. »Du hast es versprochen . . .«, gingen ihre Worte in heftigem Schluchzen unter.

Chris' Augen füllten sich ebenfalls mit heißen Tränen. Sie nahm ihre Schwestern in den Arm und drückte sie eng an sich. Mit mühsam beherrschter Stimme sagte sie heiser: »Ich weiß, ich habe uns ein ›bleibendes Zuhause‹ versprochen. Und eines

Tages werden wir es auch haben. Aber jetzt im Augenblick – nun, vielleicht kann ich Vati helfen, Arbeit in Lone River zu finden; dann brauchen wir nicht von hier fortzuziehen.«

»Genau das ist es!« rief Elizabeth fröhlich aus und schlüpfte aus den Armen ihrer Schwester. »Du kennst viele Leute, Chris. Sie können dir bestimmt helfen, Arbeit für Vati zu bekommen. Dann müssen wir nicht umziehen!« Das Mädchen sprang auf und stieg die Holzleiter zu dem Heuboden hinauf.

»Wo gehst du hin?« fragte Chris.

»Ich habe dort oben einige Bonbons versteckt«, erklärte Elizabeth. »Wir werden uns alle wohler fühlen, wenn wir eines davon im Mund haben.«

Obwohl ihr nicht danach zumute war, mußte Chris beinahe lachen. Elizabeth, die früher wie ihre Geschwister hatte hungern müssen, hob seither von ihren kargen Mahlzeiten und gelegentlichen Süßigkeiten etwas auf. Sie versteckte es für den Fall, daß nichts mehr zum Essen im Haus war.

Vielleicht war es zum Feiern noch zu früh, aber jetzt gab es eine gewisse Hoffnung. Chris sagte mit gespielter Zuversicht: »Zuerst werde ich in der Gemeinde mit Bruder Ben reden. Er stellt Cowboys ein. Und dann spreche ich mit Ruby und Onkel Nate.«

»Wende dich auch an Herrn Farnham«, schlug Elizabeth vor und kletterte, sich mit einer Hand festhaltend, die Leiter wieder herunter. In der anderen Hand hielt sie rot-weiß-gestreifte Bonbons. »Ihm gehört nicht nur die Bank; sondern er besitzt auch mehrere Ranchen. Das hat Vati gesagt. Vielleicht kann Onkel Nate dich zum Haus der Farnhams fahren.«

Während sie Chris einen scheuen Blick zuwarf, verteilte Elizabeth die Bonbons an ihre Schwestern. »Du wirst sicher auch mit Spud reden können«, sagte sie leise.

Chris spürte plötzlich, wie ein warmes Gefühl in ihr hochstieg. Spuds Vater war ein Trinker, der den Jungen geschlagen hatte. Deswegen war Spud von daheim fortgelaufen und als

Tramp durchs Land gezogen. Er und Chris hatten einander getroffen und waren Freunde geworden. Kürzlich hatten der Bankier und seine Frau die Vormundschaft für Spud übernommen.

Chris wandte sich abrupt von ihren Schwestern ab, so daß diese nicht sehen konnten, daß ihr Gesicht feuerrot geworden war. »Eßt euer Bonbon«, sagte sie.

Am nächsten Morgen fuhren Chris, Elizabeth und Martha mit einem Nachbarn zur Sonntagsschule. Joe Corrigan besuchte den Gottesdienst niemals. Molly blieb mit den zwei jüngeren Schwestern und dem kleinen Joey zu Hause.

Bei der weißgekalkten Kirche mit ihren steilen Eingangsstufen eilten Elizabeth und Martha davon, um mit ihren Freunden aus der Sonntagsschulklasse zu sprechen. Chris wartete unter den kahlen Platanen am Straßenrand, bis Bruder Ben in seinem Packard eintraf.

»Bruder Ben«, sagte sie und trat zu ihm, als er aus dem Wagen stieg, »gibt es Neuigkeiten von den Viehdieben?«

Der alte Ranger stieg vom Trittbrett auf die Straße und nahm seinen weißen Hut von dem ledernen Vordersitz. »Ich habe heute morgen noch einmal den Sheriff angerufen. Im Norden der Stadt ist auf einer anderen Ranch ebenfalls Vieh verschwunden, aber niemand hat etwas gesehen. Der Rancher hat festgestellt, daß sein Zaun zerschnitten war und mehrere Tiere fehlten. Offensichtlich haben die Viehdiebe in dieser Gegend gerade erst begonnen.«

Chris hätte gerne mehr erfahren, aber andere Dinge waren ihr wichtiger. Sie ging neben Bruder Ben her, als dieser nun die Stufen zur Kirche hinaufstieg. »Vati hat gesagt, daß wir in einigen Wochen nach Flatsville ziehen werden.«

Der alte Ranger schaute aus seiner stattlichen Höhe mit gerunzelten Augenbrauen auf das Mädchen herab. »Ich hatte gedacht, deiner Familie gefiele es hier in Lone River.«

»Das ist auch so, aber es ist Vati nicht gelungen, Arbeit zu finden, seit er als Cowboy entlassen wurde. Jetzt hat er Arbeit als Traktorfahrer in Flatsville bekommen, aber ich möchte nicht umziehen.«

Ben Strong blieb mitten auf den Stufen stehen. Er atmete schwer und schnaufte ein wenig.

Das überraschte Chris. So hatte sie ihn nie zuvor erlebt. »Geht es Ihnen nicht gut?« fragte sie besorgt.

»Ich bin wohl nur etwas außer Atem«, antwortete der Mann leicht keuchend. Er fuhr fort: »Du weißt doch, daß dein Vater dorthin gehen muß, wo er Arbeit bekommt.«

»Ja, das weiß ich, aber ich hoffe, daß jemand ihm Arbeit gibt, vielleicht als Cowboy, so daß wir in Lone River bleiben können.«

»Ich verstehe.« Der alte Ranger keuchte und schnaufte immer noch ein wenig.

Chris wartete und hoffte darauf, daß Ben ihr anbieten würde, ihren Vater auf einer der Ranchen einzustellen, die er besaß.

»Chris«, sagte der Mann schließlich und schaute ihr direkt in ihre durchdringenden Augen. »Ich würde dir gerne helfen, aber . . .«

»Aber was?« wollte das Mädchen wissen, als der Mann zögerte. Ihr Herz war bereits voller Verzweiflung.

»Nun, ich wollte es jetzt eigentlich noch nicht sagen«, antwortete Ben langsam, »aber ich denke daran, alles zu verkaufen und in die Stadt zu ziehen.«

Chris machte einen Sprung, als ob sie von einer Tarantel gestochen worden wäre. »Warum? Ist etwas geschehen?«

»Der Doktor sagt, ich solle es etwas langsamer angehen lassen.«

Chris fragte sich, wann Ben Strong den einzigen Arzt des Ortes aufgesucht hatte. Sie runzelte die Stirn. »Aus einem besonderen Grund?«

»Wie Buster, so bin auch ich kein junges Fohlen mehr.«

Chris spürte, daß der Mann ihr nicht die ganze Wahrheit sagte, aber dieser Gedanke verging, als er fortfuhr.

»Es tut mir leid, daß ich dir nicht helfen kann. Vielleicht ist Matt Farnham dazu in der Lage.«

»Ich werde ihn später fragen«, sagte Chris tief enttäuscht. Sie fügte hinzu: »Bitte passen Sie gut auf sich auf.«

Ich muß mit Ruby und Onkel Nate sprechen! sagte sich Chris, als sie zu ihrer Sonntagsschulklasse ging. *Und mit Herrn Farnham und Spud. Wenn sie keine Arbeit für Vati wissen, dann weiß ich nicht, was ich tun soll!*

Chris war so sehr mit ihren eigenen Gedanken beschäftigt, daß sie dem Unterricht kaum folgte. Weil sie mit niemandem aus ihrer Klasse sprechen wollte, lief sie nach dem Schlußgebet schnell zum Gottesdienstraum.

Sie setzte sich absichtlich nicht zu ihren Freunden, sondern in die letzte Reihe, so daß sie während des Gottesdienstes allein sein konnte. Sie bemerkte, daß Bruder Ben seinen Stammplatz links neben dem Geländer des Altars einnahm. Er starrte vor sich hin, während der kleine Chor sang.

So verhält er sich sonst nie, sagte sich Chris mit gerunzelter Stirn. *Hoffentlich fehlt ihm nichts Ernsthaftes.*

Chris' Gedanken wanderten zurück zu ihrem eigenen Problem. So hörte sie kaum, was Pastor Hyde über die Vorbereitung der Essenskörbe sagte, die zu Weihnachten an Notleidende verteilt werden sollten. Auch die Ankündigung über das Sternsingen bekam sie nur halb mit.

Was kümmert mich das alles? sagte sich Chris. *Ich werde ja doch nicht mehr hier sein, wenn Vati nicht ganz schnell eine Arbeit in Lone River findet.*

Chris ließ die Predigt an sich vorbeirauschen, aber sie bemerkte, als sich der Prediger umdrehte, daß der glänzende Rücken seines blauen Anzuges dünn wurde. Seine Hosenbeinaufschläge waren zerschlissen und die Absätze seiner schwarzen Schuhe abgetragen.

Predigen bringt nicht viel Geld ein, kam es Chris in den Sinn, *aber wenigstens hat Bruder Hyde einen Job.*

Sie überlegte kurz, ob sie nach dem Gottesdienst mit dem

Prediger reden sollte, kam dann aber zu dem Schluß, daß dies kaum möglich sein würde. Jeder würde ihm die Hand geben und mit ihm reden wollen, und seine Frau und er hatten vermutlich jemanden zum Essen in das benachbarte Pfarrhaus eingeladen.

Was soll ich nur tun? stöhnte Chris innerlich. *Ich kann nicht von hier fortziehen, besonders nicht zu Weihnachten!*

Sie war so tief in ihre Gedanken versunken, daß sie zunächst nicht bemerkte, daß der Gottesdienst zu Ende war und die Leute sich auf ihrem Weg nach draußen gegenseitig verabschiedeten. Dann schlüpfte Chris an einem Gemeindediener vorbei in einen kleinen, leeren Sonntagsschulraum hinter dem Altar.

Nach einer Weile warf sie einen Blick in die Kirche. Mit Ausnahme des alten Rangers waren alle gegangen. Ben Strong begann, zum Ausgang der Kirche zu gehen. Chris sah, wie er leicht taumelte und sich einen Augenblick lang an der Rückenlehne einer Kirchenbank festhielt. Dann ging er weiter den Mittelgang hinunter zum Ausgang.

Chris eilte zu ihm hinüber. Er sah bleich aus, und kleine Schweißtropfen standen auf seiner Stirn. »Was fehlt Ihnen?« fragte Chris ängstlich.

»Ich . . . weiß nicht«, antwortete der Mann mit schwacher Stimme. »Ich habe wohl einen Schweißausbruch, und das Atmen fällt mir schwer.«

»Ich hole Hilfe.« Chris wollte zur Tür gehen.

»Nein, bitte, belästige niemanden.«

Chris blieb stehen und schaute Ben Strong unsicher an.

Er sagte leise: »Ich ruhe mich einen Augenblick aus und fahre dann heim.«

»Bitte, lassen Sie mich jemanden . . .«

»Mir geht es gut«, sagte er heiser.

Dann taumelte er plötzlich und fiel schwer auf den Boden.

Kapitel 3

Die Diagnose des Arztes

Ein eiligst herbeigerufener Kirchendiener brachte Chris und den zusammengebrochenen alten Ranger zu dem einzigen Arzt, den es in Lone River gab. Der schroffe, alte Dr. Carter wurde allgemein »Doc« genannt. Chris kannte ihn von der kleinen Ambulanz für Notfälle. Lone River hatte bisher noch kein eigenes Krankenhaus; zur Zeit wurde jedoch ein solches gebaut, da der Bankier Matthew Farnham das notwendige Geld dafür zur Verfügung gestellt hatte. Es würden jedoch noch etliche Monate vergehen, bis es fertiggestellt war.

Mehr als eine Stunde später befand sich Chris immer noch in dem Wartezimmer der Ambulanz. Langsam ging sie über den Fußboden aus harten Holzdielen vom einen Ende des Raumes zum anderen. Leise betete sie und kämpfte gegen die traurigen Gedanken, die in ihr aufstiegen. *O Herr, laß Bruder Ben nicht sterben!*

Sie schüttelte den Kopf, um den Gedanken an einen möglichen Tod von Ben Strong von sich abzuwehren. Erneut blickte sie den leeren Gang hinunter, wie sie es bereits unzählige Male zuvor getan hatte. Aus den Untersuchungsräumen drangen unangenehme Gerüche von Lösungen und Tinkturen bis zu ihr.

Warum dauert es so lange? Eine halbe Stunde zuvor hatten sich die Gemeindemitglieder, die von Bruder Bens Zusammenbruch gehört hatten und gekommen waren, um ihm nahe zu sein, in dem Wartezimmer gedrängt. Chris hatte den Kirchendiener gebeten, dafür zu sorgen, daß ein Nachbar Elizabeth und Martha heimbrachte und ihren Eltern erklärte, was geschehen war. Bruder Hyde hatte Chris angeboten, sie später nach Hause zu bringen.

Das war, bevor der Doc aus dem Untersuchungszimmer gekommen war und jeden, mit Ausnahme von Chris, aufgefordert hatte, die Ambulanz zu verlassen. Es sei noch zu früh, so hatte Doktor Carter gesagt, um irgendwelche zuverlässigen Informationen über Bruder Bens Gesundheitszustand geben zu können. Die Leute konnten für Ben Strong nichts anderes tun, als zu beten. Daraufhin hatte Pastor Hyde seine Gemeindemitglieder gedrängt, das an einem anderen Ort zu tun. Dann hatte er einen Kirchendiener gebeten, Bens guten Freund Matt Farnham anzurufen, weil der alte Rancher im näheren Umkreis keinerlei Verwandte hatte.

Jetzt befürchtete Chris das Schlimmste, denn gerade eben hatte der Doc den Pastor aufgefordert, mit ihm zu kommen. Es war aber niemand da, der sie hätte trösten können.

Ich wünschte, Ruby wäre hier. Chris blieb stehen und starrte geistesabwesend aus dem großen Vorderfenster der Ambulanz. Durch dieses Fenster hatte sie einen freien Blick auf die breite, von Osten nach Westen verlaufende Hauptstraße der Stadt, die außerdem als Schnellstraße diente zwischen der Bezirkshauptstadt, die fünfundzwanzig Kilometer in westlicher Richtung lag, und den etwa neunzig Kilometer im Osten liegenden Bergen. Der Nebel hatte sich etwas gelichtet, aber die Befürchtung, daß er zurückkommen konnte, hielt die Menschen vom Fahren ab, so daß nur wenig Verkehr auf der Straße war.

Ein Viehwagen fuhr in östlicher Richtung vor der Ambulanz vorbei. Chris bemerkte es kaum, bis sie Zeuge wurde, wie ein alter Nash-Sedan das Stopschild neben der Ambulanz überfuhr. Der Lastwagen konnte nicht mehr bremsen. Die zwei Fahrzeuge prallten mit dem Geräusch von zersplitterndem Glas und knirschendem Metall aufeinander.

Chris preßte ihre Nase gegen die kalte Scheibe, um besser sehen zu können. Der Lastwagenfahrer sprang aus seiner Kabine und eilte zu dem Personenwagen. Dessen Fahrer war nach vorne gesunken und lag jetzt auf der Hupe, die unablässig ertönte. Der Hut des Mannes war heruntergefallen, so daß ein kahler Kopf mit einem Ring von grauen Haaren über den Ohren sichtbar geworden war.

Er ist bestimmt bewußtlos! dachte Chris, nahm ihren Mantel von der Garderobe und rannte nach draußen, um zu helfen. Nach der Wärme der Ambulanz empfand sie die Dezemberluft als besonders kalt, aber sie bemerkte es kaum. Sie rannte über den Bürgersteig zur Unfallstelle.

Der Fahrer des Personenwagens richtete sich langsam auf, was Chris sofort ein wenig beruhigte. Der Lastwagenfahrer, der eine schwere Jacke, Stiefel und einen Cowboyhut trug, hatte die Wagentür aufgerissen.

»Du dummes, altes Wasserhuhn!« brüllte er, während er den kahl werdenden Mann bei der Schulter ergriff und ihn rücksichtslos aus dem Auto zerrte. »Ich werde dir das Fahren beibringen!«

»Lassen Sie das!« schrie Chris. Ohne sich zu besinnen, ergriff sie den jüngeren Mann am Arm. »Er ist verletzt!«

Der bullige Lastwagenfahrer wirbelte ärgerlich herum und schaute Chris zornig an. Sein rechter Arm war erhoben, um dem älteren Mann einen Schlag ins Gesicht zu versetzen. »Das geht dich überhaupt nichts an, Mädchen!« knurrte er. »Und jetzt verschwinde!«

Chris zögerte einen Augenblick. Ihr wurde plötzlich klar, daß sie den Mann schon einmal gesehen und seine Stimme bereits einmal gehört hatte. Sie warf einen Blick auf den Viehwagen. *Es ist derselbe Wagen!* schoß es ihr durch den Kopf. *Und er ist der Mann, der Bruder Bens Vieh gestohlen hat. Zane – so heißt er!*

Die Augen des Viehdiebes verengten sich plötzlich mißtrauisch. »Warum schaust du mich so an?«

»Oooh . . .«, zögerte Chris und warf einen Blick auf den Fahrer des Personenwagens. »Sie brauchen einen Arzt«, stellte sie fest.

Der Mann betastete vorsichtig die Stelle an seiner Stirn, mit der sein Kopf auf das Steuerrad aufgeschlagen war. »Es geht schon wieder.«

»Sind Sie sicher?« fragte das Mädchen.

Der Mann nickte, während der Lastwagenfahrer das Mädchen genau betrachtete. »Kenne ich dich nicht von irgendwoher?« fragte er forschend.

Chris schluckte schwer. »Nein.« Sie trat einen Schritt zurück, so daß sie aus seiner Reichweite kam.

Sie hörte, wie sich hinter ihr die Tür der Ambulanz öffnete und der Pastor rief: »Chris, ist jemand verletzt?«

Zane antwortete: »Es ist nichts passiert.« Dann senkte er seine Stimme und flüsterte: »Ihr beide verschwindet von hier, aber ganz schnell!«

Der Fahrer des Personenwagens protestierte: »Wir müssen die Polizei rufen und einen Unfallbericht –«

»Keine Bullen!« unterbrach Zane ihn. »Keiner von euch gibt einen Unfall zu Protokoll oder sagt auch nur ein Wort über diesen Vorfall. Habt ihr mich verstanden?«

Ohne auf eine Antwort zu warten, wandte er sich um und lief zu dem Lastwagen. Er kletterte in die hohe Kabine, kurvte um den beschädigten Personenwagen herum und fuhr mit höchster Geschwindigkeit davon. Chris hörte, wie sein rechter Kotflügel gegen den Reifen schrammte. Sie bemerkte außerdem, daß der Lastwagen leer war.

Bruder Hyde eilte zu der Unfallstelle. »Ich kümmere mich um ihn, Chris. Geh du hinein. Bruder Ben hat nach dir gefragt.«

Die Tür des Untersuchungszimmers stand offen. Daher rief Chris leise Ben Strongs Namen. Aus dem Zimmer heraus forderte der alte Ranger sie zum Eintreten auf. Etwas ängstlich betrat das Mädchen den Raum. Der alte Ranger stand vor einem kleinen Spiegel und knöpfte sein Hemd zu.

»Bruder Ben!« rief das Mädchen aus. »Geht es Ihnen besser?«

Der Mann drehte sich um und lächelte Chris an. »Jetzt geht es mir gut. Der Doc läßt mich nach Hause gehen.«

»Was hat er gesagt? Was war los mit Ihnen in der Kirche?«

Ben Strong streckte seine Hände aus und legte sie leicht auf die schmalen Schultern des Mädchens. »Du brauchst dir überhaupt keine Sorgen zu machen. Der Doc hat gesagt, daß ich nach Hause fahren kann.«

»Sie selber?« Chris machte eine so heftige Bewegung mit dem Kopf, daß ihre beiden langen Zöpfe schwungvoll gegen den Untersuchungstisch flogen. »Das können Sie nicht! Kommen Sie zu mir nach Hause! Sie brauchen jemanden, der sich um Sie kümmert für den Fall . . .« Sie beendete den Satz nicht.

Ein freundliches, verstehendes Lächeln spielte um die Lippen des alten Rangers. »Chris, danke für deine Fürsorge, aber ich muß jetzt nach Hause. Ich habe einiges zu regeln, damit Buster auf der Ranch eines Freundes im Hochland untergebracht werden kann.«

Entsetzen breitete sich in Chris aus und ließ sie blinzeln. »Warum denn das?«

Ben nahm seinen Mantel von einem Haken hinter der Tür. »Ich wurde im Jahr 1849 geboren, in dem Jahr, in dem man in Kalifornien Gold fand«, sagte er in seinem langsamen, weichen Tonfall. »Ich werde im nächsten Monat sechsundachtzig Jahre alt. Meine Lungen haben also bereits eine beträchtlich lange Zeit gearbeitet.«

»Lungen?« Chris' Augen öffneten sich weit. »Haben Sie Tb?« Instinktiv wollte sie einen Schritt zurückweichen, weil die Tuberkulose ansteckend und verbreitet war, aber sie zwang sich, sich nicht zu bewegen.

Ben schüttelte den Kopf. »Das ist es nicht. Der Doc hat einen Knoten in den Lymphdrüsen unter meiner Achsel gefunden. Er sagt, daß ich vermutlich Krebs habe, daß er aber noch einige Tests machen muß, um ganz sicher zu sein.«

»Oh, Bruder Ben!«

»Schau nicht so erschrocken, Chris. Ich habe den Dingen

immer ins Auge gesehen. Selbst wenn er recht hat, meint der Doc, daß ich noch eine Weile leben werde – lang genug, um noch das eine oder andere zu regeln, wie zum Beispiel für Buster zu sorgen. Da du ihn so gerne hast, dachte ich, daß du mir vielleicht helfen willst, ihn zu dem Ort zu bringen, wo er für den Rest seiner Tage gutes Weideland und ein leichtes Leben hat. Willst du mir helfen?«

Als Chris nickte, legte Ben ihr den Arm um die Schulter, und gemeinsam gingen sie den langen Gang hinab. »Gut.«

Chris fragte sich, ob er wußte, daß sie im stillen weinte.

Als sie das Wartezimmer betraten, sah Chris, daß der Pastor und der Doc miteinander sprachen. Durch das große Fenster der Ambulanz bemerkte das Mädchen, daß der Personenwagen und sein Fahrer sich nicht mehr an der Unfallstelle befanden.

Chris wollte gerade dem alten Ranger erzählen, daß sie den Mann, der Zane hieß, gesehen hatte. Da sah sie, wie ein bekannter Pierce Arrow am Straßenrand anhielt. Matthew Farnham, der Bankier, glitt hinter dem Steuer hervor. Wie gewöhnlich war er elegant gekleidet. Er trug einen dreiteiligen dunklen Anzug, und über seine Weste verlief die lange Kette einer goldenen Uhr.

Aber Chris hatte nur Augen für den Beifahrer, und ihr Herz machte einen freudigen Sprung. *Spud ist auch dabei!*

Der Junge sprang aus dem Wagen. Er trug wie immer seine Fliegerkappe zu Ehren seines Helden Charles A. Lindbergh, der sieben Jahre zuvor alleine von New York nach Paris den Atlantik überflogen hatte.

Die Ohrenklappen von Spuds Kappe flatterten über sein sommersprossiges Gesicht, als er den Bürgersteig entlangrannte und in die Ambulanz stürmte. Der Bankier folgte ihm gemesseneren Schrittes. Spud war kräftig gebaut und hatte breite Schultern, eine schmale Hüfte und Hände, die zu groß waren für seinen Körper. Sein rötliches Haar kringelte sich in rebellischen Locken unter seiner Kappe hervor. Aber es waren vor allem die grünen Augen des vierzehnjährigen Jungen, die in Chris immer ein etwas merkwürdiges Gefühl aufsteigen ließen. Es war ein Gefühl, das sie nicht gekannt hatte, bevor sie Spud begegnet war.

Der Junge schaute den alten Ranger an. »Geht es Ihnen wieder besser?«

»Ja, Spud«, antwortete Ben mit einem Lächeln. Er wandte sich an den Bankier. »Matt, es tut mir leid, daß man dich meinetwegen belästigt hat und du bei diesem schrecklichen Nebel in die Stadt fahren mußtest. Aber da du nun hier bist, sollten wir kurz miteinander reden. Chris, das macht dir und auch dir, Spud, doch nichts aus?«

Es machte Chris nichts aus – nicht im geringsten. Sie zog ihren Mantel eng um sich und schlug dem Jungen vor, gemeinsam einen Spaziergang zu machen.

»Nach dem Anruf des Kirchendieners haben Onkel Matt und ich uns so schnell wie möglich auf den Weg gemacht«, erzählte Spud und öffnete die Tür des Wartezimmers. »Was ist mit Bruder Ben geschehen?«

Als sie die Straße hinuntergingen, berichtete Chris kurz von Bens Zusammenbruch in der Kirche und von der Diagnose des Arztes.

Chris beantwortete Spuds Fragen so gut sie konnte. Sie berichtete auch von der Frage des alten Rangers, ob sie helfen wolle, Buster zu der Ranch eines Freundes zu bringen. »Oh«, rief das Mädchen aus. »Das erinnert mich daran, daß ich vergessen habe, dir etwas Aufregendes zu erzählen, das sich ereignet hat, nachdem wir uns das letzte Mal gesehen haben.«

Ausführlich berichtete sie Spud von dem Diebstahl von Bens Vieh und davon, daß sie gesehen hatte, wie der Lastwagen des Bandenführers vor der Ambulanz in einen Unfall verwickelt worden war.

Nachdem sie geendet hatte, fragte Spud: »Hast du dir zufällig die Nummer des Lastwagens gemerkt?«

Chris' Augen öffneten sich weit. »Das ist mir überhaupt

nicht in den Sinn gekommen! Wie konnte ich nur so gedankenlos sein?«

»Das ist doch ganz logisch. Du hattest weit wichtigere Dinge im Kopf, wie etwa Bruder Bens Gesundheit.«

Chris lächelte. »Danke, daß du so verständnisvoll bist.« Sie wandte sich um und schaute zurück. »Ich habe gar nicht bemerkt, daß wir so weit gelaufen sind. Wir kehren besser zurück.«

Als sie wieder in Richtung Ambulanz liefen, machten Chris' Gedanken einen Sprung, und sie runzelte die Stirn.

Spud bemerkte ihren Gesichtsausdruck. »Woran denkst du?«

»Oh, davon reden wir später einmal«, sagte das Mädchen ausweichend. Chris hatte das Gefühl, daß im Augenblick Ben Strongs Gesundheitszustand wichtiger war, und daß sie Matthew Farnham besser zu einem späteren Zeitpunkt fragen sollte, ob er ihrem Vater nicht eine Arbeit verschaffen könne.

»Es muß sich um etwas anderes als um Bens Gesundheit handeln«, mutmaßte Spud.

Um Chris' Mund zeigte sich ein verbissener Zug, und ihre Stimme wurde traurig. »Vati sagt, daß wir nach Flatsville ziehen.«

Spud blieb abrupt stehen. »Wie bitte?«

Chris erklärte ihm die Sache in wenigen Worten und bemühte sich dabei, das aufkommende Schluchzen zu unterdrücken.

Als sie geendet hatte, atmete Spud tief und zitternd ein und dann langsam wieder aus. Das Mädchen wartete auf seinen Kommentar, aber der Junge ging schweigend neben ihr her.

Verunsichert fragte Chris: »Warum sagst du nichts dazu?«

Wieder gab der Junge keine Antwort, sondern ging schweigend weiter.

»Jetzt sag doch endlich etwas!« schrie Chris Spud an und stellte sich vor ihn.

Daraufhin sah er ihr mit einem solch weichen, zärtlichen

Ausdruck in die Augen, daß ihr Herz einen Sprung machte und ihr im Hals klopfte.

»Chris, ich habe in meinem ganzen Leben niemanden getroffen, der so gut zu mir war wie du«, sagte der Junge langsam. »Wenn es dich nicht gegeben hätte, würde ich vielleicht immer noch als Tramp durchs Land ziehen. Früher oder später wäre ich wahrscheinlich unter die Räder eines Güterwagens gefallen oder von einem anderen Landstreicher erstochen worden, der mich aus dem einen oder anderen Grund nicht leiden konnte. Chris, ich verdanke dir vermutlich mein Leben.«

»Oh, Spud!« flüsterte sie, tief bewegt von seinen Worten.

Plötzlich ergriff er ihre Hand ganz fest. »Willst du denn von hier fortziehen, Chris?«

»Natürlich nicht! Ich möchte für immer hierbleiben!«

»Dann werde ich dir helfen, einen Weg zu finden«, sagte der Junge und ließ ihre Hand los.

Chris spürte, wie die Hoffnung in ihr aufstieg und sie von innen wärmte. »Ich werde in Lone River bleiben!« schrie sie und warf ihre Arme erleichtert in die Luft. »Ich weiß nicht wie, aber ich werde hierbleiben!«

Dann erkannte sie die Bedeutung dessen, was sie gesagt hatte. Eine Stimme in ihrem Innern warnte sie: *Es bleibt keine Zeit. Und selbst wenn noch Zeit wäre, wäre die Aufgabe zu groß für dich.*

Zweifel trafen Chris wie ein Schwall eiskalten Nordwindes. Noch immer schaute sie Spud an, und es gelang ihr ein kleines Lächeln. »Wir werden einen Weg finden! Wir müssen es einfach!«

Aber der schreckliche Zweifel hielt ihr Herz in festem Griff. Schweigend ging sie gemeinsam mit Spud zur Ambulanz zurück.

Kapitel 4

Ein Hinweis auf die Zukunft

Am nächsten Tag begann die letzte Schulwoche vor den Weihnachtsferien. Den ganzen Vormittag wechselte Chris' Stimmung zwischen fester Zuversicht und tiefer Verzweiflung, wenn sie an Bens Problem und an ihr eigenes dachte. Sie klammerte sich an die Hoffnung, die Untersuchungen würden ergeben, daß der alte Ranger keinen Lungenkrebs hatte. Zudem versuchte sie, fest daran zu glauben, ihr Vater würde in Lone River Arbeit bekommen, so daß sie all ihre Freunde nicht so kurz vor Weihnachten würde verlassen müssen.

Am Mittag nahmen Chris und Ruby schnell ihre Mahlzeit ein. Dann gingen sie die wenigen Häuserblocks entlang zu den Geschäften in der Stadt. Keines der Mädchen hatte ein Weihnachtsgefühl, aber Chris hatte noch nicht alle Geschenke gekauft.

Unterwegs schwiegen die Cousinen nachdenklich und traurig. Ihre Mäntel hatten sie eng um sich gezogen. Der Nebel hatte sich vom Boden verzogen, aber er hing noch immer wie eine massive Wolke über der Stadt und verdeckte die Sonne völlig.

Schließlich murmelte Ruby: »Ich fühle mich genauso unwohl wie du, aber es wäre schön, wenn du auch einmal etwas sagen würdest.«

Chris seufzte. »Ich mache mir so schreckliche Sorgen um Bruder Ben. Ich kann mir nicht vorstellen, daß er wirklich . . . sterben könnte.« Sie mußte einen Augenblick innehalten, bevor sie das schreckliche Wort aussprechen konnte.

Ruby sagte beiläufig: »Jeder Mensch muß einmal sterben, und Ben ist ein alter Mann.«

Chris erschauderte bei den Worten ihrer Cousine. »Sprich nicht so gefühllos!«

»Du brauchst mir nicht den Kopf abzureißen!« fuhr Ruby sie mit steigender Stimme an. »Auch mir tut es um Bruder Ben sehr leid, aber ich war ihm niemals so verbunden wie du. Darum tut es mir auch nicht so weh.«

»Es tut mir leid, daß ich dich angeschrien habe«, erwiderte Chris. Als ihre Cousine verständnisvoll nickte, fügte Chris leise hinzu: »Ben ist ein wunderbarer, alter Herr; er ist für mich beinahe so etwas wie ein Verwandter.«

Rubys Stimme war leiser, als sie fragte: »Hat er gesagt, wie lange er noch zu leben hat?«

»Der Arzt weiß es erst, wenn er die letzten Untersuchungen gemacht hat, aber er sagt, daß Bruder Ben noch ein wenig Zeit bliebe, wenn es Krebs ist.«

Die Mädchen gingen in nachdenklichem Schweigen an mehreren Geschäften vorbei, in deren Schaufenster der Blaue Adler des Arbeitslosenprogramms von Präsident Roosevelt zu sehen war, der besagte: »Wir leisten unseren Beitrag.«

Die Mädchen betraten das einzige Billigwarengeschäft von Lone River. Ein Schild verkündete: »Nichts ist teurer als 49 Cent.« Mit Ausnahme des Besitzers und einer einzigen Kundin, die beide den Mädchen ihren Rücken zuwandten, war das Geschäft leer. Hinten im Laden spielte ein altes Grammophon eine verkratzte Schallplatte mit Weihnachtsliedern ab.

Ruby fragte: »Was willst du hier kaufen?«

»Ich habe für jedes Familienmitglied ein Geschenk, nur für Molly noch nicht. Sie wird uns Mama natürlich niemals ersetzen, aber sie ist sehr gut zu uns Kindern. Daher möchte ich ihr mit meinem Silberdollar etwas Besonderes kaufen.«

Als die Cousinen durch den Laden auf die Kasse zugingen, wandte sich die einzige Kundin um und kam auf die Mädchen zu. »Oh, nein!« sagte Chris leise. »Es ist Pruda! Sie ist zurück!«

Pruda Frowick war eine unbeliebte, schwergebaute Schülerin der achten Klasse mit unordentlichem, mausfarbenem Haar. Bevor sie einige Wochen zuvor von Lone River fortgezogen war, hatte Pruda aus ihrer Abneigung gegen die Cousinen niemals einen Hehl gemacht.

»Nanu«, begann sie. »Schaut, wer in diesem Billigladen einkauft wie der Rest von uns anderen armen Leuten!«

Chris' Magen zog sich zusammen bei dem bitteren Ton des Mädchens, aber es gelang ihr, ihre Gefühle zu beherrschen. »Hallo, Pruda«, sagte sie. »Ich dachte, du wärst umgezogen.«

»Das sind wir auch, aber wir mußten noch einmal zurückkommen, um Sachen zu holen, die wir beim ersten Transport nicht auf unserem Lastwagen unterbringen konnten.« Pruda zog an ihrem schwarzen Kleid, das offensichtlich abgeschnitten worden war, damit es ihr paßte. »Ich habe heute morgen gehört, daß ihr auch nach Flatsville zieht.«

Chris blinzelte. »Auch?« fragte sie.

»Natürlich! Weißt du nicht, wohin wir gezogen sind? Wir beide werden wieder dieselbe Schule besuchen.«

Betroffen schaute Chris Ruby an und fragte: »Wie gefällt es dir in Flatsville?«

»Besser als es dir gefallen wird! Die Stadt ist voller Okies, wie ich eine bin, nur daß ich stolz darauf bin. Du gehörst nicht dorthin, du mit deinen hochgestochenen Ideen, daß du eines Tages irgendwer sein wirst. Von deinen reichen Freunden hier wollen wir erst gar nicht reden.«

Chris wollte weitergehen, aber Pruda gab ihren Versuch, Chris zu ärgern, noch nicht auf. Sie sagte: »Jetzt wirst du vielleicht endlich einmal begreifen, welche Auswirkungen die Wirtschaftskrise hat, denn in Flatsville hast du niemanden mehr, auch nicht diesen reichen Bankbesitzer oder diesen Ranger Ben Strong.«

Chris versuchte, um Pruda herumzugehen, aber das streitsüchtige Mädchen verstellte ihr den Weg. »In Flatsville wirst du dann wohl endlich von deinem hohen Roß herunterkommen müssen«, stellte sie hämisch fest.

Rubys Stimme nahm einen drohenden Ton an: »Geh aus dem Weg, Pruda, oder ich reiße dir alle Haare vom Kopf!«

Das schwergebaute Mädchen starrte Ruby an und trat dann einen Schritt auf die Seite. Als die Cousinen weiter den Mittelgang entlanggingen, rief Pruda: »In Flatsville hast du niemanden auf deiner Seite, Chris Corrigan! Du wirst keinen einzigen Freund haben. Das Leben wird schrecklich für dich sein!«

Ruby wirbelte herum und machte einige schnelle Schritte auf Pruda zu. »Wenn du ihr auch nur ein Härchen krümmst, bekommst du es mit mir zu tun!«

Das Mädchen gab keine Antwort, sondern eilte aus dem Geschäft. Chris starrte hinter ihr her. »Oh, Ruby, schon allein der Gedanke, daß ich dorthin ziehe, wo sie lebt, ist kaum zu ertragen! Die einzige Möglichkeit, die mir bleibt, ist, Herrn Farnham zu fragen, ob er Arbeit für Vati hat.«

»Wann willst du Herrn Farnham fragen?«

»Ich weiß es nicht.«

»Glaubst du, daß er jetzt in seiner Bank ist?«

Ein Lächeln erhellte Chris' Gesicht. »Das wäre möglich. Die Bank ist nur einige Häuserblocks entfernt. Fragen wir ihn doch gleich jetzt.«

»Geh du allein. Ich schaue mich hier noch ein wenig um.«

Chris wollte protestieren, überlegte dann jedoch, daß Ruby vielleicht ein Geschenk für sie kaufen wollte. So nickte sie und eilte hinaus in den kalten, feuchten Nebel.

Als Chris die Tür der Bank erreichte, sah sie, daß Matthew Farnham gerade einen Häuserblock entfernt die Straße hinunterging. *Er will sicher zum Essen*, dachte das Mädchen und begann zu laufen. Dann erinnerte es sich daran, daß es in dieser Richtung nur ein kleines Café gab. *Ich nehme den kürzeren Weg durch die Gasse und bin so gleichzeitig mit ihm dort.*

Chris bog in die Gasse zwischen den Reihen von alten Häusern aus roten Ziegelsteinen und lief um einen Stapel von Pappschachteln herum, in denen sich einmal Modellautos befunden hatten, und die auf dem Bürgersteig aufgeschichtet worden waren, um später verbrannt zu werden. Eine hellrote Schachtel weckte ihre Aufmerksamkeit. Das Mädchen blieb stehen und hob sie auf. Sie war quadratisch, und eine Seite war ungefähr fünfzehn Zentimeter lang. Die Schachtel befand sich in einem sehr guten Zustand. Nur an einer Ecke war sie leicht beschädigt. Chris blieb stehen und untersuchte die Schachtel. Innen war sie sauber.

Vielleicht kann ich Mollys Geschenk darin einpacken, dachte sie und glättete vorsichtig die zerdrückte Ecke. Als sie weiter die Gasse hinunterging, trug sie die Schachtel in der Hand.

Am anderen Ende der Gasse bog ein Mann ein und schaute um sich. Er zögerte, als er das einsame Mädchen erblickte, und ging dann auf Chris zu. Chris blieb überrascht stehen. *Zane!*

Sie war versucht, davonzulaufen, aber statt dessen fiel ihr Blick auf die Hintertür eines Geschäftes. Sie griff nach dem Türknopf, als ob sie das Geschäft betreten wollte. Wenn der Anführer der Viehdiebe irgendwie anzeigte, daß er sie erkannt hatte, wollte sie in den Laden eilen und durch die Vordertür auf die Straße entkommen.

Aber der bullige Mann blieb bei einer anderen Tür in der Gasse stehen, die sich ganz in der Nähe der Seitenstraße befand, aus der er gekommen war. Dann verschwand er im Innern eines Gebäudes.

Chris überlegte, was sie tun sollte. Zane hatte sie nicht gut sehen können, als er und die beiden anderen Viehdiebe die Tiere von Bruder Ben stahlen. Bei dem Unfall in der Nähe der Ambulanz hatte er sie und den Fahrer des Personenwagens jedoch bedroht. Zane würde sie mit Sicherheit erkennen, wenn er sie jetzt so aus der Nähe sah.

Aber ich will trotzdem wissen, beschloß sie, *was er hier zu suchen hat.*

Als Chris vorsichtig die Gasse hinunterging, klopfte ihr Herz vor Aufregung heftig. Die rote Schachtel trug sie noch immer in der Hand.

In welches Haus ist er gegangen? fragte sie sich, als sie sich dem Ende der Gasse näherte. All die schwarzen Metalltüren hatten Nummern, aber nur auf drei Türen stand ein Name. Chris' Augen untersuchten jede Tür. *Kurzwarenhändler. Bäckerei. Eisenwaren.* Chris schüttelte den Kopf. *Welche Tür könnte es gewesen sein?*

Plötzlich öffnete sich eine Tür, auf der kein Name stand. Zane trat heraus und sprach dabei mit jemandem im Inneren. »Es ist hervorragendes Fleisch«, sagte der Viehdieb. »Ihre Kunden werden zufrieden sein.«

Natürlich! Eine Fleischerei! Chris schaute sich nach einem Versteck um.

Der Hintereingang des Eisenwarengeschäftes besaß einen kleinen Vorbau. Das Mädchen tauchte in seinen Schutz ein und drückte sich eng an die Metalltür.

Chris lauschte, wobei sie kaum zu atmen wagte, bis sie hörte, wie Zanes Schritte verklangen. Ganz vorsichtig spähte sie aus ihrem Versteck hervor.

Zane stand am anderen Ende der Gasse. Er winkte jemandem zu, der sich irgendwo auf der Straße befand und den Chris nicht sehen konnte. Dann eilte er zu der Fleischerei zurück.

Chris zog sich schnell zurück und wartete. Sie zitterte vor Angst. Dann hörte sie, wie ein Lastwagen langsam in die Gasse einbog. Sie lauschte, bis der Wagen stehenblieb und die Fahrertür sich öffnete. Dann spähte sie erneut vorsichtig aus ihrem Versteck.

Es ist derselbe Lastwagen! Der rechte Kotflügel ist noch

immer zusammengedrückt. Und das sind dieselben zwei Männer, Al und Smokey, die ich beim Diebstahl von Bruder Bens Stieren beobachtet habe. Sie versuchen, ihr Fleisch hier zu verkaufen!

Chris wußte nicht, was sie tun sollte. *Soll ich durch das Eisenwarengeschäft laufen und es Herrn Farnham sagen? Er könnte die Polizei rufen. Aber dann werden diese Männer behaupten, daß es ihr Fleisch ist, und niemand kann das Gegenteil beweisen. Wenn ich sage, daß es dieselben Männer sind, die ich das Vieh stehlen sah, dann steht ihr Wort gegen das meine. Oh, ich wünschte, Ruby wäre hier. Oder Spud.*

Die Worte des Jungen vom vorhergehenden Tag kamen ihr wieder in den Sinn. *»Hast du dir die Nummer des Wagens gemerkt?«*

»Die Autonummer!« Chris sog die Luft tief ein. Sie streckte vorsichtig ihren Kopf vor und verrenkte sich den Hals, um sich das Nummernschild gut anzuschauen, ohne selbst bemerkt zu werden.

Sekunden später sagte sie sich zufrieden: *Jetzt habe ich die Autonummer im Kopf!* Sie versuchte sie sich einzuprägen, weil sie weder Papier noch Bleistift bei sich hatte. Ihr Blick fiel auf die rote Schachtel, und mit einem Lächeln öffnete sie den Deckel. Mit ihrem Fingernagel ritzte sie sorgfältig die Autonummer in die weiße Innenseite des Deckels.

Sie schloß den Deckel und schaute gerade wieder auf, als Smokey und Al die hintere Seite des Lastwagens erreichten. Jeder nahm eine Seite frischen Fleisches heraus und trug sie in das Gebäude, während der Fleischer, der eine blutige Schürze und Armschützer aus Papier trug, Zane eine Summe Geld übergab.

Plötzlich öffnete sich die Tür hinter Chris. Sie wirbelte herum. Ein kleiner Mann mit lockigem Haar und dunkler Haut stand da. Er trug einen kleinen Beutel aus Segeltuch, auf dem *Lone River Bank* stand.

»He!« rief der Eisenwarenhändler. »Was tust du hier?«

Erschrocken stotterte Chris: »Ich . . . ich –«

Der Kaufmann unterbrach sie zornig. »Ich bin es leid, daß Kinder immer wieder versuchen, in meinen Laden einzubrechen! Ich weiß, daß schwere Zeiten sind, aber das ist kein Grund, um mich zu bestehlen!«

Chris hatte nicht vor, fortzulaufen, aber die harten Worte des Mannes ließen sie in die Gasse zurückweichen. »Ich versuche überhaupt nicht, etwas zu stehlen, Mister. Ehrlich! Ich wollte –«

»Erzähl mir keine Märchen!« unterbrach der Mann sie wieder. »Dreimal wurde bei mir eingebrochen, seit die Schule begann. Jetzt versuchst du, mein Hinterzimmer auszurauben, während ich vorne im Laden arbeite. Ich bin es endgültig leid! Und ich habe dich auf frischer Tat ertappt!«

Mit seiner freien Hand versuchte er, Chris zu ergreifen, aber sie riß sich los. »Mister, ich wollte wirklich nicht –«

»Also gut!« Der Mann erhob eine Hand und begann, die Gasse hinunterzugehen. »Aber daß ich dich hier niemals wieder erwische!«

Mit einem Seufzer der Erleichterung wandte sich Chris gerade rechtzeitig um, um zu hören, daß der Motor des Lastwagens angelassen wurde. Der Fleischer war in seinem Geschäft verschwunden, und der Lastwagen begann, sich auf Chris zuzubewegen.

Sie sah, daß Smokey auf dem Trittbrett auf der Beifahrerseite stand. Zane stand auf dem anderen. Plötzlich wies er auf Chris und rief dem Fahrer etwas zu.

Sie haben mich erkannt!

Das Fahrzeug dröhnte mit zunehmender Geschwindigkeit auf sie zu.

Kapitel 5

Eine weitere Enttäuschung

Wie gebannt starrte Chris voller Angst auf den Lastwagen, der die Gasse hinunterfuhr und auf sie zudonnerte. Doch dann löste sie sich aus ihrer Erstarrung und griff nach dem Türknauf der Eisenwarenhandlung. Doch die Tür war verschlossen. Das Mädchen hastete zur nächsten Tür. *Bitte, Herr! Laß sie offen sein!*

Nach diesem Stoßgebet griff Chris nach dem Türknauf. Er ließ sich bewegen. Mit einem Seufzer der Erleichterung schob sie die Tür auf. Der Lagerraum der Kurzwarenhandlung war voller Ständer mit Männeranzügen. Der Geruch von neuer Kleidung und von Mottenbällen drang in Chris' Nase, als sie die Tür hinter sich zuschlug.

Sie hörte, wie der Lastwagen draußen anhielt und zwei Männer zur Tür kamen. Chris warf sich herum und rannte durch den hinteren Raum, vorbei an dem verblüfften Ladenbesitzer an der Kasse und zur Vordertür hinaus.

Zu ihrer Linken bemerkte sie den Bankier, der das einzige Café Lone Rivers, *Bettys Café-Laden*, betrat. Chris eilte hinter ihm her. »Herr Farnham! Warten Sie!« rief sie. Aber er schien sie nicht zu hören.

Hinter sich hörte Chris das gewaltsame Öffnen einer Tür. Zane rief laut: »Dort ist sie!«

Das Mädchen rannte weiter, angespornt von dem drohenden Geräusch schwerer Stiefel, die hinter ihr auf dem Bürgersteig stampften.

Keuchend erreichte Chris die Tür des Cafés. Ein Mann in dem Overall eines Automechanikers öffnete die Tür, um auf die Straße zu treten. Das Mädchen huschte an ihm vorbei. Den überraschten Ausruf des Mannes hörte es kaum.

Chris blieb stehen und blickte sich um. Mit Ausnahme von zwei Ranchern in ihren üblichen blauen Denims waren alle anderen Gäste Geschäftsleute, die einen Anzug und eine Krawatte trugen. Ein hagerer Mann mit einer weißen Mütze und einer weißen Schürze arbeitete als Koch. Die einzige Frau in dem Café war die Besitzerin und gleichzeitig die einzige Bedienung. Betty war schlank und hatte blondes Haar, das sie als Pagenfrisur trug. Wie die Männer wandte sie sich um und starrte Chris erstaunt an.

Das Mädchen erblickte den Bankier, als er sich auf einen Stuhl an einem freien Tisch in der hinteren rechten Ecke des Cafés niederließ. »Herr Farnham!« rief Chris und hastete schnell an den anderen Tischen und Stühlen vorüber. »Herr Farnham!«

Der Bankier sah auf und warf ihr über den silbernen Rand seiner Brille einen überraschten Blick zu. Wie gewöhnlich war er elegant gekleidet, er trug einen dreiteiligen Anzug; die schwere Kette seiner goldenen Uhr zog sich über seine blaue, aus Serge gefertigte Weste. »Chris, was im Himmel –«

Das Mädchen stieß hervor: »Diese Männer verfolgen mich!« Sie deutete auf das Fenster. »Es sind die Männer, die Bruder Bens Vieh gestohlen haben. Und gerade jetzt habe ich sie beobachtet, wie sie dem Fleischer Fleisch verkauft haben. Ich möchte wetten, daß es Bruder Ben gehörte.«

Matthew Farnham sah gerade in dem Augenblick zum Fenster des Cafés, als die beiden Männer ihre Verfolgung aufgaben. Der Lastwagen kam um die Ecke und hielt an. Zane sprang auf das Trittbrett der Beifahrerseite und rutschte auf den Sitz. Al folgte ihm. Das Getriebe quietschte schrill, als der Fahrer den Gang einlegte und mit zunehmender Geschwindigkeit die Straße hinunterfuhr.

»Ich habe ihre Autonummer!« rief Chris aus und öffnete die rote Schachtel. »Schnell! Rufen Sie die Polizei! Vielleicht erwischen sie sie, bevor sie fort sind!«

»Beruhige dich, Chris!« drängte der Bankier und zog sie

freundlich auf einen Stuhl neben sich. »Worum geht es denn überhaupt?«

Noch immer keuchend, erklärte Chris es ihm. Sie schloß atemlos: »Dann haben sie mich entdeckt und begannen, mich zu verfolgen –«

Sie brach ab, als der Bankier schnell aufstand und zu der Besitzerin, die hinter der Theke stand, sagte: »Betty, ich benötige Ihr Telefon, um die Polizei anzurufen.«

Chris blieb an dem Tisch sitzen. Sie fühlte sich unbehaglich, denn sie war sich bewußt, daß die übrigen Kunden im Café sie anstarrten. Sie stellte die rote Schachtel auf den Boden neben ihrem Stuhl. In ihrer Aufregung über die Verfolgung hatte sie den eigentlichen Grund, aus dem sie Matthew Farnham hatte sprechen wollen, vergessen.

Der Bankier kam zu seinem Platz zurück. »Polizeichef Thorne wird gleich hier sein. Er möchte, daß du auf ihn wartest. Ich habe auch Ben Strong angerufen. Er kommt ebenfalls, um mit dir zu reden.«

Chris erstarrte plötzlich, als ihr bewußt wurde, wie spät es war. »Das geht nicht! Ich kann nicht warten! Ich muß vor dem letzten Läuten wieder in der Schule sein!«

»Wenn du zu spät kommst, werde ich dem Direktor die Sache erklären. Ich bin sicher, daß er Verständnis dafür hat, daß die beiden Männer unbedingt mit dir sprechen mußten.«

Chris nickte. Dann erinnerte sie sich daran, aus welchem Grund sie den Bankier hatte aufsuchen wollen. »Wenn wir jetzt sowieso warten müssen, möchte ich gerne mit Ihnen über meinen Vater sprechen. Wissen Sie . . .«

Sie schwieg, als ein Ford mit einem roten Licht über der linken Windschutzscheibe mit quietschenden Bremsen am Straßenrand anhielt. Der einzige Polizist der Stadt, der damit gleichzeitig auch der Polizeichef war, betrat zielstrebig das Café.

Er war ein großer, gutgebauter Mann im mittleren Alter, der eine Mütze trug, ein khakifarbenes Hemd und ebensolche

Hosen sowie einen Gürtel, in dessen Halfter eine Pistole steckte. Chris kannte ihn schon von früheren Begegnungen. Daher begrüßte sie ihn höflich und begann zu berichten, was geschehen war.

Der Polizeichef unterbrach sie. »Laß uns nach draußen gehen, damit die anderen Leute hier in Ruhe ihre Mahlzeit beenden können.«

Chris und der Bankier folgten dem Polizisten nach draußen. Einige Kunden standen am Fenster, offensichtlich enttäuscht darüber, daß sie die letzten Einzelheiten, die das Mädchen zu berichten hatte, nicht hören konnten.

Polizeichef Thorne stellte seinen linken Fuß auf das Trittbrett seines Wagens. Er legte ein Notizbuch auf sein gebeugtes Knie und machte sich Notizen, während Chris ihre Geschichte noch einmal erzählte. Sie erschauderte, zum Teil vor Aufregung und zum Teil aufgrund des kalten, feuchten Wetters. Nachdem sie geendet hatte, schloß der Beamte sein Notizbuch.

»Ich werde Otto, den Fleischer, befragen. Du kommst besser mit mir, Chris.«

Das Mädchen wandte sich an den Bankier. »Herr Farnham, bevor ich gehe, muß ich noch etwas sehr Wichtiges mit Ihnen besprechen. Mein Vati –«

Polizeichef Thorne unterbrach sie. »Du kannst später zur Bank zurückgehen und mit Herrn Farnham sprechen, Chris. Jetzt aber müssen wir zu dem Fleischer gehen. Wenn er die Namen und eine Adresse von einem der Männer hat, können wir dort die Spur aufnehmen, bevor sie kalt wird.«

Weil sie das Gefühl hatte, daß sie ihre Chance verpaßte, setzte Chris noch einmal an. »Herr Farnham, ich –«

Dieses Mal unterbrach der Bankier sie. »Komm in mein Büro, wenn du und der Polizeichef bei Otto wart. Ich habe dann zu Mittag gegessen und werde dich gerne anhören, Chris. Oh, und ich werde Betty sagen, wo du bist, damit Bruder Ben dich finden kann, wenn er kommt.«

Chris war sowohl ängstlich als auch enttäuscht, als sie mit Polizeichef Thorne durch die Eingangstür der Metzgerei trat. Sie gingen über den mit Sägespänen bedeckten Boden. Otto Schmaltz legte sein Fleischermesser auf den Hackblock, auf dem er gerade ein Stück Fleisch zerschnitten hatte. Lächelnd ging er auf seine Besucher zu und wischte sich dabei seine Hände an einem Handtuch ab, das an der Seite der hohen Glastheke hing.

»Otto«, begann der Beamte und räusperte sich. »Chris hier sagt, daß sie gerade eben drei Männer gesehen hat, die an Ihrer Hintertür Fleisch abgeliefert haben. Stimmt das?«

Der Fleischer nickte. Er war ein großer, kräftig gebauter Mann mit lockigem, grau werdendem Haar. »Natürlich. Das geschieht immer wieder. Die Rancher töten einige Tiere, behalten einen Teil des Fleisches für sich und verkaufen mir den Rest als zusätzliches Einkommen. Warum fragen Sie? Stimmt etwas nicht?«

»Das könnte tatsächlich der Fall sein«, räumte der Beamte ein. »Chris, erzähl ihm, was du mir berichtet hast.«

Hastig sprudelte Chris die Geschichte hervor. Sie fühlte sich nicht wohl in ihrer Haut, da sie genau wußte, daß sie eigentlich auf dem schnellsten Weg zurück zur Schule mußte. Sie wußte aber auch, daß sie erst noch mit dem Bankier über eine Arbeit für ihren Vater sprechen mußte.

Otto hörte Chris schweigend zu. Dann legte er sich wieder die blaßrosa Überziehärmel an, die er jeden Morgen aus speziellem Papier faltete, das er von einer Rolle auf seiner weißen Theke abriß.

»Es tut mir leid, wenn ich etwas von Bens Vieh gekauft haben sollte, aber ich hatte keinen Grund zu der Annahme, daß das Fleisch gestohlen sein könnte. Die Männer haben gesagt, es stamme von ihrer eigenen Herde, und ich hatte keinen Grund, das anzuzweifeln. Schließlich kaufe ich das Fleisch immer auf diese Weise.«

Der Polizist fragte: »Haben Sie die Männer gekannt?«

»Ich habe sie nie zuvor gesehen.«

»Haben sie ihren Namen gesagt oder eine Adresse angegeben?«

»Nein, aber ich habe auch keinen Grund gesehen, sie danach zu fragen. Ich habe das Fleisch untersucht und gesehen, daß es gut war. Auch der Preis war in Ordnung. Es tut mir leid, daß ich Ihnen nicht mehr sagen kann.«

Der Polizeichef dankte dem Fleischer und fuhr Chris zur Bank. Dort angekommen, stieg sie aus dem Wagen und ging über den Bürgersteig auf die große Doppeltür der Bank zu. *Ich hoffe sehr, daß Herr Farnham eine Arbeitsstelle für meinen Vati hat!*

Als sie das vertraute Geräusch von Ben Strongs Packard vernahm, blieb sie stehen und schaute die Straße hinunter. Chris wartete, bis der alte Ranger den Wagen an den Straßenrand gefahren hatte und ausstieg.

»Sobald ich Matts Anruf bekam, bin ich zur Stadt gefahren«, begann der alte Ranger in seinem weichen Tonfall. »Betty hat mir gesagt, wo ich dich finden kann. Soviel ich verstanden habe, hast du aufregende Dinge erlebt.«

Chris nickte. »Können wir uns in Ihren Wagen setzen, wo es warm ist, während ich es Ihnen berichte?« fragte sie.

Im Auto bemerkte Chris, daß es unter dem Segeltuchdach nicht viel wärmer war als draußen auf dem Bürgersteig. Aber zumindest schien die Feuchtigkeit ihre Kleidung und ihren Körper nicht weiter zu durchdringen. Schnell berichtete das Mädchen nochmals die Erlebnisse der letzten Stunde. Es schloß: »Aber jetzt muß ich unbedingt Herrn Farnham fragen, ob er nicht eine Arbeitsstelle für meinen Vati weiß.«

»Ich verstehe«, versicherte der alte Ranger Chris. »Aber der Polizeichef hat mir am Telefon gesagt, daß du die Autonummer hast. Stimmt das?«

Chris nickte, erstarrte dann aber und warf einen Blick auf ihre leeren Hände. »Ich habe die Nummer mit dem Fingernagel in die Innenseite des Deckels einer Schachtel geritzt, aber diese habe ich in Bettys Café-Laden vergessen, als ich mit dem Polizeichef zur Metzgerei ging.«

»Wir holen sie«, sagte Ben und ließ den Wagen an.

Außer Betty befand sich niemand mehr in dem Café. Die Frau lächelte Ben grüßend zu, während Chris zu dem Tisch lief, an dem sie die Schachtel auf den Boden gestellt hatte. Die Stelle war leer. – Sie wandte sich an Betty und fragte aufgeregt: »Haben Sie die rote Schachtel gesehen, die ich eben hier habe stehenlassen?«

»Nein, meine Liebe, das habe ich nicht. Aber vielleicht hat sie der Koch genommen, als er ausgefegt hat. Er hat den Abfall mit nach Hause genommen, um ihn zu verbrennen.«

Ben sagte: »Ich weiß, wo er wohnt.«

Chris und Ben eilten zu dem Packard und fuhren zwei Häuserblocks entlang die Straßen hinunter, die von kahlen Plantanen gesäumt wurden. Der Rauch, der aus dem Hinterhof des Hauses, in dem der Koch wohnte, aufstieg, ließ Chris das Schlimmste befürchten.

Sie rannte um das kleine, weiße Fachwerkhaus herum und sah mit einem Blick, daß die Flammen in dem rostigen Metallbehälter am Erlöschen waren. Sie hatten nichts übriggelassen.

Verzweifelt schaute Chris den alten Ranger an. Er legte seinen Arm um sie und sagte tröstend: »Nun, nun. Nimm es nicht so schwer. Die Autonummer ist uns jetzt verlorengegangen, aber ich werde einen anderen Weg finden, um die Viehdiebe zu fangen.«

Chris wollte ihm erklären, daß mehr als die Autonummer verlorengegangen war. Ihr war auch die schöne Schachtel wichtig gewesen, in der ihr kleines Geschenk schöner ausgesehen hätte, wenn ihre Stiefmutter ihr Päckchen am Weihnachtsmorgen geöffnet hätte. Aber Chris folgte Bruder Ben stumm zu seinem Wagen. Er fuhr sie zur Bank; dort sagte er ihr, daß er auf sie warten und sie zur Schule fahren würde, nachdem sie mit Matt Farnham gesprochen hatte.

Der Bankier öffnete die Tür seines Büros und bot Chris einen Platz an. Sie war so begierig, ihm ihr Anliegen vorzulegen, daß sie kaum einen Blick für die wertvolle Einrichtung hatte. »Herr Farnham«, begann sie, beugte sich auf ihrem Stuhl vor und schaute den Mann über den Tisch hinweg an, »ich mag Sie gar nicht fragen, aber ich weiß niemanden sonst, der helfen könnte.«

Atemlos erklärte sie, daß ihr Vater seine Arbeitsstelle verloren hatte und jetzt plane, nach Flatsville zu ziehen. Der Bankier hörte ihr höflich zu, bis sie zu ihrer Bitte kam.

»Herr Farnham, wenn Sie auf einer Ihrer Ranchen eine Arbeit für meinen Vater hätten, würde er sehr hart arbeiten. Ich weiß, daß er es tun würde, und es würde Ihnen niemals leid tun, ihn angestellt zu haben.«

Der Bankier lehnte sich über seinen Tisch und schaute das Mädchen über seine Brille hinweg an. »Chris, ich weiß, daß dein Vater ein erstklassiger Cowboy ist, ein guter, vielseitiger Arbeiter und so ehrlich und arbeitswillig, wie ein Mann nur sein kann. Aber ich habe schon eine Gruppe guter Cowboys. Sie alle haben eine Familie, und keiner von ihnen hat, soweit ich weiß, vor, zu kündigen. Du kannst gewiß verstehen, daß ich keinen von ihnen entlassen kann, ohne ihre Familien zu treffen.«

Chris nickte stumm und spürte, daß ihre Chancen, in Lone River zu bleiben, immer geringer wurden. Ihr Kopf sank nach vorne, so daß sie, ohne etwas wahrzunehmen, auf den teppichbedeckten Boden schaute.

Der Bankier stand auf und ging um den Schreibtisch herum. »Es tut mir leid, Chris«, sagte er mit leiser, aufrichtiger Stimme.

»Mir auch«, antwortete das Mädchen, erhob sich schnell und stolperte beinahe aus dem Zimmer.

Das war meine letzte Hoffnung!

Der krankmachende Gedanke folgte ihr nach draußen auf den Bürgersteig und in den trostlosen Nebel.

Kapitel 6

Ein gefährlicher Feind

Wie versprochen, hatte der alte Ranger gewartet. Chris glitt schweigend auf den Vordersitz neben ihm, und der Mann lenkte den Wagen schnell die Straße hinunter und der Schule zu.

Er sagte mitleidig: »Ich kann deinem Gesicht ansehen, daß du schlechte Nachrichten von Matt bekommen hast, Chris. Das tut mir leid.«

Chris fühlte sich elendig. »Die Sache sieht wirklich nicht gut aus.«

»Hast du schon darüber gebetet?«

»Die ganze Zeit.«

»Hast du Gott gefragt, was sein Wille ist?«

Chris schob ihr Kinn vor. »Nein, weil ich sicher bin, daß er will, daß wir hierbleiben.«

Als er den Wagen vor der Schule zum Halten brachte, sagte der alte Ranger leise: »Manchmal will Gott etwas anderes als wir. Die Bibel sagt, daß Gottes Gedanken höher sind als unsere. Aber das akzeptieren wir nicht immer, besonders wenn wir etwas unbedingt wollen.«

Chris wollte das nicht hören. *Ich weiß, was richtig ist!* dachte sie verbissen. *Richtig ist, wenn wir in Lone River bleiben!*

Der alte Ranger schien ihre Gedanken zu erraten. Er wechselte das Thema. »Wenn das Wetter so bleibt, werde ich Buster am Samstag zu Quint Armstrongs Ranch im Hochland bringen. Er ist der Freund, von dem ich dir erzählt habe. Spud kommt mit, aber es wäre schön, wenn ich noch weitere helfende Hände hätte. Magst du nicht mitkommen? Bringe doch auch Ruby mit.«

Chris war nicht abgeneigt, als sie hörte, daß auch Spud mitkommen würde. »Ich werde meine Eltern fragen«, sagte sie.

Als am Abend ihre vier jüngeren Schwestern und der kleine Bruder zu Bett gegangen waren, wandte sich Chris an ihren Vater. Er saß auf einer selbstgezimmerten Bank und las in einem Westernroman. Seine Frau saß ihm gegenüber und stopfte Socken. Chris berichtete von ihrem Gespräch mit Ben Strong.

Joe Corrigan sagte: »Ben braucht deine Hilfe nicht, um das alte Pferd fortzubringen.«

Molly nahm einen Socken vom Stopfei und warf schnell ein: »Joe, ich glaube, daß er die Kinder aus einem anderen Grund eingeladen hat. Ben geht es nicht gut, und er ist alleine. Chris mag er besonders gerne.«

Chris warf ihrer Stiefmutter einen dankbaren Blick zu. Gerade diese verständnisvolle Art war es, die bei Chris den Wunsch geweckt hatte, ein besonderes Weihnachtsgeschenk für Molly zu kaufen.

Joe betrachtete seine Tochter nachdenklich. Ein leises Lächeln zeigte sich auf seinen Lippen. »Mir scheint es, daß du vor allem deshalb mitfahren möchtest, weil Spud auch mitfährt.«

»Aber, Vati! Spud ist doch nur ein Freund.«

»Das habe ich bemerkt«, erwiderte der Mann in neckendem Ton.

Verlegen und mit niedergeschlagenen Augen fragte Chris: »Darf ich mitfahren?«

»Ja, wenn sich der Nebel lichtet, so daß die Fahrt keine Probleme bringt.«

»Danke, Vati!« Chris griff über den Tisch und strich schnell über die von der Arbeit hartgewordene Hand ihres Vaters. Sie wollte aufstehen, aber er zog sie zurück auf ihren Platz.

»Chris, du bist alt genug, um von den Angelegenheiten erwachsener Menschen etwas zu verstehen. Deshalb sollst du auch von dieser Sache hören: Wir haben noch Bohnen und Mehl, so daß wir noch eine Weile etwas zu Essen haben. Aber wir haben beinahe kein Holz mehr für den Ofen, und es ist kein Geld da, um welches zu kaufen.«

Chris wußte, daß es in dem kleinen gemieteten Schuppen ohne Heizung unerträglich kalt sein würde. Dies galt besonders jetzt, da der feuchte Nebel sich für immer eingenistet zu haben schien. Selbst in dem jetzt noch geheizten Haus hatten bereits alle Kinder unter Husten und Schnupfen zu leiden.

Chris versuchte, ruhig zu bleiben. »Was sollen wir tun?«

»Ich habe gehört, daß die Schalen von Mandeln und Walnüssen gut brennen«, erwiderte Joe Corrigan langsam. »Es gibt draußen vor der Stadt eine Ranch, auf der Schalen von Mandeln verkauft werden. Ich werde morgen hinfahren und sehen, ob ich den Preis für die Schalen abarbeiten kann.«

Molly fragte leise: »Und wenn das nicht geht, Joe?«

Einen Augenblick lang antwortete der Mann nicht und starrte nur in das flackernde Licht der Lampe. Schließlich sagte er leise: »Dann muß ich etwas Geld leihen, um die Schalen zu kaufen.«

Zum ersten Mal spürte Chris, wie kritisch die Situation der Familie allmählich wurde. Sie wußte, wie sehr ihr Vater es haßte, Schulden zu machen. Sie fragte: »Wieviel Geld brauchst du?«

Der Mann warf seiner Frau einen Blick zu; sein Adamsapfel machte einen Sprung, als er antwortete: »Ein Dollar sollte ausreichen.«

Es dauerte einen Augenblick, bis das Mädchen erkannte, welch schwieriges Ding sein Vater gesagt hatte. Indirekt bat er seine Tochter darum, ihm das Geld zu leihen.

In diesem Augenblick verstand Chris, warum ihr Vater den einzigen Job, den er bekommen konnte, annahm, auch wenn das bedeutete, an einen so schrecklichen Ort wie Flatsville zu ziehen.

Sie wußte, daß ihr Vater, wenn sie ihm ihren Dollar lieh,

diesen nicht würde zurückzahlen können, bevor er auf seiner neuen Arbeitsstelle seinen ersten Lohn erhalten hatte. Das würde lange nach Weihnachten sein. So würde sie kein Geld haben, ein Geschenk für Molly zu kaufen.

Wortlos stand Chris auf und betrat geräuschlos ihr Schlafzimmer. Sie hörte das leise Atmen ihrer schlafenden Schwester in dem ungeheizten Raum. Es war so eng darin, daß dort kaum Platz war für die zwei Feldbetten und einige Umzugskisten, die als Frisiertisch und Kommode dienten.

Nachdem sie den Tabaksbeutel unter ihrem Kissen hervorgezogen hatte, kehrte Chris zum Tisch zurück. Nicht ein Wort war gefallen, seit ihr Vater davon gesprochen hatte, sich einen Dollar leihen zu wollen.

Chris zog die Kordel des Tabaksbeutels auf und fischte mit zwei Fingern in dem kleinen Sack, der noch immer nach Tabak roch. »Bitte«, sagte sie und reichte ihrem Vater die Münze.

Langsam und ohne ihr in die Augen zu blicken, nahm der Mann das Geldstück. »Danke«, sagte er mit leiser, heiserer Stimme.

Chris spürte etwas von der Verzweiflung, die dieser schmerzvolle Augenblick ihm gebracht hatte.

»Ich habe dich lieb, Vati«, sagte Chris und gab ihm schnell einen Kuß auf die Wange. »Ich gehe jetzt zu Bett. Gute Nacht.«

Chris zog sich im Dunkeln hastig aus und erschauderte, als sie unter die schweren Decken glitt. Sie blies ihren Atem in das Kissen. Als es warm war, legte sie ihren Kopf darauf und blickte an die dunkle Decke.

Weil sie am liebsten geweint hätte, faltete sie ihre Hände unter der Decke und begann leise zu beten. *Herr, mein Vater braucht sehr bald einen richtigen Job. Aber bitte, laß ihn eine Arbeitsstelle hier in der Gegend finden, so daß wir nicht fortziehen müssen.*

Sie machte eine Pause und fügte dann hinzu: *Vati hat mei-*

nen Dollar gebraucht, aber woher bekomme ich nun ein Geschenk für Molly?

Diese Frage stellte Chris am nächsten Morgen auch Ruby, als der alte, rote Schulbus durch den anhaltenden Nebel kroch.

Ruby dachte einen Augenblick nach, bevor sie Chris' Frage beantwortete. Schließlich sagte sie: »Vielleicht könnte ich meinen Vati fragen, ob er aushelfen kann.«

»Nein!« Chris' Antwort klang schärfer, als sie es beabsichtigt hatte. »Niemand außer dir und mir soll davon wissen. Es schmerzt meinen Vati bereits genug, daß er sich das Geld von mir leihen mußte. Du bist der einzige Mensch auf der Welt, dem ich davon erzählen kann. Ich hoffe nur, daß ich sein Vertrauen nicht dadurch mißbrauche, indem ich es dir erzähle.«

Ruby nickte nachdenklich. »Vielleicht hinterläßt Ben dir etwas in seinem Testament, wenn er –«

»Ruby!« Chris unterbrach ihre Cousine so laut, daß die anderen Schüler, die in der Nähe der Mädchen saßen, sich überrascht umdrehten. Chris senkte ihre Stimme und beugte sich zu ihrer Cousine hinüber. »Sag so etwas nie wieder!«

»Du brauchst dich darüber gar nicht so aufzuregen«, fuhr Ruby Chris an und zog sich zurück. »Ich versuche nur, dir zu helfen.«

Chris' Ton wurde weicher. »Ich weiß. Aber versuche, mir auf eine andere Art und Weise zu helfen.«

Einige Minuten fuhren sie schweigend weiter. Da sagte Ruby: »Du! Glaubst du, daß auf die Viehdiebe eine Belohnung ausgesetzt wurde?«

Chris dachte einen Augenblick darüber nach, bevor sie antwortete. »Das könnte sein. Ich werde Bruder Ben fragen.«

»Natürlich nützt dir eine solche ausgesetzte Belohnung nur, wenn du die Viehdiebe auch wirklich fängst. Und das ist gar nicht so einfach.« Ruby schwieg einen Augenblick und fügte dann hinzu: »Du hast einen Vorteil, denn du weißt mehr über die Diebe als sonst jemand.«

Während des ganzen Unterrichtes an diesem Morgen ließ sich Chris Rubys Worte durch den Sinn gehen. Sie kam dann aber zu dem Schluß, daß es unwahrscheinlich war, daß sie dazu beitragen konnte, die Viehdiebe zu fangen. Trotzdem, so überlegte sie sich, würde es nicht schaden, die Augen offenzuhalten. Am Mittag schlug sie Ruby vor, ihre Mahlzeit an einem Platz zu essen, von dem aus sie den Verkehr auf der Hauptstraße beobachten konnten.

Chris erklärte: »Da ich den Lastwagen der Viehdiebe bereits in der Stadt gesehen habe, erkenne ich ihn vielleicht, falls er hier vorbeifahren sollte. Diesmal habe ich Papier und Bleistift bei mir, um mir die Autonummer aufzuschreiben.«

Ruby öffnete den runden Deckel ihres glänzenden Essensbehälters. Ursprünglich hatte sich ein Pfund Schmalz darin befunden. »Die Chance, daß die Viehdiebe in der kurzen Zeit, in der wir die Straße beobachten, hier vorbeifahren, ist nur sehr gering.«

»Schon möglich«, gab Chris zu, während sie ihren Essensbehälter öffnete, der dem von Ruby exakt ähnelte. »Aber ich kann darauf hoffen.«

Während die Mädchen aßen, beobachteten sie den Verkehr. Chris hatte zwei Brötchen und ein hartgekochtes Ei. Art und Umfang ihrer Mahlzeit machten deutlich, wie verzweifelt die finanzielle Lage der Familie Corrigan war. Ruby ging es etwas besser. Sie hatte ein Kartoffelbutterbrot, das ihr Vater sich leisten konnte. Er arbeitete jetzt als Pastor einer kleinen Gemeinde. Obwohl sein Gehalt sehr gering war, erhielt er es zumindest ziemlich regelmäßig.

Während sie von ihrem Ei abbiß, berichtete Chris von Bruder Bens Vorschlag, daß Ruby mitfahren sollte, wenn Buster am Samstag in die Berge gebracht wurde.

Ruby stopfte den letzten Rest ihres Butterbrotes in den

Mund, bevor sie antwortete. »Wenn dieser schreckliche Spud nur nicht mitginge, dann würde ich gerne mitfahren. Mein Vati hat mir gesagt, daß es nur wenige Kilometer von hier in den Bergen keinen Nebel mehr gibt, sondern nur noch Sonnenschein. Den würde ich gerne wieder einmal sehen.«

Chris seufzte. Sie wünschte, Ruby würde versuchen, mit Spud besser auszukommen. Die Cousinen beendeten ihre Mahlzeit und schlossen die Deckel ihrer Essensbehälter. Sie hatten die Straße aufmerksam beobachtet, aber es war keine Spur von dem Lastwagen der Viehdiebe zu sehen.

Als sie zu dem zweistöckigen Schulgebäude aus roten Ziegelsteinen zurückliefen, sagte Chris: »Ich wünschte, ich hätte Bruder Ben gefragt, wann diese anderen Untersuchungen gemacht werden sollen.«

»Ja, aber was ist, wenn sich herausstellt, daß er tatsächlich Krebs hat? Dann weißt du sicher, daß er wirklich sterben wird.«

Chris drehte sich um, als sie ein vertrautes Geräusch vernahm. »Da ist er! Er hält sogar am Straßenrand. Komm mit; wir fragen ihn, ob er etwas Genaues weiß.«

»Geh du besser alleine. Ich sehe dort drüben ein Mädchen, mit dem ich noch reden muß.«

Chris rannte zu dem Packard, als der alte Ranger auf das Trittbrett trat. »Guten Morgen, Chris.«

»Guten Morgen«, antwortete Chris. »Was bringt Sie um diese Zeit des Tages hierher?« *Hoffentlich sind es keine schlechten Nachrichten,* dachte sie.

»Ich war eben auf der Polizeistation wegen der Suche nach den Viehdieben.« Ben Strong griff in die Tasche seiner schweren Jacke aus Schafsfell. »Schau, was sie gerade auf der Polizei erhalten haben.« Er reichte Chris ein Fahndungsblatt.

Chris' Augen glitten über das Plakat. »Das ist derselbe Mann, den ich gesehen habe! Zane!«

»Lies, was unter dem Bild steht.«

Das Mädchen überflog die deutliche schwarze Schrift:

**GESUCHT WEGEN MORDES
UND FLUCHT AUS DEM GEFÄNGNIS!
ZANE VERNON . . .**

Chris hörte auf mit Lesen und schaute überrascht den alten Ranger an. »Zane Vernon? Ist das derselbe Mann –«

»Derselbe«, unterbrach Ben sie. »Der einzige Gefangene, der mir jemals entkommen ist und mich dann aus einem Hinterhalt angegriffen hat.«

»Das war vor langer Zeit.«

»Vor zwanzig Jahren! Vor etwa einem Monat ist er erneut geflüchtet, diesmal aus einem texanischen Gefängnis, in dem er eine lebenslange Strafe wegen Mordes absitzen mußte. Jetzt ist er wieder in Kalifornien und tut, was er immer getan hat: Vieh stehlen.«

Plötzlich lief ein Schauder über Chris' Körper. »Er weiß, wie ich aussehe«, sagte sie leise. »Er hat mich gesehen und mich bedroht! Gestern hat er mich mit einem Lastwagen verfolgt. Oh, Bruder Ben! Glauben Sie, daß er mich verfolgen wird?«

»Nicht, wenn ich es verhindern kann, Chris.« Der alte Ranger machte ein grimmiges Gesicht. »Ich hätte niemals geglaubt, daß ich die Chance bekommen würde, den Flecken von meiner Karriere abzuwischen, den seine Flucht darauf hinterließ. Da werde ich natürlich versuchen, ihn zu finden und gefangenzunehmen. Diesmal entkommt er mir nicht noch einmal.«

»Das könnte gefährlich sein.«

Der Mann zuckte mit den Schultern. »Die Gefahr ist nicht größer, als Krebs zu haben.«

Chris schluckte schwer. »Sind die Untersuchungen gemacht worden?«

Er nickte langsam. »Der Doc sagt, mir bleibt noch ein Jahr, vielleicht achtzehn Monate.«

»Oh, Bruder Ben!« flüsterte Chris und ergriff seine beiden Hände.

»Der Doc glaubt, daß all die Zigaretten, die ich geraucht habe, lange bevor ich zu Gott zurückkam, schuld daran sind. Jedenfalls hat es mich darüber nachdenken lassen, was wirklich wichtig ist.«

»Wie das Entfernen des Fleckes, den Vernon auf Ihrer Karriere hinterlassen hat?«

»Zum Beispiel.«

»Sie könnten in Gefahr geraten. Wenn ich also helfen könnte . . .«

»Das hast du, glaube ich, schon gesagt. Ich habe ein wenig nachgedacht, und ich habe da eine Idee, wie man beginnen könnte. Heute nachmittag fahre ich hinaus aufs Land, um meine Idee zu überprüfen. Möchtest du mitfahren?«

Chris nickte. »Wenn meine Eltern einverstanden sind.«

»Ich frage sie an deiner Stelle und komme nach der Schule mit ihrer Antwort zurück. Ich werde auch Rubys Vater fragen, ob sie mitkommen darf.«

Als der Packard in westlicher Richtung davonfuhr, wollte Chris zurück zu dem Schulgebäude gehen. Dann warf sie einen Blick nach Osten und holte tief Luft. Ein vergitterter Lastwagen, bei dem das rechte Geländer fehlte, näherte sich. Chris spähte durch die staubige Windschutzscheibe.

Das ist derselbe Lastwagen! Und Zane sitzt am Steuer!

Chris duckte sich hinter dem breiten Stamm der nächsten Platane. Sie spähte hoffnungsvoll die Straße hinunter, um zu sehen, ob Bruder Bens Packard noch zu sehen war, doch er war bereits außer Sicht. Chris drehte sich schnell wieder um, um den Lastwagen zu beobachten.

Ich muß mir die Autonummer notieren, wenn der Wagen näherkommt.

Chris stellte schnell ihren Essensbehälter auf den Boden

und fischte einen Zettel und einen Bleistift aus ihrer Manteltasche. In ihrer Aufregung ließ sie den Bleistift fallen. Schnell bückte sie sich, hob ihn auf und richtete dann wieder ihre Augen auf den Lastwagen. Als sie sich aufrichtete, war der Lastwagen vorbeigefahren und nach links in die Ahornstraße gegenüber der Schule eingebogen.

Chris reckte sich, um das hintere Schild zu erkennen, aber es war mit Lehm bedeckt. Sie stöhnte, als der Wagen weiter die Seitenstraße hinunterfuhr, die von Ulmen gesäumt war. Dann verlangsamte der Lastwagen die Geschwindigkeit. Am Ende des Häuserblocks fuhr er an den Straßenrand.

Ich muß die Autonummer noch einmal haben!

Nachdem sie sich vergewissert hatte, daß keine Autos kamen, rannte Chris über die Straße. Sie blieb auf dem Bürgersteig gegenüber dem parkenden Wagen stehen und bewegte sich vorsichtig vorwärts.

Die leise warnende Stimme in seinem Innern beachtete das Mädchen nicht. *Denk daran, er ist ein geflohener Mörder! Er hat auf Bruder Ben geschossen, und er weiß, daß du die einzige hier in der Gegend bist, die ihn erkennen kann. Also paß auf. Wenn er dich sieht . . .*

Chris schüttelte die angstvollen Gedanken ab. Vorsichtig näherte sie sich dem parkenden Lastwagen. Sie konzentrierte sich so sehr auf das Fahrzeug, daß sie vergaß, auf den Fahrer zu achten.

Kapitel 7

Das Büro des Direktors

Mit klopfendem Herzen erreichte Chris das hintere Ende der stillen, von Norden nach Süden verlaufenden Ahornstraße, wo der Lastwagen parkte. Sie schlüpfte hinter die letzte Baumgruppe und hielt Papier und Bleistift bereit, um die Nummer, die auf dem vorderen Nummernschild des Lastwagens stand, aufzuschreiben.

Als sie am Tag zuvor von den drei Viehdieben mit dem Lastwagen gejagt worden war, hatte sie die Zahlen problemlos lesen können. Jetzt waren sowohl das vordere wie das hintere Schild mit rotem Lehm bedeckt.

Du mußt näher an den Wagen herangehen, sagte sich das Mädchen.

Chris warf einen nervösen Blick um sich. Niemand war zu sehen. Die Ahornstraße lag so still und verlassen da, daß sie hören konnte, wie die Tropfen, die der dichte Nebel auf den über ihr hängenden Zweigen gebildet hatte, herabfielen und auf ihrem Mantelkragen zerplatzten.

Gespannt wie eine zum Sprung bereitsitzende Katze, schlich Chris zu dem Nummernschild hinüber. Die erste Hälfte konnte sie recht gut lesen. Hastig kritzelte sie die Zahlen auf ihr Papier und steckte dann den Bleistift zwischen ihre Lippen. Mit ihrer freien rechten Hand begann sie, den Lehm von den letzten Zahlen des Nummernschildes zu entfernen. Ihr Mantel behinderte ihre Bewegungen. Schnell knöpfte sie ihn auf, beugte sich eiligst wieder hinunter und fuhr damit fort, das Nummernschild zu reinigen.

»Was tust du denn da?«

Vor Schreck über die plötzlich aufklingende Männerstimme hinter sich machte Chris einen überraschten Sprung. Der Bleistift fiel aus ihrem offenen Mund. Sie wirbelte herum, während ihr das Herz bis zum Hals pochte.

Zane Vernon stand etwa einen Meter hinter ihr und betrachtete sie mit mißtrauischen Augen. Dann runzelte er die Stirn und beugte sich zu ihr. »Na, so etwas, du schon wieder! Was soll denn das?«

»Oh . . .« Chris suchte krampfhaft nach einer Antwort, aber sie fand keine. Langsam wich sie zurück.

»Hiergeblieben!« Die Hand des Mannes schoß nach vorne und ergriff den linken Vorderarm im Ärmel ihres Mantels. Das Papier des Mädchens flatterte auf den Bürgersteig. »Wer bist du?« schnauzte der Mann Chris an. »Und was machst du hier?«

Chris riß ihren Arm zurück, aber der Griff des Mannes war stark. »Lassen Sie mich los!« rief sie und zerrte noch heftiger.

»Nicht, bevor du mir meine Fragen beantwortest hast!« Die kalten blauen Augen von Zane Vernon blitzten zornig. »Ich bin es leid, von dir beobachtet zu werden! Wie heißt du?«

»Oh . . . Chris.« Ihre Stimme war leise.

»Chris und weiter? Spuck es aus, Mädchen!« Vernon riß heftig an Chris' Arm, wodurch ihr Kopf hin- und hergeschleudert wurde.

»Chris . . .«, zögerte sie und versuchte erneut, ihren Arm zu befreien. Sie spürte, wie er im Mantelärmel rutschte. Da kam ihr plötzlich eine Idee, und schnell trat sie einen Schritt auf den Mann zu.

Zane Vernon war so überrascht, daß er seinen Griff lockerte. Instinktiv riß Chris ihre Hand frei. Jetzt schloß sich die Hand des Mannes nur noch um den Mantelärmel, aus dem Chris schnell ihren Arm herauszog.

Als sie sich hastig herumwarf, blieb ihr Mantel in der Hand des Mannes. In panischer Angst rannte sie auf die Schule zu.

»Bleib stehen! Komm sofort zurück!« schrie Zane Vernon

zornig hinter Chris her. Dieser Befehl ließ jedoch die flinken Füße des Mädchens nur noch schneller werden.

Chris hörte, wie sich der Mann hinter ihr in Bewegung setzte. Seine Stiefel stampften laut auf dem Zement des Bürgersteigs.

O Herr! rief Chris innerlich, als sie sich der von Osten nach Westen verlaufenden Hauptstraße näherte. Bevor sie diese überquerte, warf sie einen schnellen Blick nach beiden Seiten in der Hoffnung, daß jetzt keine Autos kamen. Beim Anblick von zwei aus beiden Richtungen kommenden Fahrzeugen stöhnte sie auf.

Die Autos fuhren zwar langsam, weil sie sich im Schulbereich befanden. Aber sie waren doch so nahe, daß es gefährlich für Chris war, einfach über die Straße zu laufen.

Sie warf einen Blick zurück. Vernon holte schnell auf. Chris warf einen weiteren Blick auf die beiden Fahrzeuge. *Ich kann es gerade noch schaffen!* So schnell sie konnte, rannte sie über den markierten Fußgängerüberweg.

Sie sprang genau in dem Augenblick auf den Bürgersteig vor der Schule, als hinter ihr Bremsen quietschten. Sie wagte einen Blick zurück. Der Fahrer des nach Osten fahrenden Wagens war mit seinen Vorderrädern nur wenige Zentimeter vor Vernons Beinen stehengeblieben. Er streckte seinen Kopf aus dem Wagenfenster und brüllte den Mann an.

Der Viehdieb trat einen Schritt zurück und schaute zu Chris hinüber. »Ich weiß, wo ich dich finde!« schrie er, drehte sich dann um und rannte zurück zu seinem Lastwagen.

Chris keuchte noch immer, als sie die steilen Außentreppen zur zweiten Etage der Schule hinauflief.

Ruby verließ ihren Platz bei der großen gläsernen Doppeltür. »Wo warst du? Und wo ist dein Mantel?«

»Das erzähle ich dir drinnen«, antwortete Chris und öffnete die Tür. Im Gang war es warm, da die Heizkörper angeschaltet waren. Chris lehnte sich müde gegen die Wand neben dem Büro des Direktors und sprudelte ihre Geschichte heraus. Sie schloß: »Jetzt weiß er, wo er mich finden kann, weil er gesehen hat, daß ich zur Schule gelaufen bin. Außerdem hat er meinen Mantel und mein Papier mit einem Teil der Zahlen, die auf seinem Nummernschild stehen.«

Ruby schüttelte ihren Kopf, bis ihr blondes Haar tanzte. »Wenn er ein solcher Schurke ist, wie Bruder Ben sagt, dann wird ihn die Sache wurmen. Ich bin überzeugt, daß er nicht eher Ruhe geben wird, bis er weiß, was du vorhast.«

»Das denke ich auch«, antwortete Chris und stöhnte leise auf. Sie schwieg einen Augenblick und runzelte ihre Stirn. »Ich möchte nur wissen, wer in dem Haus wohnt, vor dem er den Lastwagen geparkt hat.« Chris' Aufregung wurde noch größer. »Du! Vielleicht ist das ein Hinweis, der uns weiterhilft! Wir beide könnten gemeinsam dorthin gehen und –«

»Hör auf!« protestierte Ruby. »Ich gehe weder zu dem Haus, noch komme ich in die Nähe dieses Verbrechers, wenn sich das irgendwie vermeiden läßt.«

Ihr Ton war so bestimmt, daß Chris sich etwas anderes ausdenken mußte, wollte sie noch einmal zu dem Haus. »Vielleicht kann Bruder Ben mich dorthin fahren, wenn ich ihn darum bitte.«

»Wenn du mit ihm sprichst, dann vergiß nicht, herauszufinden, wie es dazu kam, daß Zane Ben entkommen ist und ihn später aus dem Hinterhalt überfiel. Und frag, wie ihn der alte Gaul gerettet hat.«

Die äußere Tür des Direktor-Büros hatte sich geöffnet. Eine kleine, bebrillte Frau mit lockigem, grauem Haar kam heraus. Als sie die beiden Cousinen erblickte, blieb sie stehen.

»Oh, das trifft sich gut, daß ihr da seid!« rief sie aus. »Ich wollte gerade zu eurem Klassenzimmer gehen. Herr Wiley will mit dir sprechen, Ruby.«

»Mit mir?« fragte Ruby überrascht. »Warum, Fräulein Perkins? Ich habe doch nichts angestellt, aber auch nicht das geringste, weshalb ich zum Direktor müßte.«

Die Sekretärin lächelte humorlos. »Er hat es mir nicht gesagt, sondern mich nur beauftragt, dich sofort zu holen.« Sie drehte sich um und eilte zurück in ihr Büro.

Ruby wandte sich an Chris. »Aber ich habe doch gar nichts angestellt! Und selbst wenn ich es hätte, dann wärest du genauso schuldig, weil wir alles gemeinsam tun!«

»Nun, da er nicht nach mir geschickt hat, muß es etwas anderes sein – etwas, das nur dich betrifft. Aber was?«

»Es ist wohl das Beste, wenn ich hineingehe und höre, was los ist«, sagte Ruby. »Ich sehe dich dann im Klassenzimmer.«

Chris schaute zu, wie ihre Cousine zu der Holztür ging, auf deren Milchglasscheibe in schwarzen Buchstaben zu lesen stand: EBENEZER WILEY, DIREKTOR. Dann eilte Chris in ihr Klassenzimmer.

Die vierte und fünfte Stunde vergingen, aber Ruby kam nicht zurück. Als die Glocke nach der fünften Stunde läutete, hastete Chris den Gang hinunter zum Büro des Direktors. Fräulein Perkins, die hinter einem kleinen Schreibtisch im vorderen Büro saß, schaute überrascht auf, als Chris nach Ruby fragte.

»Hmm, sie war nur wenige Minuten bei Herrn Wiley«, meinte die Sekretärin. »Ich kann mir nicht denken, wo sie seitdem steckt.«

Chris' Augen wanderten zu dem zweiten, inneren Büro hinter Fräulein Perkins. Die dicke Holztür war geschlossen, aber Chris' konnte Herrn Wileys Stimme hören. Er schien zu telefonieren.

»War sie aufgeregt, als sie fortging?« fragte Chris.

»Wenn du wissen willst, ob sie weinte, dann lautet die Antwort nein. Aber ich bin sicher, daß sie wütend war. Sie hat die Tür beim Hinausgehen so heftig zugeschlagen, daß ich schon dachte, das Fenster würde zerspringen.«

»Wissen Sie, warum Herr Wiley mit meiner Cousine sprechen wollte?«

Wie eine Eule schaute die Sekretärin durch ihr rundes Brillengestell. »Es tut mir leid, das ist vertraulich.«

Chris bedankte sich und ging zurück auf den Gang. Die meisten Schülerinnen hatten sich bereits zur sechsten und letzten Stunde in ihr Klassenzimmer begeben, so daß der Gang beinahe leer war. Chris wußte, daß die Glocke in wenigen Augenblicken zum letztenmal schellen würde, aber sie konnte nicht zu ihrer letzten Unterrichtsstunde gehen, ohne Ruby gefunden zu haben.

Chris war jetzt wirklich besorgt. Sie rannte den Gang entlang, wobei sie mit einigen Schülerinnen, die ihr Klassenzimmer aufsuchten, zusammenstieß. Eilig schaute sie in der Mädchentoilette nach, im Waschraum und im Büro des Hausmeisters.

Zane hat Ruby noch nie gesehen; also hat er auch keinen Grund, sich an sie heranzumachen, sagte sich das Mädchen. *Aber vielleicht schaue ich doch besser draußen nach.*

Chris hastete durch die große Doppeltür, durch die man zu den Außentreppen gelangte. Sie sprang die steilen Stufen hinunter, damit sie die Hauptstraße und die Ahornstraße, wo Zane sie verfolgt hatte, hinunterschauen konnte.

Weder von ihm und seinem Lastwagen noch von Ruby oder von Chris' Mantel war etwas zu sehen, als der letzte Glockenschlag zur sechsten Stunde erklang.

Vati wird sehr böse sein, wenn ich ohne meinen Mantel heimkomme, sagte sich Chris. Im Blick auf ihre Cousine fühlte sie sich etwas beruhigter. *Ich glaube nicht, daß Zane sie erwischt hat. Also muß das, was Herr Wiley ihr gesagt hat, Ruby so verstört haben, daß sie sich versteckt hat. Aber wo ist sie nur?*

Jetzt blieb nur noch eine weitere Möglichkeit, überlegte sich Chris. Sie hastete über den Schulhof, lief an dem sandigen Volleyballplatz und an den Fenstern des Untergeschosses, hinter denen sich der Werkraum der Jungen befand, vorbei, hinüber zu den Busschuppen.

Am Himmel machte die Sonne einen schwachen Versuch, den hartnäckigen Nebel zu durchdringen. Mit vor Aufregung klappernden Zähnen rannte Chris in die Busschuppen.

Der Geruch von Öl und Staub stieg ihr unangenehm in die Nase. Sie warf einen kurzen Blick über die Werkbänke, die Werkzeuge und die abgestellten roten Schulbusse.

Ihr Auge fiel auf den hohen, schmalen Bus, in dem sie und Ruby von und zur Schule fuhren, und den die Schüler liebevoll *Die Fischbüchse* nannten. Zweimal täglich saßen die Schülerinnen zusammengedrückt wie Sardinen in dem Old-
timer, der auf den Seiten Scheiben aus Milchglas anstelle von normalem Fensterglas besaß.

Da die Bustür offenstand, stieg Chris die Stufen hinauf und schaute in das Innere des Busses. Zuerst konnte sie in der Dunkelheit nichts erkennen. Sie wollte den Bus schon wieder verlassen, als sie einen Seufzer vernahm.

Sekunden später kniete Chris neben ihrer Cousine, die sich auf dem allerletzten Sitz zusammengerollt hatte. »Ruby! Ruby!«

»Geh weg!« Ihre Stimme war kaum zu vernehmen. Sie winkte Chris ungeduldig zu, ohne ihren Kopf aus der Beuge ihres Armes zu heben.

»Was ist los?« wollte Chris wissen und drehte das Gesicht ihrer Cousine zu sich herum. Ihre Augen waren geschwollen, und sie hatte eine rote Nase. »Was ist denn bloß geschehen?« rief Chris aus.

»Oh, Chris!« Rubys Stimme war voller Traurigkeit. Sie setzte sich schnell auf und umschlang ihre Cousine mit beiden Armen. »Du kannst dir gar nicht vorstellen, was für schreckliche Dinge er zu mir gesagt hat!«

»Wer? Herr Wiley?«

Heftig nickend rutschte Ruby etwas zurück und wischte mit dem Rücken ihrer Hand über ihre Nase. »Oh – oh!«

»Was hat er gesagt?«

»Er sagte . . .«, schnüffelte Ruby und warf Chris einen

trüben Blick zu. »Er sagte . . . oh, ich kann es nicht aussprechen!«

Chris ergriff ihre Cousine mit beiden Händen fest bei den Schultern. »Sag es! Will er dich von der Schule weisen?«

»Schlimmer!«

»Sag es mir!«

Ruby schnüffelte wieder. »Er hat mir gesagt . . .«

»He, ihr beiden!« Eine Männerstimme ließ die beiden Mädchen herumwirbeln und zum vorderen Ende des Busses blicken. Chris erkannte einen der Busfahrer.

Er stand in der offenen Tür und wischte sich seine Hände an einem öligen Tuch ab. »Ihr Mädchen wißt, daß ihr euch hier nicht aufhalten sollt. Kommt heraus.«

Chris platzte beinahe vor Neugierde, was Rubys Problem nun war. Aber solange der Busfahrer in der Nähe war, wollte sie nicht weiter danach fragen. Die Cousinen eilten schweigend zur Straße. Gerade in diesem Augenblick fuhr dort auch das Auto von Ben Strong an den Bürgersteig heran.

Als die Mädchen zu ihm hinüberliefen, lehnte sich der alte Ranger über den Sitz und ließ schnell das Fenster auf der Beifahrerseite herunter. »Euch wollte ich suchen«, rief er aufgeregt. »Steigt ein! Ich habe großartige Neuigkeiten!«

Kapitel 8

Ein Hinweis wird verfolgt

Chris setzte sich auf den ledernen Sitz des Packards und rutschte dann weiter, damit auch Ruby einsteigen konnte. Sie war sehr gespannt, welche Neuigkeiten der Ranger hatte, und nur zu gerne wollte sie ihm erzählen, daß sie erneut mit Zane Vernon zusammengetroffen war. Andererseits machte Chris sich auch Sorgen darum, was ihre Cousine so aufgeregt hatte.

Ben griff nach der Gangschaltung. »Eure Väter erlauben es, daß ihr mich begleitet – Ruby! Hast du geweint?«

Das Mädchen rieb wieder mit dem Rücken der Hand über seine rote Nase. »So sieht's wohl aus.«

»Was ist geschehen?« fragte der alte Ranger besorgt.

»Ach, das ist jetzt egal«, antwortete Ruby. »Was haben Sie für großartige Neuigkeiten?«

»Das kann warten«, antwortete er. »Ruby, wenn ich mich in etwas einmische, das mich nichts angeht, dann entschuldige bitte. Aber du bist mir nicht gleichgültig, weißt du, und wenn ich dir helfen kann bei dem Problem, das dich weinen läßt –«

»Stimmt das wirklich?« unterbrach Ruby den Mann und rutschte leicht nach vorne, um an Chris vorbei einen Blick auf den Fahrer zu werfen. »Ich bin Ihnen wirklich nicht gleichgültig?«

»Nein, überhaupt nicht. Ich mag dich sehr«, antwortete Ben.

Chris drängte ungeduldig: »Erzähl es uns, Ruby. Womit hat Herr Wiley dich so aufgeregt?«

»Nun«, begann Ruby und zog lautstark die Nase hoch. »Erstens hat er meine Gefühle mit seinen Worten furchtbar verletzt; und dann hat er mich mit dem, was er gesagt hat, so wütend gemacht, daß ich hätte Gift und Galle spucken können. Am liebsten hätte ich mich in ein Loch verkrochen und wäre gestorben. Darum bin ich zu den Busgaragen hinausgelaufen –«

»Ruby!« unterbrach Chris ihre Cousine ungeduldig. »Was hat er gesagt?«

»Das versuche ich doch gerade zu erzählen; also unterbrich mich doch nicht! Er hat gesagt, daß meine Aussprache eine Schande sei. Daher müßte ich sie auf dem schnellsten Weg verbessern. Anderenfalls seien all meine Lehrer der Meinung, daß ich die Klasse noch einmal wiederholen müsse.«

Chris starrte ihre Cousine an. »Das ist alles? Nur deshalb hast du den Unterricht geschwänzt und mich zu Tode geängstigt, so daß ich angefangen habe, nach dir zu suchen?«

»Na, das reicht doch wohl, oder etwa nicht?« brauste Ruby auf. »Ich habe schon einmal eine Klasse wiederholt. Wenn ich das noch einmal tun muß, bin ich eine alte Jungfer, bevor ich die Schule verlasse!«

Einen Augenblick lang ärgerte sich Chris sehr darüber, daß Ruby ihr solche Angst eingejagt hatte. Aber dann spürte sie eine Welle der Erleichterung, und sie begann zu kichern.

Ruby fuhr sie an: »Warum lachst du mich aus?«

Chris umarmte ihre Cousine und sagte: »Ich lache dich nicht *aus!* Ich bin nur so erleichtert, daß dir nichts passiert ist! Als ich dich nicht finden konnte, befürchtete ich, Zane Vernon hätte dich erwischt.«

»Warum hätte er das tun sollen?« fragte Ruby böse, während sie sich vorsichtig aus Chris' Umarmung befreite. »Er kennt mich doch überhaupt nicht, und ich habe ihn auch noch nie gesehen.«

»Ich weiß, aber meine Phantasie hat Bocksprünge gemacht.« Chris wandte sich dem alten Ranger zu und schaute ihn an. »Was haben Sie für Neuigkeiten?«

Bevor er antworten konnte, murmelte Ruby: »Dich interessiert es nicht einmal, wie es jetzt mit mir weitergehen wird.«

»Natürlich interessiert mich das!« Chris wandte sich Ruby

wieder zu. »Aber du kannst es lernen, fast ohne Dialekt zu reden –«

»Nein, das kann ich nicht!« unterbrach Ruby sie hitzig. »Ich habe es niemals gelernt, wie andere Menschen zu reden, und ich werde es auch nicht lernen!«

»Niemand kann dich natürlich dazu zwingen«, sagte Chris. »Aber ich wäre nicht überrascht, wenn dir viele gute Dinge passieren würden, falls du dich entschließen könntest, deine Redeweise zu verbessern.«

Ben überzeugte sich, daß keine anderen Fahrzeuge in der Nähe waren. Dann beschleunigte er den großen Packard. »Ruby, du wirst langsam eine junge Frau. Sehr bald wird dir bewußt werden, auf welche Art und Weise du redest.«

Ruby fragte mißtrauisch: »Wollen Sie damit sagen, daß ich unfähig bin, so gut sprechen zu lernen wie jeder andere auch?«

»Im Gegenteil«, antwortete Ben. »Ich glaube, daß die meisten Menschen nur das tun, was sie wirklich tun wollen, und für den Rest finden sie irgendwelche Entschuldigungen.«

»Ich kann ebenso gut reden wie alle anderen Menschen auf der Welt, wenn ich es nur will. Selbst so gut wie Spud mit seinen verrückten Zwei-Dollar-Worten«, schimpfte Ruby böse.

Ben stimmte ihr zu. »Natürlich kannst du das – wenn du es nur willst. Das ist eben das Geheimnis der meisten Dinge: Man muß sie wirklich wollen.«

»Das stimmt«, meinte auch Chris und wandte sich an den alten Ranger. »Erzählen Sie uns von Ihren Neuigkeiten, Bruder Ben.«

»In Ordnung, aber zuerst solltet ihr wissen, daß ich mit euren Vätern gesprochen und die Erlaubnis erhalten habe, euch auf eine Fahrt mitzunehmen. Wir holen auch Spud von seiner Schule ab.«

Ruby stöhnte. »Es ist schon schlimm genug, was mir der gemeine Direktor angetan hat. Nun soll ich auch noch mit Spud fahren!«

»Ich will, daß du dich mit ihm verträgst!« warnte Chris sie und schaute ihre Cousine streng an. Als Ruby ihre Augen senkte, wanderten Chris' Augen erwartungsvoll zu dem alten Ranger zurück. »Und?«

»Ich habe mit dem Fleischer gesprochen, der das Fleisch von den Viehdieben gekauft hat. Aber er hat mir nicht viel sagen können. Also ging ich zum Büro des Sheriffs. Dort habe ich meine Neuigkeiten erhalten. Ein Viehzüchter hat ihn angerufen und ihm berichtet, daß er eine Stelle gefunden hat, an der Vieh geschlachtet wurde. Eine der frischen Häute trug mein Warenzeichen.«

Chris fragte: »Kann dieser Hinweis helfen, die Viehdiebe aufzuspüren?«

»Das könnte sein«, antwortete Ben Strong. Er bog nach rechts in die Hauptstraße ab und fuhr nach Westen vor die Schule. »Ich habe außerdem erfahren, wie Zane Vernon aus dem Gefängnis entflohen ist.«

Chris erinnerte sich plötzlich an etwas. »Ist eine Belohnung auf ihn ausgesetzt?«

»Nein.«

Chris' Schultern sanken nach unten. Ihre Hoffnung auf eine Belohnung, wenn sie den entflohenen Gefangenen fing, war dahin und damit eine weitere Möglichkeit, Lone River doch nicht verlassen zu müssen.

»Aber ich brauche keine Belohnung als Ansporn, Zane Vernon wieder einzufangen«, meinte Ben grimmig. »Ich möchte einfach den Schandfleck entfernen, den meine Karriere seinetwegen aufweist. Wenn ich ihn finden und verhaften kann, so daß er wieder ins Gefängnis kommt, kann ich in Frieden sterben.«

»Sagen Sie doch nicht so etwas!« antwortete Chris. »Sie werden wieder ganz gesund, Bruder Ben.«

»Den Kopf in den Sand zu stecken, würde die Tatsachen nicht verändern, Chris«, erwiderte der Mann ruhig.

Chris hatte beinahe vergessen, Ben Strong von ihren Erlebnissen zu berichten. Aufgeregt sagte sie: »Bruder Ben, ich habe Zane heute wieder gesehen!« Sie wies nach vorne in Richtung Ahornstraße und erzählte schnell, was geschehen war. Sie schloß: »Ich kann mich an die ersten drei Zahlen auf dem Nummernschild erinnern, falls das eine Hilfe ist.«

»Möglich«, meinte der alte Ranger. »Meine Kontaktpersonen bei der Polizei könnten die Nummern von Sacramento überprüfen und mir einen Anhaltspunkt geben, wo der Besitzer des Lastwagens lebt. Jetzt fahre ich schnell an dem Haus vorbei, um einen Blick darauf zu werfen.«

Ben trat auf die Bremse, als er an dem Gebäude vorbeifuhr, das Zane zuvor betreten hatte. »Sieben-Null-Neun«, las der alte Ranger die Hausnummer. »Ich lasse sie von der Polizei überprüfen, um zu erfahren, wer dort wohnt. Vielleicht bekommen wir so einen weiteren Hinweis. Nun wollen wir Spud abholen und sehen, wo der Rancher die Kuhhäute gefunden hat.«

Spud wartete gegenüber seiner Schule an der Ecke bei einem kleinen Gemüseladen. »Was ist los, Bruder Ben?« fragte der Junge, nachdem er alle begrüßt hatte und auf den hinteren Sitz glitt.

Der alte Ranger berichtete ihm, daß man eine Kuhhaut mit seinem Warenzeichen gefunden hatte, und daß Chris erneut mit Zane Vernon zusammengetroffen war. »Deshalb«, schloß Ben und fuhr mit großer Geschwindigkeit in östlicher Richtung aus der Stadt heraus, »habe ich gedacht, daß ihr drei mir vielleicht bei der Spurensuche helfen möchtet. Möglicherweise finden wir irgendwelche Hinweise auf Vernons jetzigen Aufenthaltsort.«

Chris drehte sich auf dem Vordersitz um, um Spud anzuschauen, aber er sah Ruby im Rückspiegel forschend ins Gesicht. »Was ist passiert?« fragte er teilnahmsvoll und legte seine Hand leicht auf Rubys linke Schulter.

»Das geht dich überhaupt nichts an!« fuhr ihn das Mädchen an und schüttelte seine Hand ab.

Spud wandte sich mit fragenden Augen Chris zu.

Sie zuckte mit den Schultern. »Vielleicht erzählt sie es dir später.« Chris schaute Ben an. »Wohin fahren wir?«

»Ich hatte vor, direkt zu der Stelle zu fahren, wo die Häute gefunden wurden. Vielleicht entdecken wir dort Anhaltspunkte, die dazu beitragen, Vernon dingfest zu machen. Aber ich habe über etwas nachgedacht, das du gesagt hast, Chris.«

»Über was denn?«

»Du hast gesagt, daß der Lehm, den du von dem Nummernschild abgerieben hast, rot war?«

»Ja, warum?«

»Das klingt für mich, als wäre es roter Lehm, und es gibt nur eine Stelle hier in der Gegend, wo ich diese Art von Erde gesehen habe. Der Lehm muß auf den Lastwagen gespritzt sein, nachdem du ihn gestern gesehen hast. Also ist das ein neuerer Hinweis als die Kuhhäute. Deshalb schauen wir uns zunächst dort ein wenig um. Hoffentlich schaffen wir es, bevor der Nebel wieder zunimmt. Aber zuvor fahren wir noch schnell zu meinem Haus und holen dir einen Mantel, damit du nicht frierst, wenn wir den Wagen verlassen.«

Als der Packard vor der Ranch des alten Rangers anhielt, galoppierte Buster zum Zaun des Korrals und wieherte einen Willkommensgruß. Chris lächelte, während sie hinter Ruby vom Vordersitz rutschte.

»Ich glaube, er hat Sie vermißt, Bruder Ben.«

»Wir haben auch viel gemeinsam erlebt«, erwiderte der Mann, während er den Mädchen über die hintere Veranda voranging.

Ruby fragte: »Würden Sie uns erzählen, wie Ihnen das Pferd das Leben gerettet hat?«

»Es schmerzt, wenn ich nur daran denke«, antwortete Ben

leise. »Aber wenn wir einen Mantel für Chris gefunden haben, denke ich, daß ich meine Scham über diesen Vorfall lange genug beiseite schieben kann, um es euch zu erzählen.«

Einige Minuten später verließ Chris das Wohnhaus, bekleidet mit einem von Bens Mänteln. Er reichte ihr bis unter die Knie, während sich ihr Kopf beinahe in dem Schafskragen verlor. Sie schob die Ärmel so hoch, daß ihre Hände frei waren, aber in dem Augenblick, in dem sie ihre Arme senkte, rutschten ihr die Ärmel wieder mehrere Zentimeter über die Hände.

Ruby lachte. »Du schaust vielleicht aus!«

Chris lächelte und bewegte ihre Arme auf und ab, wodurch die losen Ärmel herumflatterten. »Das denke ich auch.«

Buster wieherte erneut und streckte seinen Kopf oben über den Korralzaun. Chris sagte: »Ich hoffe, daß ich noch einmal auf ihm reiten kann, bevor Sie ihn ins Hochland bringen.«

»Vielleicht klappt das«, erwiderte Ben. »Aber jetzt wollen wir lieber den Lehm untersuchen, bevor der Nebel kommt und wir nichts mehr sehen können.«

Als der Packard eine verlassene Sandstraße erreicht hatte, fuhr Ben in östlicher Richtung auf die Gebirgsausläufer zu.

Ruby meinte: »Sie wollten uns doch erzählen, wie Buster Ihnen das Leben gerettet hat.«

Der alte Ranger holte langsam und tief Luft. Sein Kiefer zeigte einen Augenblick lang einen grimmigen Zug. »Aufgrund meines Alters war ich vom Außendienst befreit und arbeitete bis zu meiner Pensionierung nur noch am Schreibtisch. Ich wußte natürlich von Zane Vernon, denn wir suchten ihn wegen Viehdiebstahls. Dann eines Tages . . .«, Bens Stimme versagte.

Chris warf dem Mann einen scharfen Blick zu. Schon wollte sie ihn drängen, mehr zu berichten. Da bemerkte sie, wie sein Gesicht zu zucken begann, und sie hatte das schreckliche Gefühl, daß er gegen die Tränen ankämpfte.

Chris sah zuerst rasch zu Ruby hinüber, die neben ihr auf dem Vordersitz saß, und dann zu Spud, der sich auf dem Hintersitz nach vorne lehnte. Keiner von ihnen sagte etwas. Chris wandte sich zurück und wartete, während Ben mehrere scharfe Kurven in den beginnenden Bergausläufern durchfuhr.

»Eines Tages«, fuhr der Mann mit leiser Stimme fort, »verfolgten einige mit mir befreundete Rancher Vernon, weil er wieder einmal Kühe gestohlen hatte. Sein Pferd verlor ein Hufeisen, so daß Vernon sein Pferd zurückließ und zu Fuß weiterging, bis er . . . zu der Ranch eines alten Mannes kam. Der Mann war bereits über achtzig Jahre alt und Witwer. Nun, er wußte nicht, daß nach Vernon gefahndet wurde, und so . . . so . . .«

Wieder zögerte Ben. Chris legte ihre Hand leicht auf seinen rechten Arm. »Sie müssen nicht weitererzählen«, sagte sie leise.

Der Adamsapfel des alten Rangers zitterte; dann schüttelte er den Kopf. »Einmal muß ich es erzählen. So gewährte der alte Mann Vernon natürlich die selbstverständliche Gastfreundschaft, wie er sie jedem Fremden geboten hätte. Vernon aß die Mahlzeit, die er ihm vorsetzte. Dann sagte er, daß er ein Pferd benötige. Der alte Mann wollte ihm jedoch kein Pferd verkaufen. So brachte sich Vernon gewaltsam in den Besitz des Tieres. Als der alte Mann versuchte, Vernon daran zu hindern . . .«

Chris hörte, wie die Stimme von Bruder Ben brach. »Bitte!« sagte sie freundlich. »Es schmerzt Sie zu sehr, um darüber zu reden. Deshalb –«

»Vernon schlug den alten Mann mit seinem Gewehrlauf nieder. Dann stahl er das Pferd und ritt davon. Es dauerte zwei Tage, bis jemand zu dem Haus des alten Mannes kam. Aber da war er schon tot.«

Ben wandte sich um und schaute Chris, Ruby und Spud an. »Der Mann, den Vernon tötete, war . . . mein Vater.«

Chris sah, wie die Tränen in die Augen des alten Rangers stiegen, bevor er sich abwandte und nach vorne auf die Straße schaute.

Schweigend wechselten Chris, Ruby und Spud einen Blick.

Schließlich fuhr Ben Strong fort: »Meine Vorgesetzten wollten natürlich nicht, daß ich mich an der Verfolgung von Vernon beteiligte, denn sie waren der Meinung, daß dies eine zu persönliche Angelegenheit sei. Aber ich wollte nicht auf sie hören. Selbst wenn sie mich auf der Stelle entlassen hätten, hätte ich mich nicht aufhalten lassen. Zu jener Zeit war ich noch kein Christ, und ich wollte meinen Vater rächen. Ich sattelte Buster, der damals noch ein junges Pferd war, und heftete mich an Vernons Fersen.«

Als der Ranger schwieg und seinen Blick auf die sich windende Straße vor ihnen richtete, spürte Chris, wie in ihren eigenen Augen die ungeweinten Tränen brannten.

»Ich ritt drei Tage lang durch dichtes Gebüsch«, fuhr Ben fort. »Ich vermute, Vernon nahm an, daß ihm niemand durch das Gebüsch folgen konnte und daß er deswegen ein kleines Feuer entzündete. Ich roch den Rauch, band Buster an einen niedrigen Baum und schlich zu Fuß weiter. Ich überraschte Vernon, der einige Zwiebäcke in Speckfett briet. Bevor er überhaupt merkte, daß ich da war, hatte ich ihm bereits Handschellen angelegt.«

Ben zögerte und seufzte leise, bevor er fortfuhr. »Am nächsten Morgen ritten wir zurück – Vernon auf dem Rücken des Pferdes, das er meinem Vater gestohlen hatte, und ich auf Buster. Dabei machte ich einen Fehler.«

»Was geschah?« drängte Chris neugierig.

Bens Ton veränderte sich. Er wies durch die Windschutzscheibe. »Direkt hinter dieser Kurve werden wir die Stelle sehen, an der sich der rote Lehm befindet.«

Chris war neugierig auf den Rest der Geschichte von Bruder Ben, aber sie schaute nach vorne, als der Packard um die Kurve bog. Dann schrie sie überrascht auf.

»Schaut! Das ist der Lastwagen der Viehdiebe! Und dort sind auch die Männer!«

»Und was machen wir jetzt?« fragte Ruby.

Kapitel 9

Die Geschichte eines Hinterhaltes

Chris erstarrte, als der große Packard des alten Rangers um die Kurve bog. Sie sah, daß der Wagen der Viehdiebe an einer kurzen Holzbrücke, die über einen Bach führte, abgestellt worden war. Die drei Männer, die den Packard offensichtlich hatten kommen hören, stiegen gerade ein.

»Schnell, Chris«, stieß Ben hervor, »versteck dich so gut wie möglich in deinem Mantel. Sie dürfen dich nicht erkennen!«

Chris gehorchte sofort. Sie war dankbar, daß der Mantel, den sie von dem alten Ranger geliehen hatte, viel zu groß für sie war. Der hohe Kragen aus Schafsfell verdeckte ihr Gesicht.

Ben fuhr fort. »Wir müssen an ihnen vorbeifahren. Spud, du und Ruby, ihr verhaltet euch ganz natürlich. Tut nichts, was sie Verdacht schöpfen lassen könnte. Spud, versuch das Nummernschild zu entziffern, aber laß sie das nicht merken.«

Aus ihrem Mantel heraus fragte Chris: »Was ist, wenn Zane Sie erkennt?«

»Es ist zwanzig Jahre her, seit wir uns zum letzten Mal gesehen haben, und das war in einem anderen Staat.«

»Aber Sie haben ihn neulich erkannt«, erinnerte Chris ihn.

»Ich weiß, aber Vernon wird mich im Innern meines Fahrzeuges kaum sehen. Okay, jetzt fahren wir an ihnen vorbei.«

Chris hielt den Atem an, bis der Packard vorbeigefahren war und der alte Ranger einen Seufzer der Erleichterung von sich gab.

Er fragte: »Konntest du alle Zahlen auf dem Nummernschild lesen, Spud?«

»Ich glaube schon, aber wegen des Lehms war das nicht ganz einfach.«

»Gut! Jetzt werden meine Kontaktleute bei der Polizei mir sicher sagen können, auf wen der Lastwagen zugelassen ist und wo dieser Jemand wohnt. Natürlich könnte der Wagen auch gestohlen sein.«

Wie eine Schildkröte, die aus ihrem Panzer herauskommt, streckte Chris langsam ihren Kopf aus dem Mantel heraus. »Was, glauben Sie, haben sie wohl hier draußen getan?«

Ben sagte: »Ich nehme an, daß sie in dem Bach einige frische Kuhhäute haben verschwinden lassen.« Er warf einen Blick in den Rückspiegel. »Ich glaube nicht, daß sie Verdacht geschöpft haben, denn sie bleiben immer weiter zurück.

Auf jeden Fall hat mich die Tatsache, daß wir die Männer hier angetroffen haben, in meinem Verdacht bestärkt, daß sie in diese Gegend zurückgekehrt sind. Daher befand sich auch der rote Lehm auf ihrem Nummernschild. Jetzt nehmen wir aber die nächste Seitenstraße und fahren in einem Bogen zurück zur Stadt. Dann setze ich mich mit dem Büro des Sheriffs in Verbindung, damit dieser die Verfolgung aufnehmen kann. Ich möchte nicht riskieren, daß Vernon meinen Wagen hier noch einmal sieht.«

Als der alte Ranger von der Straße abbog, sagte er nach einem Blick in den Rückspiegel, daß der Lastwagen überhaupt nicht mehr zu sehen sei. Das veranlaßte Ruby, Ben zu fragen, ob er nicht weitererzählen könne, wie Vernon ihm zwanzig Jahre zuvor entkommen war.

Das Gesicht des alten Rangers wurde grimmig. »Es wurde bereits dunkel, als ich Vernon verhaftete. Also legte ich ihm für die Nacht Handschellen an. Beim ersten Tageslicht setzte ich ihn auf das Pferd, das er meinem Vater gestohlen hatte. Normalerweise wurden die Hände eines Gefangenen auf dem Rücken zusammengebunden, aber Vernon befürchtete, daß er sich nicht im Sattel würde halten können, wenn sich sein Pferd vor einer Schlange oder etwas anderem erschrecken und sich aufbäumen würde. Ich fesselte ihm die Hände vorne, so daß er im Falle eines Falles die Zügel ziehen konnte. Dann bestieg ich Buster und ritt hinter Vernon aus dem Gebüsch. Gegen Mittag . . .«

Ben Strongs Stimme versagte. Chris warf ihm einen Blick zu. Schweißtropfen standen auf der Stirn des Mannes, und er schien Schwierigkeiten beim Atmen zu haben.

»Was ist los?« fragte das Mädchen alarmiert.

Ben verlangsamte die Geschwindigkeit und steuerte den Wagen an den Rand der Sandstraße. »Es sind die Symptome, vor denen der Doc mich gewarnt hat: Schweißausbrüche und unregelmäßige Atmung. Ich bleibe einen Augenblick stehen. Dann geht es wieder vorbei.«

Chris war sich dessen nicht so sicher. Besorgt tauschte sie einen Blick mit Ruby und Spud und ahnte, daß diese dieselben Bedenken hatten. Chris schaute sich um, ob sie eine Ranch erblickte, wo sie vielleicht Hilfe holen konnte. Weit und breit war jedoch kein Haus zu sehen.

»Was können wir tun?« fragte das Mädchen ängstlich und legte seine Hand auf die rechte Hand des Mannes, die das Lenkrad umfaßte.

»Niemand kann etwas tun«, antwortete Ben schwach und schien nach Atem zu ringen. »Man muß einfach warten.«

Den jungen Leuten schien eine Ewigkeit zu vergehen, bis der alte Ranger tief seufzte und sich über die Stirn strich. »Es ist vorbei«, sagte er und setzte den Wagen wieder in Bewegung.

Auf der kurzen Fahrt zur Stadt schickte Chris immer wieder ein Stoßgebet zum Himmel. In Lone River fuhr Ben auf Drängen seiner jungen Fahrgäste sofort zur Ambulanz. Dort telefonierte Spud mit Matt Farnham.

Die Dunkelheit und der dichte Nebel hatten sich schwer über die Stadt gelegt, bevor der Bankier eintraf. Doc Carter versicherte Chris, Ruby und Spud, er werde Ben Strong über Nacht zur Beobachtung in der Ambulanz behalten. Weiter konnte man im Augenblick nichts für den alten Ranger tun, und so fuhr Matt Farnham zuerst Ruby und dann Chris nach Hause.

Chris mußte ihre Angehörigen beruhigen, weil sie so lange ausgeblieben war. Schnell erzählte sie daher, was sich an jenem Tag ereignet hatte. Sie schloß: »Ich bin sicher, daß es Ben bald wieder gutgeht.«

Nachdem alle ihre Fragen gestellt hatten und ausreichend informiert worden waren, führte Joe Corrigan die gesamte Familie in die Küche. Er zeigte einen galvanisierten Eimer, gefüllt mit Walnußschalen, die er mit dem Dollar, den er von Chris geliehen hatte, gekauft hatte.

»Sie erzeugen eine große Hitze«, erklärte er, »aber beim ersten Mal, als ich einige davon in den Ofen warf, hätte ich beinahe das Feuer erstickt. Es dauerte eine Weile, bis es wieder richtig brannte. Deshalb müssen wir daran denken, daß wir nicht zu viele Schalen auf einmal ins Feuer werfen.«

Chris war froh, daß die Familie nicht frieren würde. Zugleich war sie aber auch unglücklich darüber, daß bald Weihnachten sein würde und sie keine Möglichkeit besaß, ein besonderes Geschenk für Molly zu kaufen.

Chris' Vater schien ihre Stimmung zu spüren. Er beauftragte die jüngeren Kinder, in der Küche bei ihrer Stiefmutter zu bleiben. Dann bat er Chris, ihm ins Wohnzimmer zu folgen. Er schloß die Küchentür und setzte sich an den selbstgezimmerten Tisch.

Chris folgte seiner Aufforderung, sich ebenfalls zu setzen, und ließ sich ihm gegenüber auf der Bank nieder. Joe Corrigan griff über den Tisch, der mit einem rissigen Wachstuch bedeckt war, und drehte die Kerosinlampe herunter, die begonnen hatte, das Glas zu verrußen.

»Chris«, begann der Mann, »da du die Älteste bist und uns in unseren Schwierigkeiten bereits geholfen hast, möchten Molly und ich, daß du als erste erfährst, daß ich den Rickenbacker verkaufen werde.«

Chris war überrascht. Sie wußte, daß der große Wagen das einzige war, mit dem ihr stolzer Vater der Welt zeigen konnte, daß er in dieser schweren Zeit zurechtkam. »Warum willst du das tun, Vati?«

»Ich muß ein anderes Auto haben, um in Flatsville zur Arbeitsstelle zu kommen und wieder zurück. Deshalb habe ich vor, den Rickenbacker mit jemandem zu tauschen, der ein kleineres Fahrzeug hat. Auf diese Weise hoffe ich außerdem etwas Bargeld zu erhalten.«

Der Mann zögerte einen Augenblick und fügte dann in tiefem, traurigem Ton hinzu: »Wir brauchen das Geld, um Bohnen, Mehl und andere Lebensmittel zu kaufen.«

Chris rutschte unbehaglich auf ihrem Platz hin und her, weil sie sich schuldig fühlte. *Ich hätte es wissen müssen. Weil er keine Arbeit mehr hat, mußte er nicht nur meinen Dollar leihen, um die Walnußschalen zu kaufen. Jetzt braucht er natürlich auch noch Geld für Nahrungsmittel.*

»Ich habe«, fuhr Joe Corrigan fort, »von einem Mann in Flatsville gehört, der gerne so einen großen Wagen, wie meiner es ist, hätte. Er hat einige kleinere Fahrzeuge zum Tausch: einen Chevy und einen Star. Wenn ich ebenso gut bin wie als Pferdehändler, kommen wir mit einem kleineren Auto nach Hause und noch dazu mit einer Summe Bargeld.«

Chris blinzelte überrascht. »Wir?«

»Ich möchte, daß du am kommenden Samstag mit mir fährst.«

»Oh, Vati, das geht nicht! Weißt du nicht mehr? An diesem Tag soll ich mit Bruder Ben fahren, der sein Pferd zu seinem Freund in die Berge bringen will.«

»Nach dem, was du mir erzählt hast, dürfte sich Ben an diesem Wochenende kaum fähig fühlen, um irgendwohin zu fahren.«

»Es geht ihm bald wieder gut!« rief Chris aus.

Ihr Vater streckte seine Hände über den Tisch und nahm die Hände seiner Tochter in die seinen. »Nein, das wird nicht der

Fall sein. Dieser Tatsache mußt du dich stellen, Chris, genauso, wie du dich anderen Dingen im Leben gestellt hast, etwa dem Tod deiner Mutter und der Tatsache, daß dieses Weihnachtsfest vermutlich das schlimmste in deinem ganzen Leben wird.«

Chris spürte, wie ein tiefer Zorn in ihr aufstieg. Sie wußte nicht, ob es daher kam, daß ihr Vater in bezug auf Bruder Ben recht hatte, oder weil sie Bruder Ben nicht begleiten konnte, um Buster in die Berge zu bringen. Oder vielleicht war es, weil sie den Umzug an sich haßte.

»Vati«, sagte sie und kämpfte darum, ihre Stimme unter Kontrolle zu halten, »ich möchte nicht nach Flatsville – weder jetzt noch zu einem anderen Zeitpunkt.«

Sie sah, wie die Kinnmuskeln des Mannes zuckten. »Dann geht es dir wie mir.« Seine Stimme nahm einen scharfen Klang an. »Aber manchmal bekommen wir im Leben nicht, was wir wollen. Du wirst es akzeptieren müssen: Wir werden vor Weihnachten nach Flatsville umziehen.«

Enttäuscht sprang das Mädchen auf, wodurch die Lampe ins Schwanken geriet. »Vati, ich kann es nicht!« Chris wandte sich um und eilte in ihr Schlafzimmer. Ihr ganzes Inneres war in Aufruhr.

Am nächsten Morgen erwachte Chris mit einem dumpfen Schmerz und zwei Gedanken: *Wie mag es Bruder Ben wohl gehen?* und *Gäbe es doch nur eine Möglichkeit, den Umzug zu verhindern!*

Auf der Busfahrt nach Lone River durch den anhaltenden Nebel wollte Chris mit ihrer Cousine über ihre Sorgen sprechen, aber Ruby hatte selber große Probleme.

»Ich weiß nicht, was ich tun soll, Chris«, bekannte sie. Sie sprach leise, damit niemand in dem lauten Bus sie hören konnte. »Wenn ich Herrn Wiley und den anderen Lehrern nachgebe, werden sie mich im Januar in die 7 a versetzen. Aber ich bin so gewöhnt an meine Art zu sprechen, und außerdem mag ich es nicht, wenn andere mir sagen, was ich tun soll.«

»Wenn du meine Meinung hören willst, dann sage ich dir, was ich tun würde: Sieh zu, daß du deinen Akzent völlig verlierst.«

»Gebrauch du nicht auch so verrückte Worte wie Spud!«

»Ich habe dieses Wort ›Akzent‹ von Spud gelernt, aber ich hatte schon lange Zeit vorher beschlossen, an meiner Aussprache zu arbeiten und richtig zu sprechen. Wenn du es willst, kannst du es auch.«

»Ich will aber nicht!«

Chris war nicht in der Stimmung, das Thema auszudiskutieren. »Tu, was du willst«, sagte sie und dachte wieder an Bruder Bens Gesundheit. Auch überlegte sie, wie sie ihren Umzug von Lone River verhindern konnte. In der Mittagspause, so nahm sie sich vor, wollte sie zur Ambulanz laufen, um nach Ben zu schauen.

In der Schule gingen Chris und Ruby in nachdenklichem Schweigen den lauten Gang hinunter. Beide waren sie in ihre Probleme vertieft. Als sie mit ihren Essensbehältern an der Tür des Büros des Direktors vorbeikamen, öffnete sich die Tür und ein Junge trat heraus.

Er war modern gekleidet in neuen, gelben Kordhosen und einem weißen Hemd, dessen Ärmel bis zu den Ellbogen aufgerollt waren. Sein dunkles Haar war glatt nach hinten gekämmt.

Der Junge schaute sich unsicher um und sprach dann die vorbeigehenden Cousinen an. »Entschuldigt, könnt ihr mir sagen, wo sich das Klassenzimmer der 7 b befindet?«

Chris lächelte ihm freundlich zu. Sie war froh, daß der Junge sie ansprach, denn dadurch nahm die Spannung zwischen ihr und Ruby wieder ab. »Das ist unsere Klasse. Du kannst mit uns kommen.«

»Danke! Ich bin Glenn Masters. Heute ist mein erster Tag hier.«

Glenn war größer als die anderen Jungen in ihrer Klasse, stellte Chris fest, als sie Ruby und sich vorstellte. Außerdem fand sie, daß er gut aussah, wenn auch nicht so gut wie Spud.

Glenn ging neben Ruby und schaute beifällig auf sie hinunter. »Wir sind von Fresno hierhergezogen. Wohnt ihr schon lange hier?«

Chris, die bemerkte, daß die Frage eigentlich nur an ihre Cousine gerichtet war, hielt sich mit einer Antwort zurück. Als Ruby jedoch schwieg, warf sie ihr einen Blick zu und bemerkte eine leichte Röte auf ihren Wangen. Chris blinzelte überrascht und schaute Ruby noch einmal an.

Da schellte die Schulglocke zum ersten Mal. Dadurch hatte Chris die Möglichkeit, ihrer ungewöhnlich schweigsamen Cousine erneut einen Blick zuzuwerfen.

Rubys haselnußbraune Augen bemühten sich, unbeirrt geradeaus zu schauen, den Gang hinunter, auf dem die Schüler zu ihren Klassenzimmern eilten. Aber Chris bemerkte, daß ihre Cousine dem neuen Jungen heimliche Blicke zuwarf.

Als die Glocke verklungen war und Ruby noch immer nicht auf Glenns Frage antwortete, sagte Chris: »Nein, wir beide kamen im letzten Sommer aus den Ozarks hierher.«

Der Junge blieb überrascht stehen. »Wirklich? Ich auch – nun, ursprünglich, sozusagen. Meine Familie lebt seit einigen Jahren in Kalifornien.« Er schwieg einen Augenblick und fragte dann: »Wie kommt es, daß du keinen Akzent hast?«

Chris antwortete: »Warum hast du keinen?«

Glenn grinste, und Chris bemerkte, daß sich die eine Ecke seines Mundes etwas mehr hob als die andere. »Ich war es satt, ›Okie‹ und ›Arky‹ und so weiter genannt zu werden . . . na ja, und dann . . .« Er zuckte mit den Schultern und schloß: »Ich habe daran gearbeitet, meinen Akzent zu verlieren.«

Schließlich fand auch Ruby ihre Stimme wieder. In ihrem üblichen Dialekt sagte sie: »Da unten ist unsere Klasse.«

Glenn schaute auf sie hinunter und grinste erneut. »Ich habe so intensiv geübt, daß ich das gar nicht mehr kann.«

Ruby runzelte die Stirn. »Was meinst du?«

»So reden wie früher.«

Chris sah, wie Rubys Gesicht sich verschloß. Zorn flammte plötzlich in ihren Augen auf, als sie zu dem hochgewachsenen Jungen aufschaute. »Willst du vielleicht sagen, daß ich merkwürdig rede?«

Chris schüttelte ihren Kopf, um Glenn zu warnen. Er bemerkte es. »Oh . . .«, sagte er und schaute eilig fort. »Nein, natürlich nicht. Entschuldige, ich glaube, ich sehe dort einen Jungen, den ich von Fresno her kenne. Bis gleich.«

Chris sah forschend in das Gesicht ihrer Cousine, als der neue Junge davoneilte. Rubys Kinn schien einen Augenblick lang zu beben.

»Der Kerl soll sich nicht ständig in unserer Nähe herumtreiben. Er ist völlig überflüssig«, schimpfte sie leise.

Chris fragte erstaunt: »Seit wann nimmst du von Jungen Notiz?«

»Das tue ich überhaupt nicht«, widersprach Ruby, als die Glocke für die säumigen Schüler zu läuten begann. Beide Mädchen eilten aus dem Umkleideraum in das Klassenzimmer und nahmen ihren Platz ein. Einen Augenblick später betrat Glenn den Raum und stellte sich der Klassenlehrerin vor. Chris warf Ruby einen Blick zu und beobachtete, wie sie vorgab, von diesem Vorgang keine Notiz zu nehmen, aber dennoch einen verstohlenen Blick auf den Jungen warf.

Chris lächelte im stillen und schüttelte dann ihren Kopf. *Zu schade! Die beiden scheinen sofort Gefallen aneinander gefunden zu haben, aber als sie den Mund aufmachte, ist er wie ein erschrockenes Kaninchen davongelaufen. Vielleicht kann ich beim Mittagessen mit ihr darüber reden.*

Als die Mittagsglocke erklang, holten die Cousinen ihre Essensbehälter und Mäntel aus dem Umkleideraum und eilten nach draußen. Es war noch immer neblig und kalt.

»Laß uns nach Bruder Ben schauen«, schlug Chris vor. »Ich mache mir wirklich Sorgen um ihn. Und ich möchte mit dir über den neuen Jungen reden.«

»Von ihm will ich nichts mehr hören!« stieß Ruby hervor. »Er erinnert mich an Spud und seine überhebliche Art. Oh, schau! Dort vorne kommt ja Bruder Ben!«

Kapitel 10

Eine elendige Stadt

Mit einem frohen Aufschrei rannte Chris auf den alten Ranger zu, als dieser den großen Packard am Straßenrand zum Stehen brachte. Ruby folgte ihr etwas langsamer.

Chris streckte ihren Kopf durch das offene Fenster auf der Beifahrerseite. »Bruder Ben, wie geht es Ihnen?«

»Danke, gut.«

»Ruby und ich wollten gerade zur Ambulanz hinüberlaufen, um uns nach Ihnen zu erkundigen.«

»Der Doc ließ mich heute morgen gehen. Er sagte, ich habe einen kleinen Anfall gehabt, aber er sei jetzt vorüber. Er meint, daß es mir gutgeht, solange ich mich nicht zu sehr anstrenge.«

»Dann passen Sie bitte gut auf sich auf«, drängte Chris.

»Jawohl«, ergänzte Ruby, die das Auto inzwischen auch erreicht und ihren Kopf ebenfalls durch das Fenster gestreckt hatte. »Wir haben uns mächtig daran gewöhnt, daß es Sie gibt, wissen Sie.«

»Danke«, erwiderte Ben in weichem Ton. »Ich bin auch gerne da.« Seine Stimme änderte sich. »Oh, Chris, ich war zum Frühstück bei Betty, und sie gab mir etwas, das dir gehört.« Er griff auf den Boden vor dem Beifahrersitz und richtete sich dann auf.

»Meine Schachtel!« freute sich Chris und streckte ihre Hand aus, um sie in Empfang zu nehmen. »Ich dachte, sie wäre verbrannt worden.«

»Auch Betty hatte das angenommen. Dann fand ein Kunde sie jedoch auf einem Regal auf der Toilette. Offensichtlich hat jemand sie dorthin gestellt, nachdem du das Café verlassen hattest.«

»Oh, vielen Dank!« Schnell entfernte Chris den Deckel. »Sehen Sie?« Sie deutete auf eine Stelle im Deckel. »Hier ist die Zulassungsnummer des Lastwagens, die ich mit dem Fingernagel eingeritzt habe.«

»Ja. Ich war so frei und habe die Schachtel bei Betty geöffnet, um sicher zu sein, daß es sich tatsächlich um deine Schachtel handelte. Danach bin ich direkt zur Polizei gegangen, und von dort aus hat man mit der Zulassungsstelle in Sacramento telefoniert. Dabei stellte sich heraus, daß der Lastwagen in der Nähe von Timber Meadows gestohlen wurde.«

»Liegt das nicht in der Nähe des Ortes, in dem Ihr Freund wohnt?« fragte Chris. »Ich meine, der Freund, zu dem Sie Buster bringen wollen?«

Ben nickte. »Mein Freund Quint Armstrong, ja. Aber mit dem Lastwagen hat es etwas Merkwürdiges auf sich. Nachdem die Polizei die Rückantwort aus Sacramento erhielt, nahm sie Kontakt auf mit den Behörden in Timber Meadows. Dort war dieser Lastwagen nicht als gestohlen gemeldet, und so schickten sie einen Beamten zu dem Besitzer – einem Mann namens Jessup. Er sagte, er habe den Wagen nicht als gestohlen gemeldet, weil er verreist gewesen sei.«

»Was ist daran denn so merkwürdig?« fragte Ruby.

Ben zuckte mit den Schultern. »Es ist nur so eine Idee, ein Gefühl, daß etwas nicht stimmt. Ich frage mich, ob der Lastwagen überhaupt gestohlen wurde und der Besitzer das nur gesagt hat, als man ihn verhörte.«

»Das verstehe ich nicht«, gab Chris zu.

»Ich bin nicht ganz sicher, ob ich es selber verstehe«, antwortete der alte Ranger. »Aber die Geschichte, die der Eigentümer der Polizei erzählte, hörte sich nicht ganz glaubhaft an. Warum zum Beispiel sollte Vernon aus einem Gefängnis in Texas fliehen und dann eine nördliche Route durch Reno nach Kalifornien nehmen? Der Weg ist zu weit.«

Chris' Gesicht erhellte sich. »Glauben Sie, daß dieser Mann, dem der Lastwagen gehört, und Vernon gemeinsam an den Viehdiebstählen beteiligt sind?«

Ben tat einen tiefen Atemzug. »Vielleicht bin ich zu mißtrauisch, aber wenn wir Buster zu Quint bringen, werde ich meinem Verdacht einmal nachgehen. Man weiß nie, wo man plötzlich einen Hinweis findet, der sich als hilfreich erweist, Vernon wieder dingfest zu machen.«

»Das erinnert mich an etwas«, sagte Chris. »Vati möchte, daß ich am Samstag mit ihm nach Flatsville fahre. Ich würde lieber mit Ihnen fahren, aber das geht nicht.«

»Vielleicht kann ich die Fahrt hinausschieben. Ich habe heute morgen im Radio gehört, daß sich ein Sturm ankündigt. Es wird in den Bergen schneien, aber hier unten regnen. Das wird diesen Nebel für eine Weile vertreiben.«

»Das hoffe ich sehr! Ich kann den Nebel nicht mehr vertragen, und ich möchte unbedingt mit Ihnen und Buster in die Berge fahren.«

Ben wechselte das Thema. »Was wirst du mit der leeren Schachtel tun, Chris?«

Das Mädchen zögerte, denn es wollte nicht sagen, daß es kein Geld hatte, um ein Geschenk für Molly zu kaufen und es in die Schachtel zu legen, weil sein Vater sich den Dollar geliehen hatte. »Ich weiß es noch nicht genau«, antwortete es. »Aber ich werde sie aufheben. Sie kann einmal nützlich sein.«

Als sie nachmittags nach Hause kam, schlüpfte Chris hinaus in die Scheune und versteckte die rote Schachtel auf einem hohen Dachsparren. *So! Jetzt ist sie vor meinen kleinen Schwestern in Sicherheit.*

Am nächsten Morgen erwachte Chris von dem Geräusch des Windes, der an dem einzigen Fenster ihres kleinen Schlafzimmers rüttelte. Die Scheibe hatte einen Sprung, und deswegen war ein Stück Karton über das Fenster genagelt worden als Schutz vor der Kälte. Chris zog eine Ecke des Kartons zur Seite.

»Der Himmel ist klar«, stellte sie fest und wandte sich um,

als sie hörte, daß Elizabeth auf ihrem Feldbett ebenfalls aufwachte. »Der schreckliche Nebel ist verschwunden. Zur Abwechslung wird es einmal ein schöner Tag werden.«

Der Sonnenschein stimmte Chris heiter, als sie zur Bushaltestelle eilte in der Hoffnung, daß es auch Ruby besser gehen würde.

»Dieser schreckliche Glenn ist ja vielleicht hochnäsig«, stieß Ruby wütend hervor und ließ sich in ihren Sitz fallen. »Er ist ja beinahe so schlimm wie Spud.«

»Hast du gemerkt, daß sich sein linker Mundwinkel nach oben zieht, wenn er lächelt?«

Auf Rubys Gesicht erschien die Andeutung eines Lächelns. »Ja«, erwiderte sie weich. Doch dann runzelte sie die Stirn. »Aber das läßt mich völlig kalt!«

»Findest du ihn denn nicht irgendwie nett?«

Ruby schnaubte. »Auch wenn er der netteste Junge weit und breit wäre, würde ich mir nichts aus ihm machen. Wechseln wir das Thema.«

In ihrem Klassenzimmer beobachtete Chris an diesem Morgen, wie Ruby dem neuen Jungen verstohlene Blicke zuwarf. Aber er schien sie überhaupt nicht zur Kenntnis zu nehmen.

Am Mittag sagte Chris: »Ich habe so den Eindruck, daß du und Glenn Freunde werden könntet, wenn du nur versuchen würdest, deinen Akzent etwas abzulegen.«

Ruby fuhr sie an: »Willst du mir schon wieder weismachen, daß ich besser sprechen könnte, wenn ich es nur wollte? Nun, ich will es nicht! Hör also auf mit deinem Gerede!«

Das herrlich frische, klare Wetter dauerte bis zum folgenden Nachmittag. Dann begann es, wärmer zu werden, während graue, von Höhenwinden getriebene Wolken über den Himmel jagten. Der Regen setzte am Freitag abend ein und dauerte bis zur Morgendämmerung.

Als Joe Corrigan mürrisch seine Tochter für die Fahrt nach Flatsville weckte, teilte er ihr mit, daß sich der Himmel aufhelle. Das bedeutete, daß die höhere Temperatur und der nasse

Boden am Abend wieder für dichten Nebel sorgen würden. Bis dahin wollte Joe Corrigan aber wieder zu Hause sein.

Widerwillig lehnte sich Chris auf dem Beifahrersitz zurück. Traurig betrachtete sie den Rickenbacker, weil sie wußte, wie sehr ihr Vater an dem Fahrzeug hing und wie sehr es ihn schmerzte, es eintauschen zu müssen.

Die Atmosphäre in dem Auto war gespannt, als sie schweigend den Rand von Flatsville erreichten. Die flache Landschaft ohne Bäume oder irgend etwas anderes, das sie hätte beleben können, wirkte überaus trostlos. Mißmutig erblickte Chris zahllose Hütten aus Teerpappe und einige Zelte, die wahllos entlang der lehmigen Straßen errichtet worden waren.

Chris beobachtete den Verkehr, der sich auf der Hauptstraße von und nach Flatsville bewegte. Sie bemerkte, daß die Menschen und die Autos eines gemeinsam hatten: Sie wirkten alle kaputt und verbraucht.

Jedes Auto und jeder Lastwagen besaß ein Nummernschild aus einem anderen Staat, zumeist aus den Sandsturm-Gebieten von Kansas, Texas und Oklahoma. Alle Fahrzeuge waren alt, abgenutzt und beinahe nicht mehr zu gebrauchen. Aber wenn sie sich noch fortbewegen konnten, geschah das in einem langsamen Tempo. In ihnen fuhren verzweifelte Menschen auf einer vergeblichen Suche nach Hoffnung.

Immer wieder lagen ein oder zwei Matratzen auf den Dächern vorbeifahrender Autos. Das erinnerte Chris an ein bekanntes Sprichwort: *Wie kann man einen reichen Okie von einem armen unterscheiden? Ein reicher hat zwei Matratzen auf dem Dach.*

Bei vielen Fahrzeugen standen zahlreiche Gegenstände auf den Trittbrettern oder waren an den Seiten festgebunden. Die Gegenstände reichten von Waschzubern und Butterfässern bis hin zu Kesseln und Koffern aus Pappe.

Die Erwachsenen in den Fahrzeugen hatten lange, magere Gesichter. Die meisten waren Menschen ohne Arbeit, die bisher vergeblich nach einer neuen Stelle und einer neuen Heimat gesucht hatten. Manche waren Farmer, die von Gerichtsvollziehern mit Gewehrschüssen von ihrem Land vertrieben worden waren, nachdem die Banken zusammengebrochen waren. Andere waren geflohen, als die Sandstürme die Sonne verdeckten, der Flugsand zwischen ihren Zähnen knirschte, ihre Nasenlöcher verstopfte und ihr Land begrub. Sie schlossen sich den Millionen anderer Menschen an, die ihre Heimat verloren hatten und hungrig und arbeitslos waren.

Die unrasierten Männer trugen zerschlissene und geflickte Overalls. Die Frauen, die breite Hutkrempen und Schuten trugen, hatten tiefe Furchen in ihren Wangen. Das Haar der Kinder war ungekämmt, und Schmutz lag auf ihren mageren, spitzen Gesichtern. Ihre Augen starrten leer aus eingesunkenen Höhlen.

Chris stöhnte entsetzt. »Oh, Vati, sieht das hier alles schrecklich aus!«

»Früher hast du dich nie so angestellt wegen des Ortes, an dem wir lebten«, erwiderte Joe Corrigan leicht verärgert. »Was macht diesen Ort so anders?«

Chris' entschlossenes Wesen ließ ihre Antwort ziemlich heftig ausfallen. »Was diesen Ort von den anderen unterscheidet? Glaubst du, daß es die schrecklichen Dinge sind, die wir hier sehen, oder der schlechte Ruf von Flatsville?« Sie schüttelte ihren Kopf. »Nein, Vati, es ist nicht nur das. In Lone River hatte ich zum ersten Mal in meinem Leben das Gefühl, daß wir einen Fortschritt gemacht hatten und unserem bleibenden Zuhause etwas näher gekommen waren. Ich begann mich als ein normaler Mensch zu fühlen mit Freunden, einer Heimat und mit einer Hoffnung für die Zukunft. Jetzt werden wir gezwungen, einen gewaltigen Schritt zurück zu tun. Das tut weh und macht mich zornig.«

In dem Augenblick, als sie schwieg, tat Chris dieser Ausbruch leid, aber sie hatte die Wahrheit gesagt.

»Ich verstehe, wie du dich fühlst, Chris«, erwiderte ihr Vater leise und verringerte die Fahrtgeschwindigkeit, um in eine Garage einzubiegen, vor der ein Schild *Preiswerte Gebrauchtwagen* stand. »Aber du mußt es akzeptieren. Nun, du bleibst hier sitzen, während ich mit dem Mann verhandle.«

Während ihr Vater mit dem Garagenbesitzer feilschte, saß Chris nachdenklich auf dem Beifahrersitz des Rickenbackers. *Was kann ich tun, um zu verhindern, daß wir nach Flatsville ziehen?*

Zahllose Möglichkeiten schossen ihr durch den Kopf, aber sie schloß sie als nicht durchführbar aus. Als ihr Vater zurückkam, hatte sie immer noch keine zündende Idee.

»Ich habe den Wagen getauscht«, teilte Joe Corrigan seiner Tochter mit, »und zwar gegen das Star Coupé Baujahr 1929 dort drüben.«

»Ein Coupé? Darin haben doch gar nicht alle Kinder Platz!«

»Ich werde das Heck herausschneiden und einen Kasten einbauen, etwa wie bei einem Lieferwagen. Hilf mir jetzt, meine Werkzeuge in den anderen Wagen umzuladen, und dann machen wir uns auf den Heimweg.«

Sie waren kaum zwei Kilometer gefahren, als Joe Corrigan zu schimpfen begann. »Dieses Auto verdient es nicht, als solches bezeichnet zu werden. Es hat nicht einmal das Getriebe eines Holzfällerwagens. Ich hätte den Rickenbacker wohl doch nicht eintauschen sollen, zumal mir der Mann von der Garage auch nicht die geringste Vergünstigung gewähren wollte.

Am Anfang verlangte er sechzig Dollar für diesen Wagen. Ich sagte ihm, daß er höchstens fünfundzwanzig Dollar wert sei und der Rickenbacker wesentlich mehr. Aber daß ich, wenn er mir zusätzlich fünfzehn Dollar geben würde, zum Tausch bereit sei.«

Chris dachte an den Dollar, den sie ihrem Vater geliehen hatte. »Fünfzehn Dollar ist viel Geld«, sagte sie. Sie wollte nicht danach fragen, ob ihr Vater ihr den geliehenen Dollar zurückzahlen würde.

»Ich habe keine fünfzehn Dollar bekommen, sondern nur zehn. Davon werde ich Lebensmittel kaufen. Den Dollar, den ich dir schulde, kann ich dir erst zurückzahlen, wenn ich meinen ersten Lohn bekommen habe. Bist du damit einverstanden?«

Chris war enttäuscht, aber sie nickte. »Natürlich.«

Alles wird immer nur noch schlimmer! dachte sie.

Plötzlich erhellte sich ihr Gesicht, als ihr ein Gedanke kam, der ihr Hoffnung machte. *Ich werde morgen mit unserem Prediger sprechen. Vielleicht weiß er, wo Vati einen Job bekommen kann, so daß wir nicht umziehen müssen.*

Chris begann, aufgeregt über diese Möglichkeit nachzudenken, während der Wagen weiter in Richtung Lone River fuhr. Mit der Überraschung, die zu Hause auf sie wartete, hatte sie jedoch nicht gerechnet.

Kapitel 11

Gottes Wille oder des Menschen Wille

Als der Star in die Auffahrt zu dem Haus der Corrigans in der Nähe von Lone River einbog, rief Chris aus: »Das ist der Wagen von Herrn Farnham! Was er wohl bei uns will?«

»Ich weiß es nicht. Gehen wir ins Haus, dann werden wir es gleich erfahren.«

Als Vater und Tochter durch die Vordertür eintraten, sah Chris, daß Spud den Bankier begleitet hatte.

»Was ist los?« fragte sie aufgeregt. »Ist Bruder Ben etwas zugestoßen?«

Matthew Farnham spielte abwesend mit der schweren goldenen Uhrkette, die sich über seine graue Weste zog. »Nein, es geht ihm gut«, versicherte er ihr schnell. »Aber er hat mich vor einer Weile angerufen, um Spud und mich zu bitten, euch eine Nachricht zu bringen.«

Spud erklärte: »Bruder Ben mußte seine Fahrt in die Berge auf die nächste Woche verschieben. Der Arzt will nicht, daß er einen Wagen mit einem Pferdegespann fährt. Deswegen sucht er jetzt nach einem Fahrer. Sobald er jemanden gefunden hat, bringt er Buster zu seinem Freund. Es wäre ihm aber immer noch lieb, wenn du mit ihm kommen könntest.«

Chris warf ihrem Vater einen Blick zu. Dieser schüttelte langsam seinen Kopf. »Ich glaube nicht, daß du mitfahren solltest, Chris. Das Wetter ist so ungewiß.«

»Aber, Herr Corrigan«, sagte Spud. »Ich weiß, daß Bruder Ben nicht fahren würde, wenn das Wetter schlecht ist. Außerdem sind Weihnachtsferien, so daß Chris die Schule nicht versäumt. Und es ist auch nur eine Tagesfahrt. Bis zum Abend haben wir sie wieder heimgebracht.«

»Wir?« fragte Chris gespannt.

Spud nickte. »Ich fahre mit. Und Ruby auch. Onkel Matt und ich haben bereits mit ihrem Vater gesprochen, und er hat seine Erlaubnis gegeben.«

Chris wandte sich mit bittenden Augen an ihren Vater, aber er schüttelte erneut den Kopf. »Im Radio wurden weitere Stürme vorausgesagt. In den Bergen bedeutet das Schnee. Wenn ich dich fahren lasse, könntest du in ein solches Wetter geraten, und außerdem könnten die Straßen gesperrt werden. Vielleicht würde es Tage dauern, bis du wieder nach Hause zurückkommen könntest. Außerdem brauchen Molly und ich deine Hilfe beim Packen, weil wir nächste Woche umziehen werden.«

Verzweifelt versuchte Chris es noch einmal. »Du hast selber gesagt, daß die Wettervorhersagen häufig nicht zutreffen. Außerdem ist das die letzte Gelegenheit, mit meinen Freunden zusammen zu sein, weil wir Weihnachten nicht mehr hier sein werden. Darf ich nicht doch mitfahren?«

Joe Corrigan seufzte und schaute seine Frau an. Chris sah, wie Molly ganz leicht nickte.

»Also gut«, antwortete er.

Am nächsten Morgen hatte ein frischer Wind den Nebel fortgeblasen. Die Sonne lachte von einem strahlend blauen Himmel. Als ein Nachbar Chris und ihre Schwestern für die Fahrt zur Kirche abholte, dachte Chris nur noch an eine einzige Sache: an das Gespräch mit dem Pastor. Oh, wie sehr hoffte sie, daß er einen Job in Lone River wußte.

Als sie bei der Kirche aus dem Wagen stieg, sah Chris, wie der Prediger gerade das angrenzende Pfarrhaus verließ. Sie eilte über die kleine, winterbraune Wiese auf ihn zu.

»Pastor Hyde«, begann sie, »es gibt etwas ganz Wichtiges, das ich unbedingt mit Ihnen besprechen muß. Haben Sie nach dem Gottesdienst etwas Zeit für mich?«

»Gerne, Chris, aber am Sonntag ist immer sehr viel los. Wie wäre es mit morgen?«

»Es kann sein, daß ich dann keine Gelegenheit habe, in die Stadt zu fahren, und es ist sehr, sehr wichtig.«

Der Pastor zögerte, weil er die Aufregung von ihrem Gesicht ablesen konnte. »Wenn du warten kannst, bis ich alle Leute an der Tür verabschiedet habe, dann könntest du anschließend in dem kleinen Raum rechts von der Kanzel mit meiner Frau und mir reden.«

Chris bedankte sich, als ältere Gemeindemitglieder auf den Pastor zutraten und ihn begrüßten. Voller Hoffnung eilte Chris zurück zur Kirche. Dort blieb sie überrascht stehen, als sie sah, daß Glenn Masters am Straßenrand aus einem Dodge stieg.

»Hallo!« begrüßte Glenn sie. »Gehst du hier zur Kirche?«

»Ich bin hier Mitglied. Besuchst du heute auch den Gottesdienst?«

Er nickte. »Ja, meine Eltern und ich.« Er stellte einen großen, vierschrötigen Mann vor in einem alten braunen Anzug, der nach Mottenkugeln roch. Frau Masters war eine kleine, rundliche Frau mit strahlenden, blauen Augen und einem warmen Lächeln.

Nachdem sie einige freundliche Worte gewechselt hatten, wandten sich Glenns Eltern ab und begannen, die Treppen zur Kirche hinaufzusteigen. Chris und Glenn folgten.

Glenn fragte angelegentlich: »Wo ist denn deine Cousine?«

»Rubys Vater predigt in einer anderen Kirche in der Stadt, und daher besucht sie dort den Gottesdienst.«

»Ach so.« Die Stimme des Jungen verriet seine Enttäuschung.

Chris sagte: »Du kommst in meine Sonntagsschulklasse. Einige Leute kennst du schon aus der Schule.« Sie zeigte auf einige Kinder. »Siehst du sie dort drüben?«

Als sie auf die Kinder zugingen, vernahm Chris das vertraute Geräusch eines Fords, der seine Geschwindigkeit verringerte. Sie wandte sich um, als das offene, alte Vorkriegsfahrzeug rüttelnd am Straßenrand zum Stehen kam. Chris lächelte und winkte ihrem Onkel Nate, der hinter dem Steuer saß, zu. Er winkte zurück, während seine Tochter aus dem Fahrzeug ausstieg, und fuhr dann weiter.

»Das ist aber schön, daß du kommst!« begrüßte Chris ihre Cousine. »Ich dachte, du müßtest die Gemeinde von deinem Vater besuchen.«

»Das wollte ich – äh – hatte ich eigentlich auch vor, aber nachdem Herr Farnham und Spud dich gestern abend besucht hatten, kamen sie – äh – sind sie noch zu uns gekommen und haben mit meinem Vati über die geplante Fahrt – äh – in die Berge gesprochen. Ich dachte, daß du vielleicht Pläne machen wolltest, und deswegen hat Vati mich heute morgen hergebracht, damit wir – miteinander – reden können.«

Chris freute sich sehr, bemerkte dann aber, daß Ruby zwar mit ihr sprach, jedoch Glenn anschaute.

Er schlenderte zu ihr herüber und lächelte Ruby zu. »Hallo! Chris sagte mir, daß du sonst nicht hier zum Gottesdienst gehst«, begann er.

»Ich bin – äh – gekommen, um mit Chris zu reden. Wir wollen – wollen – in die Berge fahren, morgen oder so.«

Chris ging ein wenig langsamer und fiel so einen Schritt zurück, aber Ruby und Glenn schienen das nicht zu bemerken. Sie gingen gemeinsam weiter. Chris runzelte die Stirn. *Ob Ruby wohl gewußt hat, daß Glenn heute hier den Gottesdienst besuchen würde? Oder ist sie wirklich gekommen, um mit mir zu reden? Na ja, das ist ja auch egal. Wirklich wichtig ist, ob Pastor Hyde Vati einen Job vermitteln kann, damit wir nicht von hier fortziehen müssen. Und wichtig ist natürlich auch, daß sich die Gesundheit von Bruder Ben bessert.*

Während der Sonntagsschule in dem staubig riechenden Raum im Untergeschoß der Kirche saßen Ruby und Glenn nebeneinander. Chris sah, daß sie scheue Blicke und manch kleines Lächeln wechselten. Am meisten fiel Chris jedoch auf, daß Ruby, wenn sie Glenn leise etwas zuflüsterte, sehr darum bemüht war, ein akzentfreieres Englisch zu sprechen.

Chris hätte am liebsten gelächelt, aber sie hatte selber zu viel auf dem Herzen, um intensiv zu beobachten, wie Ruby und Glenn miteinander auskamen.

In der Pause zwischen der Sonntagsschule und dem Gottesdienst blickte sich Chris nach Ben Strong um. Er war nirgendwo zu sehen. *Hoffentlich geht es ihm nicht schlechter*, überlegte sie und schickte leise ein Stoßgebet zum Himmel.

Auch während des Gottesdienstes saßen Ruby und Glenn wieder nebeneinander. Chris saß bei ihnen und dachte darüber nach, was sie dem Pastor sagen wollte. Sie hörte die Lieder des kleinen Chores kaum und bekam auch von der Schriftlesung nur wenig mit. Während der Predigt von Pastor Hyde über die Ereignisse, die zu Christi Geburt führten, versteifte sich Chris plötzlich, denn ihr war eine Idee gekommen.

Natürlich! Der Gedanke schoß ihr blitzartig durch den Kopf. *Warum habe ich nicht schon früher daran gedacht?*

Sie beugte sich hinüber, um Ruby etwas zuzuflüstern, aber Glenn und sie schauten sich in die Augen und lächelten sich verhalten an.

Chris seufzte. Es war offensichtlich, daß ihre sonst so kratzbürstige Cousine plötzlich Gefallen an Jungen gefunden hatte und diese nicht mehr nur herausfordern wollte, indem sie behauptete, daß sie alles ebensogut könne wie sie auch. Gleichzeitig war Chris aber auch etwas unglücklich, weil sie Ruby unbedingt ihre neue Idee mitteilen wollte und ihre Cousine das nicht zu bemerken schien.

Als der Gottesdienst zu Ende war, flüsterte Chris: »Ruby, ich muß sofort mit dir sprechen.«

»Kann das nicht noch etwas warten?« entgegnete Ruby, wobei sie Glenn anschaute. Drei ältere Gemeindemitglieder waren auf ihn zugetreten, gaben ihm die Hand und begrüßten ihn.

Chris wollte sagen: *Nein, es kann nicht warten.* Statt dessen antwortete sie: »Ich denke schon. Ich bin in dem kleinen Raum rechts vom Altar und warte dort auf Pastor Hyde und seine Frau. Ich will möglichst vor ihnen dort sein.«

Chris ging den rechten Gang hinunter, um den Altar aus Walnußholz herum und betrat den kleinen Raum. Manchmal war er voller Leute, die ein seelsorgerliches Gespräch mit Pastor Hyde führen wollten, aber heute befand sich niemand dort. Der Raum war leer. Es gab nur wenige Stühle, einige Bücher in einem Regal und ein großes Poster an der Wand. Dieses zeigte einen Erdball, der von vielen Händen getragen wurde, und hatte die Aufschrift: »Er ist nicht schwer, wenn wir alle heben.«

Chris setzte sich auf einen der Stühle und starrte nachdenklich auf das Bild. Gerade in diesem Augenblick war sie nicht daran interessiert, mitzuhelfen, die Welt zu heben. Statt dessen suchte sie nach jemandem, der ihr half, ihr eigenes Problem zu lösen.

Durch die geschlossene Tür klangen die Geräusche der Gemeinde immer schwächer, da die Leute langsam die Kirche verließen. Noch immer starrte Chris düster auf das Poster, als sich leicht die Tür öffnete. Chris wandte sich um und bedeutete ihrer Cousine, hereinzukommen.

Ruby sagte: »Ich habe gerade Glenns Eltern kennengelernt. Sie sind nett.«

Chris nickte. »Ich habe sie auch kennengelernt.« Schnell wechselte sie das Thema. »Mir ist etwas eingefallen, das Bruder Ben dabei helfen könnte, den Mann zu fassen, der ihm den Hinterhalt gelegt hat.«

»Wirklich?« Ruby hing plötzlich gespannt an den Lippen ihrer Cousine. »Was?«

»Erinnerst du dich noch an das Haus in der Ahornstraße in der Nähe der Schule, wo der Mann mich verfolgt hat und ich meinen Mantel verloren habe?«

Als Ruby nickte, fuhr Chris eiligst fort: »Nun, ich weiß

nicht, warum ich nicht vorher daran gedacht habe, aber wenn wir herausfinden könnten, wer dort wohnt, dann könnte er uns vielleicht etwas über Zane Vernon erzählen.«

Rubys haselnußbraune Augen strahlten auf. »Ja, das klingt logisch! Nur, wie können wir das tun? Du kannst nicht einfach zur Tür gehen und fragen.«

»Ich weiß auch noch nicht, wie das gehen soll. Aber es muß einen Weg geben –« Chris brach ab, als sich die Tür öffnete und der Pastor und seine Frau eintraten.

Ruby erhob sich. »Ich warte draußen auf dich.«

Chris nickte, stand auf und bedankte sich bei Pastor Hyde und seiner Frau, daß sie sich Zeit nahmen für sie. Als sich die Tür hinter Ruby geschlossen hatte, setzte sich das Ehepaar Chris gegenüber und fragte, wie es helfen könne. Chris berichtete kurz von ihrem Problem.

»Daher«, schloß sie mit einem tiefen Atemzug, »hoffe ich, daß Sie mir helfen können, einen Job für meinen Vater in Lone River zu finden, damit wir nicht von hier fortziehen müssen.«

Der Geistliche räusperte sich. »Hast du Gott schon gefragt, wie sein Wille in dieser Sache aussieht, Chris?«

Die Frage tat genauso weh wie in dem Augenblick, als Bruder Ben sie zum ersten Mal gestellt hatte. »Nein«, antwortete das Mädchen.

Die Frau des Pastors sagte in ihrem weichen, stillen Tonfall: »Eines der schwersten Dinge im Leben ist, daran zu denken, daß uns die Bibel sagt, daß Gottes Wege nicht immer unsere Wege sind, und daß seine Gedanken höher sind als unsere Gedanken.«

Ihr Mann nickte. »Josef zum Beispiel wollte nicht in die Sklaverei nach Ägypten verkauft werden. Dennoch sagt uns die Bibel, daß Gott eine Absicht damit verband, daß Josef sich dort aufhielt.

Ich bin sicher, daß es Daniel überhaupt nicht gefiel, daß er und seine Freunde als Gefangene fortgeführt wurden. Dann wurde Daniel in die Löwengrube geworfen. Aber Gott war mit ihm, und alles ging gut aus.

Und wie war das mit dem Apostel Paulus? Ihm sind viele schreckliche Dinge zugestoßen. Er erlitt sogar Schiffbruch, wurde geschlagen und wie tot zurückgelassen, und er kam ins Gefängnis. Dennoch schrieb er in jenem Kerker die Briefe, die nach beinahe zweitausend Jahren noch immer Millionen von Menschen eine Hilfe sind, weil Gott mit ihm war.

Es ist, wie Paulus sagte: ›Ich habe gelernt, zufrieden zu sein, in welcher Lage ich mich auch befinde.‹ Paulus lernte es zu akzeptieren. Verstehst du, was wir dir sagen wollen, Chris?«

Das Mädchen nickte und fühlte eine tiefe Enttäuschung. »Sie sagen, ich sollte meinen Eltern gehorchen und nicht länger darum kämpfen, in Lone River bleiben zu können.«

Frau Hyde erklärte freundlich: »Wir versuchen, dir zu helfen, mit einer schwierigen Situation umzugehen, und bitten dich, Gottes Willen zu suchen anstatt deinen eigenen. Willst du das tun?«

Alles in Chris wehrte sich gegen diesen Vorschlag, so daß sie am liebsten geweint hätte. *Nein! Ich will nicht alle meine Freunde verlassen und von hier fortziehen; das kann doch nicht Gottes Wille sein?* Statt dessen stand sie langsam auf. »Ich werde darüber nachdenken«, versprach sie.

Chris war tief enttäuscht, als sie durch die dunkle Kirche zur Vordertür ging. Dort warteten Ruby und ihr Vater. Nachdem sie sich von Pastor Hyde und seiner Frau verabschiedet hatten, meinte Rubys Vater, daß er Chris nach Hause fahren würde, damit die Mädchen ihr Gespräch beenden konnten.

Während Nate Konning den Motor des Fords ankurbelte, berichtete Ruby ihrer Cousine, daß sie gute Nachrichten hätte.

»Die könnte ich gebrauchen«, erwiderte Chris, während sie neben ihre Cousine auf den Beifahrersitz glitt.

»Nun«, erklärte Ruby, »während du mit dem Prediger und seiner Frau gesprochen hast, habe ich meinem Vati erzählt, was du mir in dem kleinen Raum gesagt hast. Ich meine die Frage, wer wohl in dem Haus in der Gasse wohnt, wo du verfolgt wurdest und deinen Mantel verloren hast. Mein Vati hatte da eine gute Idee.«

Chris hörte Ruby genau zu, wie diese den Vorschlag erläuterte. Dann überlegte sie schweigend, während ihr Onkel die Kurbel des Motors noch einige Male drehte. Als der Motor angesprungen war und der ganze Wagen zitterte, eilte der Mann um den Wagen herum und setzte sich hinter das Steuerrad.

»Onkel Nate«, begann Chris unbehaglich, »ich bin froh, daß du dir eine Möglichkeit ausgedacht hast, aber sie könnte gefährlich sein.«

Der Mann nickte, schaute um sich, um zu sehen, ob kein Verkehr war, und wendete dann sein Fahrzeug auf der Kreuzung. »Vielleicht, aber Gott könnte auch schenken, daß es keine Schwierigkeiten gibt.«

Mit zunehmender Geschwindigkeit fuhr er die Straße hinunter und sagte: »Wie auch immer – macht euch schon einmal auf alles gefaßt, denn gleich werden wir es feststellen.«

Kapitel 12

Eine Spur im Hochland

Chris erschauerte, als der Ford die Straße hinunterfuhr. Sie war sich nicht sicher, ob sie vor Kälte zitterte oder aus Furcht vor dem, was ihr Onkel jetzt vorhatte.

Ruby sagte: »Als ich dich mit dem Prediger und seiner Frau aus der Kirche kommen sah, war mir klar, daß sie dir nicht haben helfen können.«

Chris berichtete ihr, was ihr das Ehepaar gesagt hatte. »Das war meine letzte Hoffnung, Vati zu helfen, hier doch noch einen Job zu bekommen.«

»Mir gefällt der Gedanke überhaupt nicht, daß ihr fortziehen wollt. Es macht mich wirklich todunglücklich.«

»Mich auch«, gab Chris zu, als ihr Onkel in die Ahornstraße einbog. »Und schon gar so kurz vor Weihnachten.«

Rubys Gesicht erhellte sich. »Vielleicht hinterläßt Ben Strong dir etwas in seinem Testament.«

Chris antwortete heftig: »Ich habe dir schon einmal gesagt, daß du nicht so sprechen sollst!« Etwas freundlicher fügte sie hinzu: »Was er hat, gehört seinen Kindern und Enkelkindern. Außerdem möchte ich nichts anderes als das, was er mir bereits gegeben hat: Liebe, Freundschaft und Gebete. Das einzige, was ich will, kann weder er noch sonst jemand mir geben: eine Möglichkeit, daß meine Familie in Lone River bleiben kann.«

Die Mädchen schwiegen, als Nate Konning seinen Wagen an den Straßenrand vor dem Haus fuhr, wo Zane Vernon Chris nachgesetzt und sie ihren Mantel verloren hatte. Aufgeregt beobachteten sie, wie Rubys Vater die Stufen hochstieg.

Chris ließ sich tiefer in den Sitz sinken, als sich die Tür auf sein Klopfen hin öffnete. Ein Mann, der fast so groß und schlank war wie Nate Konning, spähte durch das Fliegengitter.

Chris konnte die Worte ihres Onkels kaum verstehen: »Ich bin Nate Konning, Pastor der Bibel-Gemeinde in Lone River, und ich suche nach Zane Vernon. Können Sie mir helfen?«

Der Mann sagte: »Merkwürdig, daß Sie mich fragen. Vor einer Weile war ein älterer Herr hier und hat ebenfalls nach ihm gefragt.«

»Bruder Ben«, sagte Chris, und Ruby nickte.

»Ich habe ihm gesagt, daß ich ihm nicht helfen kann«, fuhr der dünne Mann im Haus fort. »Aber nachdem er fort war, ist mir etwas eingefallen.«

»Was denn?« fragte Nate.

»Vor einigen Tagen tauchte hier ein Mann mit Namen Vernon auf, der mir Fleisch für mein Geschäft verkaufen wollte.«

»Ihr Geschäft?« fragte Nate.

»Mir gehört ein Laden in Dos Piedras, aber ich habe mich praktisch aus dem Geschäft zurückgezogen; mein Sohn betreibt es. Dieser Vernon wollte ihm einige Rinder verkaufen, aber Dan – das ist mein Sohn – hat ihn zu mir geschickt. Ich habe ihm gesagt, daß wir unsere eigenen Lieferanten haben.«

»Hat er Ihnen gesagt, wie Sie im Fall des Falles Kontakt mit ihm aufnehmen könnten?«

Chris spitzte ihre Ohren, um nur ja nichts von der Antwort zu verpassen.

»Ja, aber ich hatte nicht die Absicht, das jemals zu tun, und daher habe ich nicht besonders aufgepaßt. Nachdem der alte Herr, der nach ihm gefragt hatte, gegangen war, habe ich mich an etwas erinnert, das Vernon zurückgelassen hat. Kommen Sie herein, und ich werde es Ihnen zeigen.«

Der Mann öffnete die Tür, und Nate betrat das Haus.

Ruby fragte: »Was könnte er damit wohl meinen?«

»Das dürften wir bald erfahren«, antwortete Chris und versuchte, in dem dachlosen Wagen das Klappern ihrer Zähne zu unterdrücken. Aufgeregt beobachtete sie das Haus, bis ihr

Onkel wieder zum Vorschein kam. »Mein Mantel!« rief sie. »Er hat meinen Mantel bekommen!«

»Stell dir vor«, sagte Nate und übergab Chris das Kleidungsstück. »Er hing über dem Ständer hinter der Eingangstür. Der Mann sagte, er hätte ihn auf der Straße gefunden. Er nahm an, ein Kind hätte ihn verloren. Deshalb wollte er den Mantel zur Schule bringen, war aber bisher nicht dazu gekommen. Als ich ihm sagte, daß er dir gehöre, gab er ihn mir.«

Chris zog sich den Mantel dankbar an. »Hat er dir gesagt, wie man Zane Vernon erreichen kann?« fragte sie.

Ihr Onkel übergab Chris ein Stück Papier. »Das hat er tatsächlich. Und zwar wurde dieser Zettel sogar von Vernon selber geschrieben.«

Chris blickte auf die unbeholfenen Buchstaben und las laut: »Nachrichten: Jake Jessup, Telefon J-1-0-3, Timber Meadows.« Chris schaute zu ihrem Onkel auf. »Timber Meadows ist der Ort, in dem Bruder Bens Freund wohnt. Und dieser Name – Jessup – ich glaube, das ist der Name des Mannes, der behauptet hat, Vernon habe seinen Lastwagen gestohlen. Vielleicht hatte Bruder Ben recht, und es besteht da ein Zusammenhang.«

Nate sagte: »Wir wollen zunächst zu Ben fahren, bevor ich dich nach Hause bringe.«

Als der alte Ranger die Tür öffnete, war Chris aufgeregt und voller Hoffnung. Ben ließ seine Besucher eintreten und hörte sich ihre Erklärung für ihr Kommen an. Dann nahm er das Stück Papier von Chris entgegen und studierte es.

»Hm.« Er nickte und deutete mit seinem rechten Zeigefinger auf das Blatt. »Weil wir Vernon in den letzten Tagen nicht hier in der Gegend gesehen haben und es keine Berichte über Viehdiebstähle gibt, frage ich mich, ob Vernon vielleicht bei Jessup ist.«

»Könnten Sie das nicht herausfinden, wenn wir Buster in das Hochland bringen?« fragte Chris.

Ben antwortete: »Es wäre sehr anstrengend, alles an einem

Tag zu erledigen. Aber mein Freund Quint hat ein Telefon, so daß ich zumindest mit dem Büro des Sheriffs Kontakt aufnehmen könnte, während wir dort sind.«

»Das erinnert mich daran«, fuhr der alte Ranger fort, »daß ich mit einem Lastwagenfahrer namens Stubby gesprochen habe. Er wird Buster zu Quint fahren, aber vor Donnerstag hat er keine Möglichkeit dazu. Könnt ihr beiden Mädchen und Spud mir an diesem Tag mitfahren?«

Dessen war Chris sich nicht so sicher. »Vielleicht sind wir bis dahin umgezogen, oder wir sind zumindest am Packen. Vati sagt, daß er vor Weihnachten, also am nächsten Dienstag, in Flatsville sein will.«

»Ich bin überrascht, daß er die Feiertage nicht hier verbringen will«, sagte Ben Strong.

Ruby erklärte: »Sie kennen Onkel Joe nicht. Wenn er sich etwas vornimmt, dann setzt er es auch sofort in die Tat um.«

»Vielleicht geschieht etwas, das dir die Zeit gibt, die Fahrt nach Timber Meadows mit uns mitzumachen«, sagte Ben.

Chris nickte, hatte jedoch nicht mehr sehr viel Hoffnung. Als ihr Onkel und ihre Cousine sie daheim absetzten, bemerkte Chris, daß die Beine ihres Vaters unter dem Star hervorragten.

Sie konnte sein ärgerliches Murmeln hören, als er unter dem Wagen hervorglitt und vollständig sichtbar wurde. Seine Besucher grüßte er nur mit einem Kopfnicken. »Dieses Auto ist das mieseste Fahrzeug, das ich je im Leben gesehen habe«, schimpfte er. »Ich hätte den Rickenbacker nie dafür hergeben sollen.«

»Was ist los, Vati?« fragte Chris.

»Alles! Der alte Blechkasten läuft nicht, und ich kann die Ursache nicht feststellen!« Angeekelt blickte Joe Corrigan auf den Star. Dann wandte er sich wieder seinen Besuchern zu. »Na ja, im Augenblick kann ich nichts tun. Warum kommt ihr nicht herein? Molly hat dein Essen warm gehalten, Chris.«

Als die Cousinen den beiden Vätern zum Haus folgten,

flüsterte Ruby: »Glaubst du nicht auch, daß er es nicht schafft, den Wagen bis Donnerstag zu reparieren?«

»Das wünsche ich mir«, erwiderte Chris, was ihr jedoch sofort ein Schuldgefühl verursachte. Aber sie wollte so liebend gern die Fahrt ins Hochland mitmachen, daß sie diesem Gefühl keine Beachtung schenkte.

Am nächsten Tag war der Nebel wieder da. Chris' Vater stellte fest, daß an dem Star größere Reparaturen anfielen als gedacht und daß Teile ersetzt werden mußten. Weil er kein Geld dafür hatte, ging er zu Fuß in die Stadt. An jenem Abend berichtete er seiner Frau und seinen ältesten Töchtern, daß er sich für zwei Tage als Mechaniker in der örtlichen Autowerkstatt verdingt habe. Für seine Arbeit werde er die notwendigen Teile erhalten.

Chris dachte schnell nach. »Das dauert bis Mittwoch abend. Wie lange wirst du dann brauchen, um den Star zu reparieren?«

»Einen Tag, vielleicht weniger. Daher kannst du ebensogut mit Ben und deinen Freunden am Donnerstag fahren. Aber in der Zwischenzeit kannst du beim Packen helfen, so daß wir mit Sicherheit am Freitag umziehen können.«

Der Nebel dauerte bis Mittwoch nachmittag an. Dann blies ihn ein frischer Wind davon. Am Donnerstag morgen weckte Molly Chris bei Tagesanbruch. »Du ziehst dich besser an. Ben wird bald hier sein. Draußen ist es klar, und es sieht so aus, als ob ihr einen herrlichen Tag für euren Ausflug in die Berge habt. Aber am Freitag kommt wieder ein Sturm. Auf jeden Fall hat dein Vater das gestern in der Garage im Radio gehört.«

Chris lächelte. »Du weißt, was Vati sagt: Man kann sich auf den Wetterbericht im Radio nicht verlassen. Er ist öfter verkehrt als richtig.«

Nachdem sie sich angezogen hatte, ging Chris zur Scheune und stieg zu den Dachsparren hoch, um nach der roten Schachtel zu sehen. *Ich weiß nicht, was ich hineintun werde,* dachte sie. *Vati kann mir den Dollar, den er mir schuldet, nicht zurückgeben. Jetzt kann ich nichts für Molly kaufen. Aber vielleicht fällt mir in der Zwischenzeit noch etwas ein, was ich ihr zu Weihnachten schenken kann.*

Chris war fertig, als Ben in dem Packard eintraf. »Bis heute abend«, rief Chris ihren Angehörigen zu, als sie auf den Vordersitz neben Ruby und den alten Ranger glitt. Sie lächelte Spud zu, der auf dem Rücksitz saß.

»Wo ist der Fahrer mit Buster?« fragte Chris, als der Wagen die Landstraße entlangfuhr.

Ben antwortete: »Stubbys Lastwagen ist viel langsamer als dieser Wagen, und deswegen habe ich ihn vorausgeschickt. Wir werden ihn vermutlich einholen und überholen, bevor wir die Gebirgsausläufer erreicht haben.«

Ruby verlangte: »Bruder Ben, Sie haben uns neulich davon erzählt, wie Sie Vernon vor langer Zeit festgenommen haben, aber Sie haben uns nicht berichtet, wie er Ihnen entkam und Ihnen den Hinterhalt legte.«

Der alte Ranger umfaßte das Lenkrad so fest, daß seine Knöchel weiß wurden. »Ich möchte jetzt nicht davon reden. Vielleicht später.«

Er fügte hinzu: »Ich habe in der letzten Nacht nicht besonders gut geschlafen, weil ich an den Freund von Zane Vernon, Jake Jessup, denken mußte. Ich habe meine Erwartungen bestimmt zu hoch gesteckt, aber am liebsten würde ich Vernon heute während unserer Fahrt dingfest machen.«

Chris warf dem alten Ranger einen aufgeregten Blick zu. »Ja, wollen Sie denn versuchen, ihn heute festzunehmen?« fragte sie.

»Nichts würde mir größere Befriedigung bereiten, als ihn wieder hinter Schloß und Riegel zu sehen! Aber wenn ich seinen Aufenthaltsort feststellen kann, werde ich das Büro des Sheriffs informieren, damit die Beamten dort die notwendigen Schritte unternehmen.«

Als Ben Strong in einem kleinen Ort in den Gebirgsausläufern anhielt, um den Wagen aufzutanken, blieb er hinter der Pumpe stehen, um dem Angestellten zuzusehen, wie er das Benzin in den Tank füllte. Chris knöpfte ihren Mantel zu und stieg vor der Tankstelle, die zugleich auch ein Café war, aus dem Wagen. Ruby und Spud folgten ihr.

Als sie vorsichtig über den ölbespritzten Sandweg schlenderten, warf Ruby über ihre Schulter einen Blick auf den alten Ranger und senkte dann ihre Stimme. »Es ist gut und schön, daß er seinen Namen wieder reinwaschen will, aber was ist, wenn Ben Vernon dort oben in den Bergen antrifft und den Scheriff nicht benachrichtigen kann? Was will ein fünfundachtzigjähriger Mann gegen einen solchen Kerl unternehmen?«

Spud öffnete die Tür zu dem Café. »Er ist ein sehr einfallsreicher alter Herr; er wird bestimmt einen Weg finden.«

»Aber stell dir vor, etwas geht schief«, beharrte Ruby. »Was ist, wenn Zane wie früher schon einmal auf Ben schießt? Auch uns könnte er verletzen.«

»Laßt uns über etwas anderes sprechen«, schlug Chris vor und versuchte, ein ungutes Gefühl abzuschütteln.

»Ja«, stimmte Ruby zu. »Ich bin natürlich – äh – sehr froh, daß deine Familie noch nicht umgezogen ist, so daß du – äh – heute mit uns fahren konntest.«

Spud meinte anerkennend: »Es ist großartig, daß du dich bemühst, akzentfreier zu sprechen, Ruby.«

Chris erwartete, daß ihre Cousine auffahren und erklären würde, daß das Spud gar nichts anginge. Statt dessen lächelte Ruby nur. Chris bemerkte, wie Rubys Wangen plötzlich leicht erröteten. Chris war klar, daß Glenn Masters mehr Einfluß auf Ruby hatte als die Lehrer oder die Drohungen des Direktors.

Als alle wieder im Packard saßen und weiter dem Hochland zufuhren, dachte Chris wieder an den bevorstehenden Umzug ihrer Familie. Sie sagte: »Als wir nach Lone River kamen, wünschten wir uns nur ein kleines Stück Land, um einen kleinen Garten anzulegen, Hühner zu halten und eine Kuh für die Milch zu haben, und wir hofften, daß wir die nächsten Jahre nicht wieder würden umziehen müssen – vielleicht sogar, unser ›bleibendes Zuhause‹ zu finden.«

Chris schwieg einen Augenblick und zuckte dann mit den Schultern. »Ich habe getan, was ich konnte, um den Umzug zu verhindern. Jetzt fällt mir nichts mehr ein. Ich bin so unglücklich.«

Ben deutete durch die Windschutzscheibe. »Dort ist Stubby. In seinem Lastwagen befindet sich Buster.«

Der Packard fuhr an dem Lastwagen vorbei. Ben tauschte einen freundlichen Gruß mit dem Fahrer. Er hatte einen gewaltigen schwarzen Schnurrbart und trug einen schäbigen grauen Cowboyhut. Ben beschleunigte den Packard, und bald war der Lastwagen auf der engen, kurvigen Bergstraße nicht mehr zu sehen.

Einige Zeit später erreichten sie Timber Meadows. Der alte Ranger bog von der Hauptstraße in einen langen, engen Seitenweg ein und parkte seinen Wagen vor einem verwitterten Haus, das mitten auf einer flachen, winterbraunen Wiese stand. Das schräge Dach des Hauses bestand aus rostigem Wellblech. So konnte der Schnee leicht hinunterrutschen, aber im Augenblick lag nur auf den Berggipfeln Schnee.

Ein großer Korral aus dicken Zedernpfosten und Brettern aus Kiefernholz umgab zwei niedrige Scheunen. Chris' Nase sagte ihr, daß hier viele Pferde untergebracht waren. Sie konnte sie jedoch nicht sehen.

Chris stieg aus dem Wagen und stellte sofort fest, daß es oben im Gebirge erheblich kälter war als in Lone River. Schnell knöpfte sie ihren Mantel zu. Zugleich schnupperte sie. Sie roch brennendes Holz. Dieser Geruch mischte sich mit dem frischen Duft von Pinien. Ihre Augen schweiften weiter, flogen über die alten Zedern und Tannen, die über die etwa sechs Hektar große Weide verstreut standen. Die Weide war gesäumt von blau-grauen Bergen, die steil in den Himmel ragten und mit Koniferen bewachsen waren. Von dort bis zu den schneebedeckten Gipfeln lagen nur riesige, kahle Granitblöcke.

»Es ist wunderschön«, sagte Chris leise. »Nur der Himmel gefällt mir nicht. Er bewölkt sich sehr schnell.«

Die Vordertür des Hauses öffnete sich. Ein kräftig gebauter Mann von mittlerer Größe trat aus dem Haus und eilte den Ankömmlingen entgegen. Er trug einen schweren Mantel aus Schafsfell, einen grauen Cowboyhut und abgetragene Stiefel. Er hatte einen breiten Brustkasten, aber beinahe keine Hüften. Seine alten, blauen Jeans schienen jeden Augenblick herunterrutschen zu wollen.

»Ben, du alte Pferdefliege!« rief der Mann fröhlich, zog den alten Ranger an seine breite Brust und klopfte ihm auf den Rücken. »Ich freue mich sehr, dich hier oben zu sehen.«

»Ganz meinerseits, Quint«, antwortete Ben und schlug seinem alten Freund ebenfalls auf den Rücken.

Nachdem sich die beiden Männer ausgiebig begrüßt hatten, sagte Ben: »Quint, das sind Chris, Ruby und Spud. Es ist phantastisch, diese jungen Leute bei sich zu haben.«

»Hallo«, rief Quint, schüttelte Spud herzlich die Hand und tippte zu den Mädchen hin gewandt grüßend an seinen Hut. »Kommt herein! Kommt herein! Meine Frau wird euch etwas Warmes zum Essen geben, während Ben und ich all die Neuigkeiten austauschen, die es seit unserer letzten Begegnung gegeben hat.«

Als Quint sich wieder zum Haus begab, wandte er sich um und sagte zu dem alten Ranger: »Oh, Ben, der Mann, der dein Pferd hier herauftransportiert, hat vor einiger Zeit von einer Telefonzelle aus angerufen. Er hat einen Autoschaden, aber er ist sicher, daß er den Wagen reparieren und bis Einbruch der Dunkelheit hier sein kann.«

»Einbruch der Dunkelheit?« wiederholte Chris. »Dann sollten wir aber eigentlich zu Hause sein!«

Quint schüttelte seinen Kopf. »Es tut mir leid, Chris, aber ihr bleibt wohl alle länger hier als nur heute nacht.«

»Wieso?« fragte das Mädchen besorgt.

»Weil im Radio gerade die Nachricht kam, daß ein heftiger Schneesturm heraufzieht«, antwortete Quint. »Es soll ein sehr schlimmer Sturm sein. Es sieht so aus, als ob es so viel Schnee geben wird, daß ihr in den nächsten Tagen hier festsitzen werdet.«

Kapitel 13

Gefahren in den Bergen

»Wir werden vom Schnee eingeschlossen, Herr Armstrong?« wiederholte Chris die Worte des Mannes, als sie hinter ihm an dem Stapel Brennholz vorbeiging, der über einen Meter hoch unter der überdachten Veranda aufgeschichtet war.

»Ja«, erwiderte Quint, öffnete die Eingangstür und winkte seinen Gästen, einzutreten. Er fügte hinzu: »Zumindest hat das der Wetterbericht heute morgen gesagt. Aber egal, wie es auch kommt – macht euch keine Sorgen. Unsere Kinder sind erwachsen und aus dem Haus. Wir haben also Betten genug für euch alle.«

»Das ist sehr freundlich«, sagte Chris, »aber unsere Eltern werden sich Sorgen machen, wenn wir heute abend nicht zurückkommen.«

»Wir werden sie anrufen und ihnen sagen, daß ihr nach Hause zurückkommt, sobald die Straßen wieder frei sind.«

Eine ergrauende Frau, rund wie ein Butterfaß, watschelte aus der Küche heraus, gefolgt von dem Duft frischgebackener Plätzchen. »Ben!« rief sie aus. Sie wischte sich die Hände an der Schürze ab und schüttelte dem alten Ranger dann die Hand. »Ist das aber schön, dich zu sehen! Und danke, daß du diese jungen Leute mitgebracht hast. Weihnachten ist nur halb so schön, wenn nicht das ganze Haus ihrer voll ist.«

»Martha«, antwortete der alte Ranger mit einem warmen Lächeln, »du gehörst zu den Menschen, die ich besonders mag, und ich freue mich, dich zu sehen.«

Martha Armstrong errötete und machte eine verlegene Bewegung. »Nun hör aber auf! Du wirst mir noch den Kopf verdrehen, so daß ich nicht mehr in der Lage sein werde, heute meinen restlichen Pflichten nachzukommen!«

»Wie geht es den Kindern?« fragte Ben.

Martha Armstrong antwortete: »Allen unseren sieben Kindern und zwölf Enkelkindern geht es gut, danke. Aber ich sage dir, manchmal wünschte ich, Gott hätte sie hier in der Nähe wohnen lassen, anstatt über das ganze Land verstreut. Nicht eines von ihnen wird an diesem Weihnachtsfest heimkommen.«

Chris mochte Quint und Martha Armstrong auf Anhieb. Der Mann nahm die Mäntel der Besucher und hängte sie neben die Tür, während seine Frau die Gäste bat, ihr zu folgen.

Mit einem einzigen Blick bemerkte Chris, daß die Armstrongs nicht im Luxus lebten. Aber ihr Haus war ein wirkliches Zuhause. Es besaß jene besondere Atmosphäre, die tief in ihrem Herzen Wünsche und Sehnsüchte wachrief.

Als sie durch das Wohnzimmer gingen, sah Chris, daß es von einem großen, rundbäuchigen Ofen, der sich in einer Ecke befand, geheizt wurde. Ein durch Batterien betriebenes Radio stand auf einem kleinen Tisch neben dem großen Schreibtisch, vor dem ein passender Stuhl und ein gepolsterter Hocker ihren Platz hatten.

Hinter den Stühlen befanden sich Regale, die bis zur Decke mit Büchern gefüllt waren. Zwei Kerosinlampen mit polierten Reflektoren waren an der Wand befestigt. Sie waren von Familienfotos umgeben. Weitere Bilder standen auf dem Kaminsims, zusammen mit kleinen Glas- und Porzellanfiguren, einer Uhr und anderen Dingen, die einen Raum wohnlich machen. Alles kennzeichnete Martha Armstrongs fröhliche, mütterliche Persönlichkeit.

Chris gefiel die Atmosphäre des Hauses. Für sie war es mehr als nur ein Wohnort. Das Haus der Armstrongs ließ Chris' Sehnsucht nach einem bleibenden Zuhause nur noch stärker werden.

Die gefühlsmäßige Verbundenheit mit einem Haus wie diesem wäre sehr groß. Sie wäre so groß, daß selbst dann, wenn einige Familienmitglieder über die Feiertage nicht nach Hause kommen könnten, diese doch wüßten, daß sie ein Zuhause hätten. Dieses Zuhause war für sie da, wartete auf sie, beständig und liebevoll. Es war ein Ort der Geborgenheit, etwas Besonderes, weil es ein wirkliches Heim war. Dahin würde es sie immer zurückziehen mit unsichtbaren Banden, die so stark waren, daß nur der Tod sie zerreißen konnte.

Das ließ Chris an Bruder Bens Krankheit denken und daran, daß ihre eigene Familie beabsichtigte, am nächsten Tag von Lone River und allem, was Chris lieb war, fortzuziehen.

Chris spürte, wie bittersüße Tränen in ihre Augen stiegen, weil sie erkannte, daß sie sich jetzt in dem »bleibenden Zuhause« anderer Menschen befand, selber aber kein eigenes besaß. Am nächsten Tag würden sie und ihre Angehörigen mitten in der Weihnachtszeit erneut ihre Wurzeln verlieren; ihr Traum von einem »bleibenden Zuhause« würde weiter entfernt sein denn je.

Chris' Augen ruhten sehnsüchtig auf der Weißtanne, die als Weihnachtsbaum in der Zimmerecke gegenüber dem Ofen stand. Der Baum war mit Popcorn geschmückt, und frische Preiselbeeren waren auf Fäden gezogen. Einige Geschenke in buntem Papier lagen unter dem Baum. Chris' Familie hatte nicht nur keinen Baum, sondern es würde auch nur wenige Geschenke geben. Chris wußte, daß es praktisch kaum noch eine Gelegenheit gab, ein Geschenk für Molly zu bekommen.

Als sie Martha Armstrong in die geräumige Küche folgte, versuchte Chris, nicht an solch traurige Dinge zu denken. In der Küche befand sich eine riesige Anrichte mit einer strahlend sauberen Kochplatte, einem Warmwasserboiler und einem Wärmeschrank. Einige Schritte davon entfernt befanden sich auf beiden Seiten der Spüle mit ihrer kleinen Handpumpe Regale an der Wand. Außerdem stand dort ein Tisch, der mit weißen Servietten und blauem englischen Porzellan gedeckt war.

»Setzt euch! Setzt euch!« drängte Martha Armstrong und deutete auf die sechs Windsorstühle, die um den Tisch herum standen. »Ich habe warmen Kakao für euch junge Leute. Und hier ist Kaffee für uns Ältere, und frischgebackene Haferflockenplätzchen für uns alle.«

»Können Ruby und ich Ihnen helfen?« fragte Chris.

»Oh, auf keinen Fall, nein! Ich komme zurecht. Ihr Mädchen setzt euch zu den Männern an den Tisch. Es dauert nur eine Minute, bis ich alles auf den Tisch gestellt habe.«

Nachdem die Gäste Platz genommen hatten, ging Quint zum einen Ende des Tisches und fiel schwer auf einen Stuhl. Mit dem Rücken saß er zum Fenster, das zur Vorderseite des Hauses lag.

»Martha«, sagte er zu seiner Frau, »wenn du dich einen Augenblick zu uns setzt, dann werde ich kurz beten.«

Mit seinen schwieligen Händen ergriff er auf der linken Seite Spuds Hand und auf der rechten Seite Chris' Hand. Der Kreis war geschlossen, als Martha Armstrong Bens und Rubys Hand hielt.

Nachdem Quint sein kurzes Gebet gesprochen hatte, schaute er Ben an. »Erzähl mir etwas über deine jungen Freunde hier, und dann berichte mir, was in deiner –«

»Da kommt ein Auto«, unterbrach ihn seine Frau und schaute über den Tisch zum Fenster. Sie stand auf und hob schnell die Ecke des Vorhanges, um hinauszuspähen. »Nanu, es sind Hilfssheriffs. Ich möchte wissen, was sie wollen.«

»Das werden wir gleich wissen«, meinte ihr Mann. Er entschuldigte sich und verließ den Raum. »Greift schon einmal zu.«

Sie gehorchten, als Martha Armstrong schweigend eine Platte mit Gebäck herumreichte. Niemand am Tisch sprach, sondern lauschte mit gespitzten Ohren. Chris vernahm nur ein Gemurmel von Stimmen.

Als Quint zurückkam, schaute ihn jeder an. »Nichts Aufregendes, Leute«, verkündete der Mann und setzte sich wieder. »Die Hilfssheriffs sagten, sie hätten drei Viehdiebe verfolgt bis zum anderen Ende unserer Weide. Zwei hätten sie festgenommen, aber einer sei entkommen –«

»Viehdiebe?« unterbrach Ben ihn.

»Ja – ja. Einer ist entkommen. Die Hilfssheriffs meinten, er werde Schutz vor dem Sturm suchen müssen. Deshalb nehmen sie an, daß er sich wohl in die Stadt zurückschleichen wird. Aber die Beamten wollten mich warnen für den Fall, daß er statt dessen hierherkommen sollte.«

Chris bemerkte, daß die blauen Augen des alten Rangers vor Aufregung ganz groß waren. Er fragte: »Haben die Hilfssheriffs die Namen der Viehdiebe genannt?«

Quint schüttelte den Kopf. »Nein.« Er schaute den alten Ranger scharf an. »Warum? Weißt du etwas von dieser Sache?«

Ben berichtete kurz, während die anderen ihre Plätzchen aßen und ihre heißen Getränke tranken.

Nachdem Ben geendet hatte, schlug Quint vor: »Warum rufst du nicht im Büro des Sheriffs an und erkundigst dich nach den Namen der Männer? Das Telefon hängt in der Küche an der Wand.«

Der alte Ranger stand auf und ging zu dem schwarzen Telefon. Er rief die Vermittlung an und bat um eine Verbindung mit dem Büro des Sheriffs. Chris und die anderen lauschten, während Ben erklärte, wer er war und was er wissen wollte. Als er zum Tisch zurückkehrte, bemerkte Chris die Aufregung in seinen Augen.

Er sagte leise: »Sie haben einen Mann festgenommen mit Namen Jake Jessup und einen anderen, der Al heißt. Derjenige, der entkommen ist, war Zane Vernon.«

In Chris' Kopf schrillten die Alarmglocken. Gespannt schaute sie Ruby und Spud an und sah, daß es ihnen nicht viel anders erging.

Ben fügte in seinem weichen Tonfall hinzu: »Quint, ich wäre dir sehr dankbar, wenn du mir dein Anwesen zeigen würdest für den Fall, daß Vernon hier auftauchen sollte.«

Etwas in Ben Strongs Ton ließ Chris'Herz schneller schlagen. »Ich würde gerne mit Ihnen kommen«, sagte sie.

Wegen der kalten Winterluft sorgfältig in dicke Mäntel eingehüllt, folgten Chris, Ruby und Spud bald darauf Ben und Quint nach draußen. Der Himmel war vollkommen bewölkt.

Quint erklärte: »Unser Besitz hält Martha und mich ziemlich in Atem, seit die Kinder erwachsen und aus dem Haus sind, aber wir würden nirgendwo anders leben wollen.«

Chris nickte und dachte, *Dasselbe empfinde ich im Blick auf Lone River.* Sie schüttelte den Gedanken ab und hörte aufmerksam zu, wie Quint auf die verschiedenen Eigenarten der Ranch hinwies.

Auf dieser Weide standen Weißtannen, Zedern und Pinien. Quint hatte eine kleine Weißtanne geschlagen, die nun als Weihnachtsbaum diente. Ältere Weißtannen, die umgestürzt waren, hatte er zu Brennholz verarbeitet, das jetzt unter der Veranda lagerte. Quint erzählte, daß die sechzig Zentimeter breiten Pfosten des Geheges aus Zedernholz hergestellt waren, das bei einem Waldbrand in Brand geraten war. Dadurch seien sie gegen Insekten geschützt, so daß sie nicht verrotteten. Die Bretter zwischen den Pfosten waren über dreieinhalb Meter lang und aus Tamarackholz. Sie waren an ihren Enden fast gleich breit, so daß der Zaun sowohl gediegen war als auch ein einheitliches Bild bot.

Spud sagte: »Ich habe gelesen, daß man für so ein Gehege oft Pinienholz verwendet, und daß es in Kalifornien keine echten Tamarackbäume mehr gibt.«

»Das ist richtig«, stimmte ihm Quint zu. »Es sind auch Pinien, aber hier in der Gegend nennen wir sie Tamarackbäume. Ein Mann namens Salter hat vor Jahren geholfen, sie zu setzen. Als er weiterzog, hat er an seinem neuen Wohnort ebenfalls solche Bäume gepflanzt.«

Der alte Ranger fragte beiläufig: »Wo wohnt er denn?«

Quint deutete auf den nächstgelegenen Bergzug. »In dem kaum bewohnten Gebiet in der Nähe von Devil's Backbone.

Er ist ein Einsiedler. Manche Leute halten ihn für mürrisch und streitsüchtig und meinen, er sei nicht ganz richtig im Kopf. Aber ein Mann, der Pferde so liebt wie er, kann nicht völlig schlecht sein.«

Ben fragte: »Ist dies das einzige Haus hier in der Gegend?«

»Ja, wenn man Saltys Haus nicht mitzählt«, sagte Quint. Er wies auf einen Pferdeschuppen samt Geschirraum, einen großen Heuschober und zwei niedrige Pferdeställe.

Chris fragte: »Herr Armstrong, wo sind Ihre Pferde?«

»Ich habe sie vor einigen Tagen nach Nevada geschickt. Ben, es ist zu schade, daß dein Pferd nicht rechtzeitig hier sein konnte. Aber ich werde dafür sorgen, daß es in einigen Tagen ebenfalls dorthin kommt.«

»Warum haben Sie die Pferde nach Nevada geschickt?« fragte Ruby.

»Es ist ein wüstes Hochland, und dort gibt es weniger Schnee. Hier sind die Verwehungen manchmal so hoch, daß ein Pferd in ein Loch treten und sich ein Bein brechen kann. Aber mach dir keine Sorgen, Ben. Ich werde dein Pferd in der Scheune oder im Gehege behalten, bis sich das Wetter ändert. Dann kann es nach Nevada und dort bis zum Frühling bleiben.«

Chris war erstaunt. »Damals im Osten hatten wir Pferde, die auch im Winter und bei Schnee blieben. Warum ist es hier anders?«

»Die Sierras sind über eintausendsechshundert Meter hoch, und manchmal liegt der Schnee so hoch, daß sogar ein Zug nicht mehr weiterfahren kann«, erklärte Quint. Er wechselte das Thema und wies auf die Zedern und Pinien, die er auf fünfundvierzig bis vierundfünfzig Meter hoch schätzte.

Der Rundgang endete an der vorderen Veranda, als ein Lastwagen von der Hauptstraße abbog und auf das Haus zufuhr.

»Dort kommt mein Pferd«, kündigte Ben an und winkte dem sich nähernden Fahrer zu. »Ich bin froh, daß er es noch vor dem Sturm geschafft hat.«

Gemeinsam mit den anderen stand Chris um den Lastwagen herum, als der kleine, kahl werdende Fahrer aus seiner hohen Kabine herabstieg. Ben stellte ihn vor mit den Worten: »Stubby Malone, der beste Lastwagenfahrer, den ich je kennengelernt habe.«

»Danke für die freundlichen Worte«, antwortete Stubby und ging mit wiegenden Schritten zur Rückseite des Wagens. »Ich möchte gerne abladen, damit ich mich auf den Rückweg machen kann.«

Quint schüttelte seinen Kopf. »Ich hoffe nicht, daß Sie versuchen wollen, noch vor Aufziehen des Sturmes das Tal zu erreichen.«

»Ich weiß etwas Besseres. Ich habe Freunde in Reno. Ich denke, daß ich die Fahrt dorthin vor dem Einbruch des Schneesturmes schaffen kann.«

Buster hatte die Fahrt gut überstanden, wie Chris feststellte, als der alte Ranger den Wallach rückwärts über die Rampe herausführte.

Chris ging hinüber und streichelte liebevoll den Hals des Pferdes. »Ich bin froh, daß du hier bist, Buster«, sagte sie weich. Sie wandte sich an Ben und bot an: »Ich bringe ihn in die Scheune. Die anderen können alle ins Haus gehen, wo es warm ist.«

»Vielen Dank, Chris, aber das würde ich gerne selber erledigen«, erwiderte Ben.

Das Mädchen nickte verstehend. Ben ergriff Buster am Halfter und führte ihn hinüber zur Scheune. Chris ging schweigend neben ihm, während die anderen zum Haus zurückgingen.

Der Wind pfiff schrill durch die Ritzen der Pferdescheune, aber in der Unterkunft war es wesentlich wärmer als draußen. »Bruder Ben«, begann sie und nahm eine Pferdedecke von einem Metallständer. »Ich habe Sie genau beobachtet. Was denken Sie?«

Der Mann half dem Mädchen, Buster die Decke überzulegen, bevor er antwortete. »Zane Vernon muß einen Unterschlupf finden, und hier in der Nähe gibt es nur zwei mögliche Orte.«

Mit einer Heugabel hob Chris wohlriechendes Heu in die Krippe. »Sie meinen dieses Haus hier und das des Eremiten?«

»Das ist zu weit entfernt, aber Vernon wird mit Sicherheit den Rauch von Quints Haus sehen und in diese Richtung kommen. Und wenn er das tut, werde ich ihn erwarten.«

Chris schaute den alten Ranger scharf an. Er schien ruhig zu sein, aber Chris' Herz begann plötzlich wie eine Trommel zu schlagen.

Später telefonierte Spud mit Matthew Farnham, um ihm zu erklären, warum sie am Abend nicht nach Hause kommen würden. Der Bankier versprach, Chris' und Rubys Väter aufzusuchen, weil diese kein Telefon besaßen.

Die Erwachsenen beschlossen, das Haus völlig normal wirken zu lassen für den Fall, daß sich Vernon zeigen würde. Dazu gehörte auch, Chris, Ruby und Spud zu Bett zu schicken. Schließlich bliesen die Erwachsenen die Lampe aus, so daß es den Anschein hatte, als wären alle zu Bett gegangen.

Martha Armstrong führte den zögernden Spud einen langen Gang hinunter zu einem Schlafzimmer, das einmal ihren Söhnen gehört hatte. Die Mädchen erhielten ein anderes Schlafzimmer, in dem die Töchter der Armstrongs geschlafen hatten.

In dem ungeheizten Raum legten Chris und Ruby schnell ihre Oberbekleidung ab und glitten unter die schweren Decken. Bald war Ruby eingeschlafen, aber Chris lag wach. Sie löste ihre Zöpfe und lag da, bis sie hörte, wie der Sturm losbrach. Der Wind war so heftig, daß man es nicht mehr hören konnte, wenn Vernon versuchen sollte, durch ein Fenster einzubrechen. Chris faltete ihre Hände unter der Decke und schloß ihre Augen.

Herr, betete sie leise, *ich weiß, daß Bruder Ben Zane Vernon festnehmen und die Schande von seinem Namen abwischen will. Bruder Ben sagt, daß er nicht mehr lange leben wird, aber bitte schütze ihn und uns alle.*

Chris dachte daran, daß ihre Familie umziehen sollte, und an diejenigen, die sie gedrängt hatten, zu sagen: »Nicht mein Wille, sondern dein Wille geschehe.« Aber Chris konnte sich nicht überwinden, das auszusprechen.

Sie hatte nicht erwartet, daß sie überhaupt einschlafen würde, und daher war sie überrascht, als sie von Martha Armstrong geweckt wurde. Ihre Gastgeberin hielt eine Lampe in der Hand. »Chris, Ruby, wacht auf!«

Erschrocken setzte sich Chris aufrecht, aber Ruby murmelte nur im Schlaf vor sich hin.

»Was ist los?« fragte Chris besorgt.

»Der Verbrecher –«

»Zane Vernon!« unterbrach Chris, plötzlich vollständig wach. »Haben sie ihn festgenommen?«

»Nein, aber er war hier und hat Bens Pferd gestohlen.«

Chris sprang aus dem Bett. »Wirklich?«

Martha Armstrong nickte. »Bei Tagesanbruch nimmt Ben die Verfolgung auf.«

»Oh, nein!« stieß Chris hervor und griff nach ihren Kleidern.

»Quint ist gefallen und hat sein Knie verdreht, so daß er Ben nicht helfen kann. Wir wollen nicht, daß sich Ben alleine aufmacht, aber er will nicht auf uns hören. Kannst du ihm sein Vorhaben nicht ausreden?«

»Ich werde es versuchen«, sagte Chris grimmig. Sie fügte still hinzu: *Aber wenn es mir nicht gelingt, dann mag ich nicht daran denken, was geschehen könnte.*

Kapitel 14

Auf der Spur des Verbrechers

Chris zog sich hastig an und redete ihrer schläfrigen und unwilligen Cousine zu, dasselbe zu tun. Chris hielt sich nicht damit auf, ihr langes, braunes Haar zu flechten. Sie ließ es lose über die Schultern fallen. »Ich werde es abschneiden, sobald ich die Gelegenheit dazu habe«, schimpfte sie, während sie aus dem Schlafzimmerfenster schaute. Es schneite nicht mehr. Das Mädchen schüttelte das Haar aus den Augen und betrat mit Ruby die Küche der Armstrongs. Mitten auf dem Tisch brannte eine Kerosinlampe, denn es war noch nicht ganz Tag. Mit einem schnellen Blick bemerkte Chris Spud, der aus dem Küchenfenster schaute. Der alte Ranger telefonierte, und das Ehepaar Armstrong saß am Küchentisch. Quint Armstrong verzog sein Gesicht vor Schmerzen.

»Was ist geschehen?« fragte Chris besorgt.

Quint erklärte: »Wir hörten Bens Pferd wiehern und rannten mit unseren Taschenlampen nach draußen. Die Scheunentür stand offen. Buster war fort, aber seine Spuren waren frisch. Wir begannen, ihnen zu folgen, doch dann stolperte ich und verdrehte mir das Knie. Ben mußte mir helfen, zurück ins Haus zu kommen.« Quint deutete auf ein feuchtes Badetuch, das auf seinem Knie lag. »Martha hat es mit Schnee gekühlt, um die Schwellung möglichst gering zu halten.«

Der alte Ranger legte den Telefonhörer auf die Gabel zurück. Er schien völlig in Ordnung zu sein und war, bis auf Hut und Mantel, vollständig angezogen. »Ich kann die Vermittlung nicht bekommen«, sagte er. »Also können wir den Sheriff nicht erreichen. Quint kann mit seinem verletzten Bein nirgendwo hingehen, und Martha kann nicht aus dem Haus, um Hilfe zu holen.«

Martha sagte: »Ich versuche weiter, den Sheriff telefonisch zu erreichen, aber ich wünschte, du würdest dich setzen und auf die Hilfssheriffs warten.«

»Ja!« rief Chris. »Bitte warten Sie.«

»Es tut mir leid, aber ich kann nicht warten«, erwiderte Ben. »Es ist lieb, daß ihr so um mich besorgt seid, aber ich glaube nicht, daß das Risiko allzu groß ist. Nach dem, was Quint mir berichtet hat, muß sich Vernon zu dem Haus des Einsiedlers begeben haben. Dort wird er sich aufhalten, bis das Wetter besser wird; und dann wird er vermutlich versuchen, über die Berge nach Reno zu reiten. Buster kann sicherlich einen kurzen Ritt aushalten, aber eine Reise nach Nevada würde ihn zweifellos umbringen.«

Quint sagte: »Ich weiß, wieviel dieses Pferd dir bedeutet, aber es ist besser, das Pferd zu verlieren als dein Leben.«

Die weiche Stimme des alten Rangers wurde hart. »Manche Dinge sind wichtiger als meine Gesundheit. Ich habe niemals wirklich geglaubt, daß ich eine Chance bekommen würde, meine Ehre wieder herzustellen, zumindest nicht nach all diesen Jahren. Jetzt ist diese Chance plötzlich da. Ich muß Vernon einfach nachsetzen.«

»Sie könnten verletzt oder getötet werden« protestierte Chris.

Ben Strong antwortete ernsthaft: »Vernon tötete meinen Vater und hat mich in einen Hinterhalt gelockt. Ihr alle wißt, daß ich tot wäre, wenn Buster nicht gewesen wäre. Nun ist Buster in Todesgefahr, wenn Vernon ihn in den schneebedeckten Bergen zu scharf reitet.«

Ben zögerte und fuhr dann fort: »Vernon wird annehmen, daß niemand ihm in die Berge folgt – besonders bei diesem unsicheren Wetter nicht. Vielleicht hat er es nicht zu eilig, so daß ich ihn unter Umständen festnehmen kann, bevor er bei Salters ankommt. Auf jeden Fall weiß er nicht, daß ich auf seiner Fährte bin, und das ist mein Vorteil. Ich will Buster zurückhaben, und außerdem will ich Vernon festnehmen.«

Chris sagte impulsiv: »Dann gehe ich mit Ihnen.«

»Nein!« erwiderte Ben scharf. »Es könnte gefährlich sein.«

»Nicht gefährlicher, als wenn Sie alleine gingen.«

Spud stellte sich neben Chris. »Chris hat recht. Bruder Ben, wenn Sie darauf bestehen, Vernon zu verfolgen, dann gehe ich auch mit.«

»Und ich auch«, fügte Ruby hinzu.

Der alte Ranger schüttelte nachdrücklich seinen Kopf. »Ich finde das sehr nett, daß ihr euch so um mich sorgt, aber eure Kleidung ist für die verschneite Landschaft ungeeignet. Eure Schuhe werden dort draußen nutzlos sein.«

»Das sind Ihre Cowboystiefel auch!« antwortete Chris, während sie auf Ben Strongs Füße deutete. »Der Schnee wird oben in die Stiefel eindringen, und Sie werden eiskalte Füße haben.«

»Vielleicht kann Quint mir ein Paar Schnürstiefel leihen.«

Chris wandte sich an Martha Armstrong. »Haben Ihre Kinder Stiefel und warme Kleidung hiergelassen?«

»Aber natürlich! Die Kleidung wird passen, aber ich vermute, ihre alten Stiefel werden für euch alle zu groß sein.«

Spud sagte: »Als ich noch auf der Landstraße umherzog, habe ich gelernt, wie man Schuhe passend macht. Frau Armstrong, wenn Sie mir die Stiefel zeigen, werde ich die Spitzen mit altem Zeitungspapier ausstopfen, so daß sie uns passen. Wir könnten auch ein zweites Paar Socken anziehen.«

Martha Armstrong durchstöberte ihre Schränke und brachte passende Kleidung und Stiefel für alle zum Vorschein. Dann bereitete sie das Frühstück vor, während sich ihre Gäste umkleideten.

Chris lieh sich nur ungerne einen Kamm aus, aber ihr blieb keine andere Wahl. Sie nahm einen Kamm und eine Bürste vom Ankleidetisch und betrachtete ihr Haar im Spiegel. »Ich hätte mir nicht träumen lassen, daß wir über Nacht fortbleiben würden. Mein Haar ist völlig in Unordnung geraten«, sagte sie zu Ruby. »Ich werde es abschneiden lassen, wenn wir wieder zu Hause sind.«

Zu Hause. Sie hielt den Atem an. *Ich habe kein Zuhause mehr*, durchzuckte es sie schmerzlich. *Zumindest nicht in Lone River.* Es hatte am Morgen eine solche Aufregung gegeben, daß sie nicht mehr daran gedacht hatte, daß ihre Familie an diesem Tag nach Flatsville umziehen würde.

Und ich bin nicht da, um ihnen zu helfen, dachte sie. *Nun wird jeder sich Sorgen machen und sich fragen, wann wir wohl zurückkommen. Vati wäre sehr böse, wenn er wüßte, was wir jetzt vorhaben.*

Chris seufzte schwer. *Hoffentlich kommen wir alle gesund zurück.*

Als alle wieder in der Küche waren, bat Quint um Gottes Segen und besonderen Schutz für Ben, Chris, Ruby, Spud und den Einsiedler Salter. Dann nahmen die vier Gäste ein herzhaftes, aber eiliges Frühstück zu sich, bestehend aus Speck, Eiern, Brötchen und Bratensaft.

Quint sagte: »Kinder, ich habe Ben eine Landkarte gegeben, auf der eine Abkürzung zum Haus von Salter beschrieben ist. Während ihr unterwegs seid, wird Martha weiterhin versuchen, den Sheriff am Telefon zu erreichen. Sollte in der Zwischenzeit jemand vorbeikommen, werden wir ihn bitten, die Hilfssheriffs zu holen. Sie können euren Spuren im Schnee folgen. So ist es nur eine Frage der Zeit, bis Hilfe für euch unterwegs ist, obwohl ich nicht erwarte, daß ihr sie wirklich brauchen werdet.«

Nach dem Frühstück gab Martha Armstrong jedem ihrer Besucher eine Papiertüte mit Proviant. »Ich hoffe, daß ihr vor dem Mittag bei Herrn Salter seid«, sagte sie. »Aber wenn das nicht der Fall sein sollte, wäre es nicht nachbarschaftlich, wenn ihr einfach so hereinplatzen und ihm seine Mahlzeit wegessen würdet.«

Quint stöhnte vor Schmerzen, als er sich aus seinem Stuhl erhob, um die Aufbrechenden zu verabschieden. Martha Armstrong ging ihnen zur Haustür voran, gefolgt von Ben, Chris, Ruby und Spud. Sie zogen Fausthandschuhe an und setzten Zipfelmützen auf, während Martha Armstrong einen kleinen Schrank öffnete und ein Gewehr herausnahm.

»Ben«, erklärte sie, »Quint sagte, daß die Bären jetzt Winterschlaf halten, aber es könnte euch ein Berglöwe oder ein anderes Tier begegnen.« Sorgfältig übergab sie dem alten Ranger die Waffe. »Es ist nicht geladen. Hier ist die Munition.«

Chris schaute unbehaglich zu, während der alte Ranger die Waffe überprüfte. »Es ist eine alte Springfield Null-Sechs«, stellte er fest.

Spud nickte. »Ich habe von diesem Modell gelesen. Es hat ein 30er Kaliber und wurde 1906 für das Militär hergestellt als Verbesserung des Null-Drei-Modells. Es hat fünf Patronen, vier im Magazin und eine in der Kammer. Unterhalb befindet sich eine Klappe, wodurch die Hülsen problemlos herausfallen.«

»Wir wollen hoffen, daß wir es nicht brauchen«, sagte Ben Strong und lud die Waffe.

Sie winkten Martha Armstrong zum Abschied zu, gingen dann um den Zaun des Geheges herum und eilten nach Osten auf die dichtstehenden Koniferen zu. Kaum waren sie einhundert Meter gelaufen, als Chris zurückschaute und bemerkte, daß das Haus der Armstrongs bereits nicht mehr zu sehen war. Kein Geräusch war zu hören mit Ausnahme des Knirschens ihrer Stiefel auf dem Schnee und eines leisen Stöhnens der Baumwipfel hoch über ihren Köpfen.

Unheimlich ist es hier! dachte Chris und schaute sich nervös um. Abgesehen von den vier Wanderern gab es nirgendwo eine Spur von einem anderen lebenden Wesen. Zu sehen war nur die große grün-weiße Mischung der immergrünen Bäume und dem Schnee vor dem Hintergrund der Berggipfel, die in brütendem Schweigen auf die Wanderer zu warten schienen.

Ben bemerkte: »Quint sagt, daß Vernon dieses Land kennen

muß. Er hätte es nicht gewagt, aufzubrechen, wenn er nicht gewußt hätte, wo er auf dem Weg eine Unterkunft findet. Vernon plant vermutlich, sich bei Salter zu verstecken, bis er ohne Gefahr über den Gipfel nach Nevada gelangen kann. Nevada liegt außerhalb des kalifornischen Zuständigkeitsbereiches. Und wenn Vernon vor uns das Haus von Salter erreicht, dann wird er in der Lage sein, ganz alleine eine ganze Armee abzuhalten. Das hat Quint mir zumindest gesagt.«

Chris beugte sich ein wenig nach vorne, während sie dem alten Ranger den ersten Berg hinauf folgte. Sie fragte: »Was meinen Sie damit: ›Wenn Vernon den Einsiedler vor uns erreicht‹?«

»Nun, wenn Vernon Buster nicht zu sehr jagt, könnte uns die Abkürzung, die Quint mir gezeigt hat, helfen, vor ihm das Haus des Einsiedlers zu erreichen. Dann kann ich ihn vielleicht überraschen – und zwar so plötzlich, daß er zunächst einmal gar nicht weiß, daß wir da sind, bis er unser Gefangener ist. Aber das gelingt nur, wenn er Buster nicht über Gebühr strapaziert.«

Oder, dachte Chris grimmig, *wenn Ihr Körper durchhält und Sie nicht in der Wildnis zusammenbrechen.* Sie erschauderte und fragte sich, was Ruby, Spud und sie in einem solchen Fall tun würden.

Ben fügte hinzu: »Ein anderer Grund, Vernon dort zur Strecke zu bringen, ist, daß Salters anständige Art ihn veranlassen könnte, Vernons üblen Plänen Widerstand zu leisten. Quint sagt, daß Salter einige Gewehre besitzt, aber ich nehme an, daß Vernon auch eine Waffe bei sich hat.«

Chris warf einen Blick hinüber zu Ruby und Spud, um zu sehen, ob sie den unausgesprochenen schlimmen Hinweis ebenfalls verstanden hatten.

Spud flüsterte: »Er meint, der Einsiedler könnte tot sein, wenn wir sein Haus erreichen.«

Chris erschauderte bei dem Gedanken, sagte aber nichts mehr. Das Besteigen des Berges brachte sie schneller außer

Atem, als ihr lieb war. Der Weg, auf dem sich die Fährte des Pferdes befand, erhob sich vom Rande der Weide an doch recht steil. Bald atmete sie schwer, und ihr Herz pochte vor Anstrengung.

Die Luft war scharf und rein, wie Chris bemerkte, als sie Busters Hufspuren auf den steil ansteigenden Hängen folgten. Chris machte sich Sorgen um Bens Gesundheit, weil er lauter atmete als alle anderen. Sie war froh, als er stehenblieb und auf einen zertrampelten Bereich im Schnee wies.

»Hier hat Vernon Buster anhalten und ausruhen lassen. Das ist gut. Es zeigt, daß Vernon nicht all zu große Eile hat. Buster ist zu alt, um ein großes Gewicht zu tragen und sich auf einem schneebedeckten Bergpfad zu schnell zu bewegen. Es bedeutet aber auch, daß Vernon annimmt, daß niemand ihn verfolgt.«

Plötzlich erklang von der Höhe herab ein Gewehrschuß.

Ben versteifte sich. Das Echo ertönte, und der Klang verwehte. »Eine Pistole«, sagte er leise. »Hinter dem nächsten Berggipfel.«

»Wer, glauben Sie, hat den Schuß abgefeuert?« fragte Chris aufgeregt.

»Es muß Vernon gewesen sein. Wir sind noch nicht weit genug, um uns in der Nähe des Einsiedlerhauses zu befinden.«

Ruby flüsterte: »Worauf hat er wohl geschossen?«

Bens Stimme nahm einen scharfen Klang an. »Hoffen wir, daß er nicht Buster erschossen hat. Aber wenn Vernon zu Fuß ist, können wir die ganze Angelegenheit vielleicht eher erledigen, als wir angenommen hatten. Doch jetzt kein Wort mehr.«

Da der alte Ranger schnellen Schrittes weiterging, war Chris davon überzeugt, daß er bald zusammenbrechen würde. Aber er schien unverwüstlich zu sein, obwohl sein Atem laut und pfeifend ging.

Der Pfad verengte sich oben auf dem Berggipfel, und sie

gingen nacheinander zwischen riesigen Felsbrocken und durch Unterholz hindurch. Helles Sonnenlicht spiegelte sich auf den schneebedeckten Bergspitzen wider. Chris hätte sich liebend gerne ausgeruht, aber sie wollte nicht die erste sein, die darum bat. Sie war sehr froh, als sich der alte Ranger umwandte und seinen Zeigefinger über die Lippen legte als Zeichen, jetzt absolut zu schweigen. Dann bedeutete er Chris, Ruby und Spud, ganz nahe zu kommen. Er wies auf einige große neue Spuren im Schnee neben denen von Buster.

»Ein Berglöwe«, flüsterte Ben keuchend. »Seht ihr, wie seine Spuren zeigen, daß er sich auf den Zehenspitzen bewegt? Das bedeutet, daß die Raubkatze kam, nachdem Buster hier vorbeigekommen war. Der Löwe folgt ihm.«

Chris starrte fasziniert auf die Abdrücke. Sie waren rund und fast so groß wie eine Männerfaust. Sie erinnerte sich daran, daß sie gehört hatte, daß Berglöwen Pferdefleisch liebten, obwohl sie bezweifelte, daß ein Löwe ein ausgewachsenes Pferd auffressen konnte. Dennoch warf Chris ängstliche Blicke um sich, als Ben das Gewehr schußbereit hielt und gebückt weitereilte.

Chris, Ruby und Spud duckten sich ebenfalls und folgten schweigend. Chris' Herzschlag hatte sich noch nicht wieder beruhigt, und sie atmete immer noch schwer, als der alte Ranger erneut stehenblieb. Sein Atem kam stoßweise, als Chris und Ruby an seine rechte Seite traten. Spud ging zu Bens linker Seite. Ben deutete schweigend neben den Jungen.

»Busters Spuren gehen bergab. Die Spuren des Löwen ebenfalls.«

Chris' Augen folgten den Spuren beider Tiere bergab bis dorthin, wo sich der Pfad bis auf einige Meter verengte. Auf der linken Seite fiel das Gelände steil ab in einen Abgrund, auf dessen Boden zahlreiche herabgestürzte Felsblöcke, Schnee und Bäume lagen. Auf der rechten Seite erhob sich unmittelbar hinter den Pinien, einer einsamen Weißtanne und einigen burgunderroten Manzanitas ein nach Süden gerichteter Fels, der etwa fünfzehn Meter hoch war.

Als Chris' Augen der Spur bis zu diesem Felsen hin folgten, hörte sie einen merkwürdigen Schrei. Sie wußte sofort, daß er von einem Pferd stammte, aber es war weder ein freundliches noch ein fröhliches Wiehern. Es war ein Schmerzensschrei.

Chris ortete den Schrei am Ende der Spuren im Schnee, am Fuß des Felsens, gerade noch über dem Rand des Abgrundes. »Dort!« flüsterte sie und deutete mit ihrer Hand. »Dort ist Buster!«

Sie schaute genauer hin, und ihr Herz schien stehenzubleiben.

Kapitel 15

Ein Pferd in der Falle

Chris hatte in ihrem Leben schon oft mit Pferden zu tun gehabt, aber das, was sie jetzt vor sich sah, hatte sie noch nie zuvor erlebt. Buster stand auf einem schmalen Vorsprung auf dem sich nach Süden neigenden Abhang des Berges. Sein Rücken war den Beobachtern zugewandt, die vom Bergkamm auf die Szene herabschauten. Von den Schultern bis zu den Hüften war der Wallach eingekeilt zwischen einer Klippe aus Granit auf der rechten und einem riesigen Felsbrocken auf der linken Seite.

Das Pferd versuchte mit aller Macht, sich selbst zu befreien und warf seinen Kopf heftig nach rechts. Chris hörte, wie es dumpf gegen die fünfzehn Meter hohe Klippe schlug. Dann trat das Pferd mit seinem linken Hinterhuf gegen den Felsbrocken. Die Wucht des Aufschlages war so groß, daß das Hufeisen in der stillen Bergluft klirrte.

»Wie ist er dort bloß hineingeraten –?« flüsterte Chris, als das Pferd erneut vor Schmerzen und Angst aufschrie.

Der alte Ranger stieß hervor: »Dieser törichte Vernon hat offenbar versucht, das Pferd zwischen der Klippe und dem Felsbrocken hindurchzuführen. Buster ist steckengeblieben und konnte sich weder vorwärts noch rückwärts bewegen. Deshalb hat Vernon ihn dort zum Sterben zurückgelassen!«

Chris sah sich besorgt um. »Wo ist Vernon?«

»Sehr wahrscheinlich ist er zu Fuß auf dem Weg zu der Einsiedelei. Ihr bleibt hier. Ich mache mich auf, um das herauszufinden.«

Spud warnte: »Passen Sie auf, wohin Sie treten. Es sieht aus, als gäbe es nur Geröll zwischen hier und dort.«

»Da hast du recht«, sagte Ben Strong und begann, das

Gewehr in der Hand, den Hang hinunterzusteigen. »Ich bin vorsichtig.«

Chris folgte dem alten Ranger mit besorgten Augen, als er an Pinien und Bärentrauben und dann an einer Weißtanne vorbeiging. Der Pflanzen- und Baumbewuchs hörte unmittelbar vor der Stelle auf, wo die Klippe an dem schmalen Pfad in den Himmel ragte.

»Der Pfad zwischen der Klippe und dem Rand des Abgrundes ist kaum einen Meter fünfzig breit«, schätzte Chris.

»Und der Schiefer unter dem Schnee dürfte wohl auch schlüpfrig sein« fügte Spud hinzu. »Das ist eine sehr gefährliche Kombination.«

Chris befürchtete, daß der alte Ranger ausrutschen und in den einige hundert Meter tiefen und mit Geröll gefüllten Abgrund auf der linken Seite stürzen könnte.

Zwanzig Meter vor dem gefangenen Pferd blieb Ben Strong stehen und schaute zu seinen Begleitern zurück. »Hier beginnt der Schiefer.«

Ruby fragte: »Was ist Schiefer?«

Spud erklärte ihr: »Das sind dünne Felsschichten, die Ton enthalten und dadurch aussehen, als ob sie ausgewalzt wären. Schieferplatten sind rutschig, und zwar noch rutschiger als Geröll.«

Chris beobachtete besorgt, wie Ben den Schiefer überquerte. Zweimal glitt er aus und versuchte, mit den Armen das Gleichgewicht zu halten. Chris hielt ihren Atem an, bis er das Pferd erreicht hatte.

Buster versuchte, seinen Kopf zu wenden, um zurückzuschauen. Aber er war so eingekeilt, daß er seinen Nacken nur leicht drehen konnte. Er gab ein merkwürdiges Geräusch von sich, das Chris für ein freudiges Wiedersehenswiehern hielt, in das sich heftiger Schmerz mischte.

Chris sagte heiser: »Ich habe noch niemals ein solches Wiehern gehört. Mir dreht sich der Magen um.«

Buster versuchte erneut, sich zu befreien, und schlug vergeblich mit seinen Hufen gegen die Klippe und den Felsbrocken. Chris hörte, wie Ben dem Pferd freundlich zuredete, während er die Flanken des Wallachs streichelte. Dann schob sich der alte Ranger langsam an der Außenseite und dem Rand der Klippe entlang. Er befand sich nur wenige Zentimeter von dem Abgrund entfernt. Er hielt sich mit der linken Hand an dem Felsbrocken fest und umklammerte mit der rechten das Gewehr. Chris hielt den Atem an, bis er die gefährliche Stelle sicher bezwungen hatte.

»Er hat es geschafft«, flüsterte sie und sagte schnell ein leises Dankgebet. Sie beobachtete, wie Ben Busters Kopf streichelte. Ben zog seine linke Hand zurück und blickte darauf hinunter. Chris sah, daß die Hand blutig war.

»Oh, das arme Pferd!« murmelte sie. »Es muß sich verletzt haben, als es seinen Kopf so heftig herumgeworfen hat!«

Ben rieb seine Hand in einer Schneeverwehung ab, entfernte Busters Zaum und bewegte sich dann vorsichtig weiter. Schließlich verschwand er hinter der Kurve. Einen Augenblick später tauchte er wieder auf und bedeutete Chris, Ruby und Spud, zu ihm zu kommen.

Er hieß sie stehenbleiben, als sie etwa sechs Meter von der Stelle entfernt waren, wo er Buster zuerst untersucht hatte. »Das ist nahe genug. Der Schiefer ist spiegelglatt; paßt auf, daß ihr nicht in den Abgrund fallt. Der Pfad endet unmittelbar hinter dieser Kurve. Das bedeutet, daß Vernon eine falsche Abbiegung nahm und denselben Weg zurückgehen mußte, um die Einsiedelei zu finden.«

Chris fragte: »Was werden Sie jetzt tun?«

»Buster ist in einer V-förmigen Zwinge gefangen, so daß er sich weder vorwärts noch rückwärts bewegen kann. Ich werde ihm seinen Sattel und die Decke abnehmen.«

»Ich helfe Ihnen«, bot Spud an.

»Danke, aber das schaffe ich schon.«

Chris, Ruby und Spud schauten hilflos zu, wie der alte Ranger oben auf den Felsbrocken kletterte. Vergeblich versuchte er, den Gurt zu lösen, der den Sattel sicherte. Schließlich griff er hinunter nach seinem Taschenmesser.

Ruby murmelte: »Wenn das Pferd so sehr eingeklemmt ist, daß Ben den Sattel abschneiden muß, dann besteht keine Möglichkeit, das Pferd lebend dort herauszubekommen.«

Chris schaute ihre Cousine entsetzt an. »Du meinst, er wird es erschießen müssen?«

»Wenn er es nicht befreien kann, wird ihm nichts anderes übrigbleiben«, sagte Spud sachlich. »Er kann nicht zulassen, daß es verhungert.«

»Dann müssen wir Buster retten«, sagte Chris entschlossen.

»Aber wie?« fragte Ruby.

Chris wußte es nicht. Sie beobachtete, wie Ben den Sattel, die Decke und den Zaum entfernte. Als er Chris, Ruby und Spud erreichte, atmete er so schwer, daß Chris erschrak.

Ben beachtete seine Beschwerden nicht. »Buster ist eingeklemmt, aber ich denke, daß er mit der Hilfe einiger Männer und etwas Gerät befreit werden könnte. Wir brauchen eine Säge, eine Axt, einen Seilzug und Seile. Salter wird das alles haben. Außerdem brauchen wir seine Hilfe.«

Chris runzelte die Stirn. »Und was ist mit Vernon?«

»Zuerst kommt Buster, Chris«, stellte der alte Ranger verbissen fest.

»Sie meinen, Sie werden Vernon entkommen lassen müssen?«

Der alte Ranger schaute zum Himmel. »Ich muß Buster befreit haben, bevor der nächste Sturm kommt.«

Ruby rief: »Aber Sie haben doch gesagt, daß es sehr wichtig sei, Vernon festzunehmen.«

Ben nickte. »Das ist es auch, aber die Rettung von Buster ist noch wichtiger als die Wiederherstellung meines guten Rufes. Wir wollen die Abkürzung zu Salter nehmen und darauf hoffen, daß wir vor Vernon dort sein werden.«

Ben Strong ging über das Geröll zu der Stelle auf dem

Bergkamm, wo sie abgebogen waren. Als sie dort ankamen, waren alle außer Atem.

Chris schaute sich ängstlich um. »Bruder Ben, glauben Sie, daß Vernon uns einen Hinterhalt legen wird?«

»Das glaube ich nicht«, keuchte der Mann, »denn ich nehme nicht an, daß er auch nur die leiseste Ahnung davon hat, daß wir ihm auf den Fersen sind.«

Chris erinnerte den alten Ranger an die Spur des Berglöwen und an den Pistolenschuß.

»Der Löwe war vermutlich nur neugierig und folgte dem Pferd«, erwiderte Ben keuchend. »Ich vermute, daß Vernon die Raubkatze sah und den Schuß abgab, um sie zu vertreiben.«

»Könnte das Tier Buster angreifen?« fragte Chris.

Ben schüttelte den Kopf. »Kein normaler Berglöwe würde ein ausgewachsenes Pferd anfallen, aber wenn solch eine Raubkatze ein gefangenes Pferd findet, könnte sie es vielleicht doch versuchen. Ich würde hierbleiben und Buster beschützen, während ihr Hilfe holt. Aber da sich Vernon zwischen uns und der Einsiedelei befindet, kann ich das nicht zulassen.«

Außerdem ist Ihre Gesundheit in Gefahr, dachte Chris, weil sie sah, wie der alte Ranger stoßweise atmete, während ihm Ströme von Schweiß über die Stirn liefen. Das Mädchen hatte kein gutes Gefühl, als Ben Strong voranging und nach den Markierungen Ausschau hielt, von denen Quint Armstrong ihm erzählt hatte.

Chris senkte ihre Stimme, so daß nur Ruby und Spud sie hören konnten. »Bruder Ben überfordert sich. Habt ihr bemerkt, wie er schwitzt und keucht?«

»Ja«, antwortete Ruby. »Und das Wissen um die Notlage, in der sich sein Pferd befindet, trägt nicht dazu bei, daß er sich besser fühlt.«

Chris fügte hinzu: »Wir waren alle nicht unbedingt leise, als wir Buster fanden. Es könnte daher gut sein, daß Vernon uns gehört hat und jetzt weiß, daß wir ihm auf den Fersen sind. Er könnte uns einen Hinterhalt legen, wie er es auch bei Bruder Ben vor vielen Jahren getan hat.«

»Nicht, wenn wir die Abkürzung nehmen«, erwiderte Spud.

Chris schaute den Jungen hoffnungsvoll an. »Glaubst du das wirklich?«

»Ich bin davon überzeugt«, versicherte er ihr. »Und die Zeit ist kostbar. Wir müssen vor Vernon die Einsiedelei erreichen, Buster retten und Vernon festnehmen, solange Bens Kraft noch reicht.«

Als ein Schatten über sie fiel, schaute Chris zum Himmel auf. Vom Wind getriebene Wolken jagten über den Himmel und füllten den Abgrund mit bedrohlicher Dunkelheit. »Vielleicht haben wir nicht nur in dieser Hinsicht einen Wettlauf gegen die Uhr zu bestehen«, sagte sie nachdenklich.

»Ja«, meinte Ruby und warf ebenfalls einen Blick auf die sich zusammenziehenden Wolken. »Das könnte der große Sturm sein, der im Wetterbericht angekündigt wurde.«

Vor ihnen wandte sich der alte Ranger um und winkte ihnen, weiterzukommen. Er hatte die Orientierungspunkte gefunden. Schon bald hatte die Gruppe einen Großteil der Strecke zu Devil's Backbone zurückgelegt. Chris hatte keine Schwierigkeiten, den Ort als solchen zu erkennen. Es handelte sich um einen langen, blaugrauen Bergkamm, der einem riesigen Rückgrat ähnelte.

Die Sonne hatte ihren Zenit überschritten, als der alte Ranger im Schatten einer kleinen Pinie stehenblieb. »Es ist Zeit für das Mittagessen«, sagte er. Seine Stimme klang rauh vor Anstrengung.

Chris vermutete, daß der alte Ranger vor allem deshalb stehengeblieben war, weil er unbedingt eine Atempause brauchte, und nicht so sehr, weil er etwas essen wollte. Sie behielt ihre Befürchtungen jedoch für sich und sprach nicht mit Ruby oder Spud darüber, als sie sich neben Ben auf den Stamm einer umgestürzten Weißtanne setzte.

Alle holten aus den Papiertüten das von Martha Armstrong

vorbereitete Essen hervor. Chris hatte ein Stück gekochtes Hühnerfleisch und wartete darauf, daß Ben das Dankgebet sprach. Sein Gesicht war blaß und verzogen. *Ich möchte wissen, wie viele Schmerzen er tatsächlich hat*, fragte sich das Mädchen. *Meine eigenen Lungen tun mir weh vom Bergsteigen, und dabei bin ich gesund. Aber der Krebs frißt an seiner Lunge.*

»Wir werden folgendermaßen vorgehen«, sagte der alte Ranger nach dem Dankgebet. »Wenn wir die Einsiedelei erreichen, bleibt ihr Jungen außer Sichtweite, während ich vorausgehe. Ich werde Salter herausrufen, so daß er nicht beginnt, auf mich zu schießen. Quint sagt, daß er das mehrmals getan hat, wenn Fremde zu nahe kamen.«

Spud schluckte ein Stück Fleisch hinunter. »Was ist, wenn Vernon vor Ihnen dort ist?«

»Das halte ich für unwahrscheinlich. Quint sagt, daß wir durch diese Abkürzung viel Zeit einsparen – und das gilt noch mehr, da Vernon jetzt ebenfalls zu Fuß unterwegs ist.«

Chris runzelte die Stirn. »Bruder Ben, wäre es nicht besser, wenn ich an Ihrer Stelle vorgehen würde? Weder der Einsiedler noch Vernon würden vermutlich auf ein Mädchen schießen.«

»Danke, Chris«, sagte Ben mit einem Schütteln seines Kopfes, »aber ich habe alles sorgfältig durchdacht. Wir könnten zwei weitere Männer brauchen, um Buster zu befreien. Wenn ich Vernon nur festnehmen könnte –«

Ruby verschluckte sich beinahe an ihrem Bissen. »Und ich dachte, Sie hätten es aufgegeben, Vernon verhaften zu wollen, bevor Sie das Pferd nicht befreit haben.«

»Die Rettung von Buster ist mein vordringliches Ziel, aber ich wäre doppelt froh, wenn ich auch Vernon festnehmen könnte –« Er brach ab, als plötzlich ein lautes Schnaufen zu hören war.

Chris ließ ihre Tüte fallen und wirbelte herum.

Ein großer, kalifornischer Schwarzbär mit einem weißen

Dreieck auf der Brust stand aufrecht auf seinen Hinterbeinen am Rande einer Gruppe von Bärentrauben.

»Ein Bär!« stieß Ruby keuchend hervor.

»Bleibt still sitzen!« befahl Ben nachdrücklich. »Er muß zufällig auf uns gestoßen sein, was ihn ebenso überrascht hat wie uns. Er wird fortgehen.«

Chris' Herz raste, während sich das zottelige Tier auf seine vier Pfoten fallen ließ und im Gebüsch verschwand.

Spud sagte: »Ich dachte, daß die Bären jetzt Winterschlaf hielten.«

Ben nickte. »Das ist auch so. Aber manchmal kommt ein alter Bär bei schönem Wetter heraus und schaut sich um. Die männlichen Tiere scheinen nicht ein so dickes Fettpolster zu haben wie die Weibchen. Aber dieser alte Bursche wird seine Höhle sicher bald wieder aufsuchen.«

»Fressen Bären Pferde?« fragte Chris.

»Bären fressen praktisch alles. Aber ich mache mir nicht halb so viel Sorgen, daß Buster von einem Berglöwen oder Bären angefallen werden könnte, als daß er von dem Schneesturm überfallen werden könnte.«

Angesichts dieser gefährlichen Aussicht schwieg die Gruppe. Nachdem sie ihre Mahlzeit beendet hatten, setzten die vier eiligst ihren Weg nach Devil's Backbone fort. Chris spürte, wie kurz die Zeit und wie notwendig baldiges Handeln war, und sie wußte, daß auch die anderen so empfanden. Dennoch war sie froh, als Ben Strong am Rand einer dichten Gruppe von Koniferen wieder zum Halten aufforderte.

»Wir sind da«, erläuterte er und deutete auf eine kleine Hütte.

Chris sah, daß es sich lediglich um einen kleinen Schuppen aus geschälten Baumstämmen handelte mit einem Dach aus Brettern. Rauch stieg aus dem steinernen Schornstein auf.

»Ihr alle schaut euch sorgfältig um«, forderte der alte Ranger seine Begleiter mit leiser Stimme auf. »Haltet Ausschau nach dem Einsiedler.« Er schwieg einen Augenblick und fügte dann hinzu: »Und achtet vor allem darauf, ob er alleine ist.«

Er meint, daß wir darauf achten sollen, ob Zane Vernon uns nicht irgendwie zuvorgekommen ist, sagte sich Chris. Wie die anderen ließ sie ihre Blicke forschend über das Anwesen gleiten. Sie bemerkte eine Ähnlichkeit zum Besitz der Armstrongs in der Anlage des Geheges, der Scheunen und anderer Bauten. Pferde waren jedoch nicht zu sehen.

»Es sieht unheimlich ruhig aus«, flüsterte Chris.

»Das beunruhigt mich auch«, sagte der alte Ranger. Er machte einen Schritt vorwärts und blieb hinter dem Stamm einer großen Pinie stehen. »Der Rauch aus dem Schornstein bedeutet, daß jemand zu Hause ist, aber ich wünschte, ich könnte ihn sehen, bevor er uns sieht.«

In Chris' Kopf zuckte der Gedanke auf: *Vielleicht hat Vernon es doch geschafft, vor uns hier zu sein!* Aber sie sagte nichts.

Plötzlich war hinter ihnen das unmißverständliche Geräusch eines Gewehrs zu hören, das entsichert wurde. Die Stimme eines Mannes kommandierte schroff: »Niemand bewegt sich!«

Kapitel 16

Ein drohender Schneesturm

Chris wirbelte herum. Ihr Herz begann wild zu pochen. Sie hatte niemals zuvor einen Einsiedler gesehen, aber dieser Mann, der ein doppelläufiges Gewehr in den Händen hielt, konnte der Gesuchte sein.

Ungepflegtes ergrauendes Haar wallte unter seiner braunen Zipfelmütze hervor. Haselnußbraune Augen glitzerten durch die Haarsträhnen. Haarbüschel quollen aus seinen Ohren und seiner Nase. Der Mann sah aus, als hätte er seit Jahren weder seine Haare noch seinen Bart geschnitten. Außerdem schien er bereits seit langer Zeit nicht mehr gebadet zu haben, fand Chris und rümpfte die Nase.

»Herr Salter?« fragte der alte Ranger höflich.

»Wer sind Sie, daß Sie das wissen wollen?« knurrte der Fremde und machte mit der Waffe eine leicht abwehrende Geste.

»Ich bin Ben Strong«, erwiderte der alte Ranger. »Ein Freund von Quint Armstrong. Er hat uns gesagt, wie wir Sie finden können.« Er streckte seine rechte Hand aus und machte einen Schritt nach vorne.

Der Mann nahm die ausgestreckte Hand nicht zur Kenntnis. »Warum wollten Sie mich sprechen?« fragte er mit mißtrauisch zusammengezogenen Augen.

»Aus vielen Gründen. Zunächst, weil die Hilfssheriffs einen Viehdieb hierher in die Berge verfolgten, und Quint ist ganz sicher, daß er zu Ihrem Haus will.«

»Wieso sollte er herkommen wollen?«

»Um sich hier zu verstecken, bis er die Grenze nach Nevada überqueren kann.«

Der Einsiedler tat Ben Strongs Worte mit einer gleichgültigen Bewegung seiner linken Hand ab. »Ich esse Viehdiebe zum Frühstück. Außerdem mag ich keine Leute, vor allem nicht, wenn sie nicht eingeladen sind. Ich und meine alte Henrietta hier«, er wies auf sein Gewehr, »können auf uns selbst aufpassen.«

Chris lächelte beinahe. Zum ersten Mal, seit der Einsiedler gesprochen hatte, fühlte sie, daß die Spannung etwas nachließ.

»Davon bin ich überzeugt, daß Sie auf sich selbst aufpassen können«, sagte Ben beifällig. Er hatte sich nach dem ersten Schritt nicht mehr bewegt. »Aber ich kenne diesen Mann. Er heißt Zane Vernon. Er ist nicht nur ein einfacher Viehdieb. Er ist ein entflohener Mörder aus einem Gefängnis in Texas – und gemein.«

»Gemein? Hat Quint Ihnen nicht gesagt, daß ich ebenso gemein und widerwärtig bin, wie es schlimmer nicht sein kann?«

»Ich habe von Ihnen gehört«, antwortete Ben in seinem weichen Tonfall. »Quint hat mir gesagt, daß Sie für ihn gearbeitet haben. Aber wenn es Ihnen nichts ausmacht, könnten wir ins Haus gehen, bevor Vernon uns alle hier überrascht?«

»Wer sind die Kinder?«

»Das sind meine jungen Freunde. Chris Corrigan, Ruby Konning und Spud Lawler.«

Chris und die anderen grüßten, aber der Einsiedler grunzte nur.

»Ich nehme an, daß es wohl nichts schadet, wenn wir miteinander reden«, sagte er und ließ seine Waffe sinken. »Aber glauben Sie ja nicht, daß Sie lange bleiben können.«

Chris stieß einen langsamen, erleichterten Seufzer hervor und schaute den Mann noch genauer an. Er trug hohe Stiefel, einen schmutzigen Mantel aus Schafsfell und Reithosen aus Leder, die jenen Hosen ähnelten, die seit dem Weltkrieg von 1914 bis 1918, der vor sechzehn Jahren geendet hatte, noch immer modern waren. Die Hosen lagen eng an der Hüfte an, weiteten sich über den Oberschenkeln und schmiegten sich dann wieder eng um die Knie. Chris hatte gehört, daß solche Reithosen praktisch unverwüstlich waren.

Chris, Ruby und Spud blieben einige Schritte zurück, als Ben und der alte Mann zusammen über die Wiese gingen. Chris bemerkte schmale, gespaltene Hufspuren im Schnee, die zeigten, daß sich nur Wild hier aufgehalten hatte.

Ruby flüsterte: »Was glaubt ihr? Ist er nicht richtig im Kopf?«

»Ich weiß es nicht«, gab Chris mit gedämpfter Stimme zu.

»Er ist nicht zu durchschauen«, meinte Spud leise. »Ich weiß nicht, was ich von ihm halten soll. Aber im Augenblick mache ich mir mehr Gedanken über die Gefahr, die Vernon für uns alle bedeutet.«

Chris warf einen Blick auf die dichte Gruppe von Koniferen hinter dem Schuppen. »Er kann sich in diesen Bäumen dicht heranschleichen.«

»Dann laßt sie uns von drinnen beobachten«, schlug Ruby vor.

Sie überquerten die Wiese von Osten her, gingen um das Gehege herum und eilten auf die Hütte zu. Chris sagte: »Herr Salter, wo sind Ihre Pferde?«

Der Mann schaute zu ihr zurück. »Ich habe sie im Laufe der Jahre verloren. Das letzte starb im vergangenen Jahr. Ich vermisse sie sehr. Ich war im Krieg bei der Kavallerie, weißt du. Ich habe Pferde immer geliebt.«

Spud flüsterte: »Vielleicht hat er im Krieg einen Schock erlitten. Das ist bei vielen Veteranen der Fall.«

Als sie sich der Hütte mit dem Dach aus Brettern näherten, bemerkte Chris, daß die Pfosten aus Pinienholz an den Ecken des Baus dreißig Zentimeter herausragten. Die Ritzen zwischen den Pfosten waren sorgfältig abgedichtet worden. Links neben der Tür befand sich ein Fenster. Auf beiden Seiten davon waren Felle von verschiedenen kleinen Tieren mit der Innenseite nach außen zum Trocknen aufgespannt. Rostige

Dosen lagen überall herum, als ob der Einsiedler die Angewohnheit hatte, die Türe zu öffnen und sie einfach hinauszuwerfen. Die Tür selber war unten links mit dem Blech einer Dose geflickt worden.

»Stachelschweine«, erklärte Salter, der Chris' Blick auffing. »Sie beißen gerne auf Holz. Schau dir gleich im Haus einmal die Löcher an, die sie im Boden gemacht haben, wo Öl und Salz vom Kochherd heruntergefallen sind.«

Salters Haus hatte keine Veranda, sondern nur einen flachen Stein vor der Tür, die weder einen Griff noch ein Schloß besaß. Dort, wo der Griff hätte sein sollen, war ein kleines Loch in das Holz geschnitten worden. Ein kurzer Stock ragte dort heraus. Salter bewegte ihn einige Zentimeter nach links, wodurch ein hölzerner Riegel auf der Innenseite bewegt wurde. Die Tür öffnete sich quietschend.

»Wischt euch die Füße ab«, befahl Salter barsch und kratzte den Lehm und Schnee mit einem Stück Holz, an dem ein Metallstreifen befestigt worden war, von seinen eigenen Stiefeln ab. »Ich versuche, den Fußboden sauber zu halten.«

Chris und Ruby tauschten einen Blick, als die Männer, gefolgt von Spud, durch die Tür traten.

Ruby flüsterte: »Wie sauber, glaubst du, kann das Haus sein, wenn Stachelschweine hineinkommen können?«

Chris zuckte mit den Schultern und blieb im Eingang stehen, damit sich ihre Augen an das Halbdunkel gewöhnen konnten. Die Hütte schien nur aus einem Raum zu bestehen und war ungefähr drei Meter sechzig breit und doppelt so lang. Chris zählte vier äußerst schmutzige Fenster. Ein Fenster befand sich über einer ungemachten Schlafkoje an der östlichen Wand.

Ein zweites Fenster befand sich in der Südwand, zur Linken von Chris, und ein drittes in der gegenüberliegenden Wand. Das vierte Fenster in der Westwand lag zur Rechten einer Markierung in der Wand, welche die Tür zu einem angebauten Schlafzimmer zu sein schien. Chris hatte das von draußen nicht gesehen, weil der Anbau zum Wald gelegen war.

Salter öffnete seine Waffe und nahm die beiden Patronen heraus. Er stellte die Waffe neben die Tür und ging dann mit schweren Schritten zum Tisch hinüber, auf den er die Patronen legte. Er nahm ein Streichholz und entzündete eine Kerosinlampe, die an der gegenüberliegenden Wand an einem Nagel hing.

Chris schaute um sich. Der Raum war schmutzig und unaufgeräumt und roch muffig. Es hingen weder Bilder noch Kalender an der Wand. Statt dessen waren zahlreiche Nägel in sämtliche Wände eingeschlagen worden, an denen ein Sammelsurium von Kleidern, Hüten, Werkzeugen, Seilen, Töpfen und anderen Gegenständen hing. Der Ofen auf der Nordseite hatte kleine Löcher bekommen, so daß winzige Rauchwolken herauszogen. Ein galvanisierter Wassereimer mit einer Schöpfkelle stand auf einem kleinen Tisch neben dem Ofen. Ein Rattanstuhl mit einem Sitz aus Leder stand zwischen Tisch und Ofen.

Chris entdeckte eine ungeordnete Ansammlung von Stökken. »Was ist denn da hinter dem Ofen?« fragte sie.

»Das Nest einer Ratte«, erwiderte Salter und ließ seine schmutzige Kappe auf den Tisch neben die Patronen fallen.

»Einer Ratte?« wiederholte Chris mit schwindender Stimme.

»Beruhige dich, meistens tun sie dir nichts«, versicherte ihr der Mann von der linken Seite des Ofens. Er beugte sich unter einige selbstgebaute Regale, die mit Dosen gefüllt waren. Mit der einen Hand hob er eine leere Nageldose auf und mit der anderen eine Obstkiste.

»Mit der Zeit«, fuhr Salter fort und drehte die Dose und die Schachtel um, »können Ratten ein Nest bauen, das fast einen Meter hoch und ebenso breit ist. Aber paß auf, daß sie dir keine glitzernden Dinge gegen einen hübschen Kieselstein oder etwas ähnlich Nutzloses eintauschen. Ben, wenn Sie goldene Zähne haben, dann passen Sie gut auf, daß Adele sie Ihnen nicht stiehlt.«

Ben lächelte bei dem Versuch des Gastgebers, humorvoll zu sein. »Adele?« wiederholte er den Namen. »Heißt Ihre Ratte so?«

»Jetzt ja. Zuerst hieß meine Frau so, aber sie ist tot.« Der Einsiedler stellte die Dose und die Kiste auf den Boden neben den einzigen Stuhl. »Ihr Mädchen und Ben können hier Platz nehmen«, fügte Salter hinzu. »Spud, hol noch zwei weitere Obstkisten für dich und mich.«

Als Spud gehorchte, fuhr der Eremit fort: »Ich habe versucht, meiner Frau alles zu geben, was sie wollte, aber sie hat dieses Haus niemals gemocht. Nur die Pferde liebte sie. Eines Tages, kurz nachdem das letzte Pferd starb, ging sie dort in das Schlafzimmer und starb ebenfalls.« Er wies auf die Tür zum Anbau.

Ich würde es hier auch nicht aushalten, dachte Chris. Schon gar nicht mit einem so merkwürdigen Mann.

Leise und traurig fuhr Salter fort: »Seither ist es sehr still. Wir hatten keine Kinder. Es war immer still. Nur Ratten gab es. Eines Tages, als ich fort war, um meine Fallen im Wald zu kontrollieren, kam Adele – also die Ratte – durch das Loch, das die Stachelschweine in die Tür genagt hatten. Sie baute ihr Nest, bevor ich zurückkam, und dann hatte ich nicht das Herz, sie nach so viel harter Arbeit wieder hinauszuwerfen. Paßt auf, Leute, wo ihr hintretet, falls sie während unseres Gespräches herumläuft.«

Chris hatte zu viele Mäuse gesehen, um Angst vor ihnen zu haben. Vor Ratten hatte sie jedoch eine solche Abscheu, daß sie unwillkürlich erschauderte. Sie zog ihre Füße eng an die Obstkiste, auf der sie saß, und zwang sich, nicht mehr an das Nagetier zu denken.

Heute wollte meine Familie packen, dachte das Mädchen. Plötzlich tat ihr das Herz weh. *Durch die Ereignisse hier hatte ich es beinahe vergessen. Und ich habe auch gar nicht mehr daran gedacht, daß bald Weihnachten ist.*

Der Einsiedler nahm eine der Obstkisten von Spud entgegen und setzte sich ganz nahe an den Ofen. Chris und Ruby hatten sich möglichst weit von dem Nest der Ratte niedergelassen, so daß Spud und der alte Ranger zwischen ihnen und ihrem Gastgeber saßen.

Salter fragte: »Nun, Ben, was ist das für eine wilde Geschichte von einem Mörder, der hierher kommen will?«

Chris hörte abwesend zu, wie Ben erklärte, warum er und seine drei jungen Begleiter sich bei Quint aufgehalten hatten, als die Hilfssheriffs kamen. Chris' Augen glitten durch den Raum, während Ben schilderte, wie sie den Spuren von Vernon und Buster gefolgt waren.

Immer wieder warf Chris einen Blick auf den Boden aus Angst, daß die Ratte über den Boden laufen könnte. Trotz Salters Behauptung, daß er den Fußboden sauberhalte, bemerkte Chris, daß die Holzbretter nur dort genau aneinander paßten, wo der Schmutz die Ritzen aufgefüllt hatte.

Chris schüttelte sich beinahe. *Ich werde froh sein, wenn wir hier wieder heraus sind. Hoffentlich gelingt es uns, Buster zu retten und noch nach Hause zu kommen, bevor es dunkel wird. Aber was ist, wenn Vernon auftaucht?*

Ben schloß seinen Bericht mit der Bitte um Hilfe für Buster, der auf dem schmalen Pfad steckengeblieben war. Er fragte, ob Salter die notwendige Ausrüstung besitze, um Buster zu befreien.

»Sie hätten das Pferd erschießen sollen«, sagte Salter schonungslos. »Natürlich habe ich Seile, einen Seilzug und eine Säge, aber wir werden es nicht schaffen, das Pferd zu befreien, bevor der Schneesturm losbricht.«

Chris bewegte sich unbehaglich. »Ein Schneesturm?« fragte sie.

Salter nickte. »Es könnte sein. Auf jeden Fall zieht ein böser Sturm herauf. Ich spüre es bereits in meinen Knochen. Ihr solltet also lieber von hier verschwinden. Hoffentlich erreicht ihr Quints Haus, bevor er losbricht.«

Chris rief aus: »Heißt das, daß Sie nicht helfen wollen, Buster zu retten?«

»Schau, junge Dame«, sagte der Einsiedler. »Ihr seid Fremde, und ihr seid in meine kleine Welt eingebrochen, ohne daß ich euch darum gebeten habe. Ich schulde euch nichts außer dem Dank, daß ihr mich vor diesem Vernon gewarnt habt. Ich werde mich also vorsehen.« Salter stand auf und fügte hinzu: »Also habt vielen Dank und jetzt: Auf Wiedersehen.«

Chris starrte den Mann ungläubig an. Quint hatte sie vor dem Einsiedler gewarnt, aber noch nie in ihrem Leben hatte Chris einen Menschen wie ihn getroffen. Sie tauschte einen Blick mit Ruby, Spud und Ben, während sie unbeholfen und unsicher schweigend dastanden.

Ben strich sich mit seinem rechten Zeigefinger über seinen weißen Walroßbart. »Herr Salter, es tut mir leid, wenn wir Sie irgendwie verletzt haben, aber Sie sehen doch sicher ein –«

»Da kommt Vernon!« unterbrach ihn Chris.

Ben wandte sich um und schaute durch das Westfenster, das neben der Tür zu dem Anbau war. »Er rennt von den Bäumen her auf das Haus zu!«

Ben richtete sich auf und sagte scharf: »Chris, beobachte ihn und sag mir, ob er zur Nord- oder zur Südseite geht. Denkt daran, daß er bewaffnet und gefährlich ist. Ihr alle tut genau, was ich sage; ich will nicht, daß jemand verletzt wird. Chris, wenn du siehst, welche Seite der Hütte er wählt, dann geht ihr drei in den Anbau und verhaltet euch still.«

»Was werden Sie tun?« fragte Chris besorgt.

»Vernon ist nicht über die Wiese gekommen; daher hat er unsere Spuren nicht gesehen«, antwortete Ben und ergriff das Gewehr, das Martha Armstrong ihm geliehen hatte. »Wenn er uns nicht hat hineingehen sehen, dann erwartet er hier drinnen nur eine Person. Ich schleiche mich nach draußen und versuche, ihn zu überraschen. Herr Salter, ich wäre Ihnen dankbar, wenn Sie da sitzen bleiben würden, wo Sie jetzt sind.«

»Jetzt ist es aber genug!« rief der Einsiedler aus. »Ich lasse mir doch von keinem Fremden vorschreiben, was ich zu tun habe! Sie halten sich zurück, und wenn er hereinkommt, wird meine Henrietta ihm eine Überraschung bereiten!«

»Nein!« entgegnete Ben nachdrücklich und überprüfte die Ladung seiner Waffe. »Ich möchte nicht, daß jemand verletzt wird. Bitte tun Sie, was –«

Chris unterbrach ihn. »Er läuft zur Südseite.«

»Gut!« antwortete Ben. »Ich gehe zur Nordseite. Jetzt ist keine Zeit mehr zum Reden.« Ben griff nach dem Holzriegel, der die Tür geschlossen hielt. Leise öffnete er den Riegel und glitt nach draußen.

Chris hätte am liebsten gewartet, bis sie sicher war, daß er das Nordfenster erreicht hatte, aber sie wagte es nicht.

»Ihr habt gehört, was Bruder Ben gesagt hat«, flüsterte sie heiser. »Kommt mit, Ruby und Spud.«

Sie eilte durch die Tür des Anbaus. Dabei hörte sie, wie der Einsiedler zornig hinter ihnen herschimpfte. Der winzige Raum besaß nur ein kleines Fenster nach Westen, so daß Chris nicht gut sehen konnte. Aber sie ließ sich sofort auf den Boden fallen.

»Legt euch hin!« zischte sie Ruby und Spud zu. »Seid still!«

Während die beiden gehorchten, vernahm Chris, wie die Eingangstür der Hütte aufgestoßen wurde.

Kapitel 17

Wettlauf mit dem Sturm

Als sie auf dem Boden des Anbaus kauerte, klopfte Chris' Herz plötzlich so heftig, daß ihre Rippen zu brechen schienen. Ruby und Spud, die sich dicht neben ihr befanden, waren in dem dunklen Raum kaum zu sehen. Unbewußt nahm Chris den Geruch von Damen-Parfüm und -Puder wahr, der in dem kleinen Schlafzimmer hing.

Chris hörte, wie Zane Vernons Stimme schroff durch die geschlossene Tür klang. »Runter damit, Mister!«

»Nein, Sie nehmen Ihres hinunter!« fauchte der Einsiedler.

Vernon antwortete: »Wissen Sie was, Mister? Ich glaube, Sie versuchen mich zu bluffen. Ich sehe die beiden Patronen dort auf dem Tisch, und ich glaube, daß Sie Ihr Gewehr gar nicht geladen haben.«

Salters Stimme veränderte sich. »Glauben Sie das wirklich? Na, wenn Sie sich irren, werden Sie es niemals wissen, denn ich zähle jetzt bis drei, und bei drei haben Sie Ihre Waffe heruntergenommen. Eins . . .«

Chris duckte sich und drückte ihr Gesicht an den Boden, denn sie rechnete damit, Schüsse zu hören.

Statt dessen erklang die Stimme des alten Rangers: »Sie haben ihn gehört, Vernon! Runter damit!«

Chris riß ihren Kopf hoch. Sie warf einen hoffnungsvollen Blick auf die geschlossene Tür, aber Spud zog sie hinunter. »Warte!« flüsterte er.

»Wird's bald, Vernon!« Bens Stimme klang scharf und entschlossen.

Chris schluckte schwer und starrte auf die Tür.

Sie hatte das Gefühl, daß es eine Ewigkeit dauerte, bis eine Waffe auf den Boden fiel.

»So ist es besser«, sagte Ben eine Spur freundlicher. »Herr Salter, heben Sie doch bitte seine Pistole auf, und bringen Sie mir etwas, womit wir ihn fesseln können.«

Chris holte tief Atem und schaute Spud und Ruby mit einem glücklichen Grinsen an. Die drei sprangen auf und öffneten die Tür zum Wohnraum.

Vernon stand mit dem Gesicht zur Ostwand, während der alte Ranger ihn schnell durchsuchte. Der Viehdieb war noch immer so gekleidet wie beim ersten Mal, als Chris beobachtet hatte, wie er Bens Vieh stahl. Nur hatte er sich seit Tagen nicht rasiert. Salter nahm ein zusammengerolltes Seil von der Südwand, während Chris, Ruby und Spud in der Tür des Anbaus standen.

»Sie haben ihn gefaßt!« rief Chris aus. »Sie haben ihn gefaßt!«

Der alte Ranger gab keine Antwort, sondern nahm das Seil von dem Einsiedler entgegen und band Vernon die Hände auf dem Rücken zusammen.

Der Festgenommene verlangte von Ben zu wissen: »Woher wissen Sie meinen Namen? Wer sind Sie eigentlich? Und warum behandeln Sie mich so?«

Ben fuhr fort, den Mann zu fesseln. »Mein Name ist Ben Strong, und ich nehme Sie fest wegen Mordes, einer noch ausstehenden Gefängnisstrafe, unerlaubter Flucht aus einem Gefängnis, Viehdiebstahl und Pferdediebstahl.«

Vernon öffnete den Mund, als ob er eine zornige Bemerkung machen wollte, schwieg dann jedoch, als Chris, Ruby und Spud näherkamen. Bei Chris' Anblick runzelte der Verbrecher die Stirn. »Kenne ich dich nicht?«

Das Mädchen gab keine Antwort, da Ben seine Aufgabe beendete und einen Schritt zurücktrat. »Gehen Sie zu dem Stuhl«, befahl er seinem Gefangenen.

Der Einsiedler folgte den beiden durch den Raum. »Ben«, sagte Salter reumütig, »es ist lange her, daß ich so froh war, jemanden durch diese Tür treten zu sehen, wie jetzt eben Sie.«

»Manchmal brauchen wir einander, Herr Salter.«

»Nennen Sie mich Salty. Sie haben mir das Leben gerettet, denn er hatte mich in einem Moment erwischt, in dem mein Gewehr nicht geladen war. Wenn Sie soweit sind, helfe ich Ihnen mit Freuden, ihr Pferd zu befreien.«

Chris begann, beifällig zu lächeln, aber Vernon blickte Ben finster an. »Pferd? Meinen Sie, daß das alte, klapprige Tier, auf dem ich hier heraufgeritten bin, Ihnen gehört?«

»Achten Sie auf Ihre Worte, wenn Sie von Buster sprechen«, antwortete der alte Ranger leise. »Und jetzt hinsetzen und sitzen geblieben.«

Vernon gehorchte und ließ sich mit den auf dem Rücken gefesselten Händen in den Rattanstuhl fallen. »Irgendwie kommen Sie mir bekannt vor«, sagte er zu dem alten Ranger. »Und wieso erheben Sie all diese Anklagen gegen mich?«

»Später ist noch Zeit für Erklärungen, Vernon.« Ben wandte sich an den Einsiedler. »Salty, ich wäre Ihnen dankbar, wenn Sie mir zeigen würden, wo ich eine Säge, Seile, einen Seilzug und sonstiges Werkzeug finde, das hilfreich sein könnte. Ich möchte Buster befreien, bevor es so dunkel wird, daß man nichts mehr sehen kann, oder bevor der Sturm losbricht.«

»Ich habe mehrere starke, dicke Seile in dem Schuppen«, antwortete der Einsiedler. »Ich hole sie und das andere auch.«

Bald darauf kehrte er zurück mit einer Trapperaxt, einer Säge, einem Seilzug und Seilen. Chris ging mit den anderen nach draußen, wo sie überrascht blinzelte. Der Himmel hatte sich völlig bezogen und sah bedrohlich aus.

Vernon maulte: »Jeder Tor kann sehen, daß ein Sturm im Anzug ist. Warum zwingen Sie mich in ein solches Wetter hinaus, um zuzusehen, wie Sie versuchen, ein wertloses, altes Pferd zu retten?«

»Sie werden nicht zuschauen«, entgegnete Ben gleichmütig und bedeutete dem Gefangenen, vor ihm herzugehen. »Sie haben Buster in diese verzweifelte Lage gebracht, und jetzt werden Sie auch helfen, ihn da wieder herauszuholen.«

»Ich denke ja überhaupt nicht daran«, schnauzte Vernon. »Ich werde auch nicht einen Finger krumm machen.«

Ben gab keine Antwort, aber Salter warnte: »Wenn ich an Ihrer Stelle wäre, Mister, dann wäre ich sehr vorsichtig. Sie könnten ausrutschen und in den Abgrund stürzen. Und der ist ziemlich tief.«

»Sie drohen mir?« wollte Vernon wissen.

»Ich kenne die Gegend«, erwiderte Salter. »Ich habe Ihnen nur einen freundschaftlichen Rat gegeben.«

Oben auf dem Bergkamm, wo Ben auf dem Hinweg stehengeblieben war, um auszuruhen, legte er auch jetzt eine Pause ein. Chris hörte seinen keuchenden, unregelmäßigen Atem, als er, Vernon vor sich, dort stand.

»Geht es Ihnen gut, Bruder Ben?« fragte Chris leise und trat an seine Seite.

»Ich werde es schaffen«, erwiderte der alte Ranger. Seine Stimme war so leise, daß Chris sich anstrengen mußte, um die Worte zu verstehen. Dann wandte er sich an Salter und Vernon. »Die beste Möglichkeit wäre natürlich, Salty, einen kräftigen Baum umzusägen und den Stamm als Hebel zu benutzen.« Er schwieg einen Augenblick; sein Atem ging rasselnd. Dann fuhr er fort: »Wir könnten den Seilzug an der Weißtanne befestigen, das Seil zweimal hindurchführen, um eine größere Zugkraft zu erhalten, und das andere Ende zu meinem Pferd führen.«

Der Einsiedler nickte, als Ben fortfuhr: »Dann machen wir mit dem Seil eine Krause, die wir Buster um den Hals legen. Vielleicht befestigen wir ein kurzes Seil an dem Zaum, so daß jemand daran ziehen und den Kopf des Pferdes nach oben halten kann. Auf der rechten Seite brauchen wir all unsere Kraft, um zu verhindern, daß das Pferd in den Abgrund stürzt, wenn wir es aus seinem Gefängnis befreien.«

Ben deutete mit seiner Hand. »Wir müssen auf diesen Felsbrocken klettern und den Stamm direkt zwischen dem Felsen und Busters linker Seite herunterlassen. Dann drücken wir das andere Ende des Stammes in dieser Richtung hinunter, so daß das vordere Ende unter seinen Bauch gleitet.

Wir lassen den Stamm auf dem Felsbrocken ruhen, so daß wir diesen als Dreh- und Angelpunkt nutzen, während jemand dieses Ende des Hebels stemmt. Wenn das Pferd nach oben angehoben wird, verhindert der Seilzug, daß das Tier zurückgleitet. Schließlich bewegen wir Buster rückwärts.«

Chris wandte ein: »Das können Sie doch nicht meinen, daß Sie das Pferd so etwas wie eine Rückwärtsrolle machen lassen wollen?«

Vernon kicherte. »Genau das meint er. Aber der Pfad ist so eng, daß Sie froh sein können, wenn das Pferd nicht in den Abgrund rollt. Bei dem schlüpfrigen Schnee und dem Schiefer wäre es gut, wenn einige von Ihnen in seiner Nähe blieben.«

»Das reicht, Vernon«, sagte Ben.

Der Mann schien ihn nicht zu hören. »Aber das ist die einzige Art und Weise, auf die man es schaffen könnte. Als ich abgestiegen war und versuchte, das Tier dort hindurchzuführen und es eingeklemmt wurde, habe ich alles Mögliche versucht, um es rückwärts wieder herauszubekommen. Ich habe dem Pferd gut zugeredet und geflucht und es angeschrien, ich habe es mit meinem Hut geschlagen, aber es ging nicht zurück. Schließlich habe ich ihm sogar das Ende meines Messers in die Schulter gestoßen, aber –«

»Das darf doch nicht wahr sein!« schrie Chris ungläubig auf.

Vernon lächelte freudlos. »Nicht so tief.«

»Wie konnten Sie einem wehrlosen Pferd so etwas Grausames antun?« gab Chris scharf zurück.

»Es war durchaus nicht wehrlos, junge Dame. Tatsächlich hat das Tier versucht, mich zu beißen. Aber als es nicht zurückgehen wollte, wußte ich, daß es nicht loskommen konnte.«

Ruby schrie empört: »Und dann haben Sie das Tier einfach seinem Schicksal überlassen! Wenn man Sie diesmal zurück ins Gefängnis bringt, dann hoffe ich, daß man Sie irgendwohin schafft, wo Sie nicht mehr fliehen können!«

Vernon warf ihr einen finsteren Blick zu. »Woher weißt du, daß ich im Gefängnis war?«

»Das spielt keine Rolle!« unterbrach Ben. »Jetzt ist keine Zeit, sich darüber zu unterhalten. Salty, wollen Sie den Baum fällen oder den Seilzug aufstellen?«

»Ich werde den Seilzug aufstellen.«

Spud bot an: »Sagen Sie mir, welcher Baum gefällt werden soll. Ich säge ihn um und entferne die Zweige, während Sie die Krause für Buster anfertigen.«

Ben schaute sich um. »Such dir einen aus, der etwa so dick ist wie mein Bein.« Er deutete auf einen Baum. »Vielleicht die Pinie dort. Siehst du sie?«

Der Junge nickte. Er eilte mit Säge und Axt davon. Der Einsiedler brachte das Seil und den Seilzug zu der Weißtanne.

Chris fragte: »Bruder Ben, was können Ruby und ich tun?«

»Bindet Vernon die Beine mit einem kurzen Seil zusammen, so daß er zwar hüpfen, aber nicht davonlaufen kann.« Ben gab dem Mädchen ein kurzes Stück Seil und schaute den Gefangenen an. »Nicht, daß ich erwarte, daß Sie noch einmal den Fehler machen, zu entfliehen.«

»Noch einmal?« fragte Vernon.

Der alte Ranger gab keine Antwort. Er drehte sich um und bewegte sich vorsichtig über den Schiefer. In der einen Hand trug er das Gewehr und in der anderen das eine Ende des langen Baumwollseiles. Chris bückte sich, um dem Gefangenen die Beine zu fesseln, während Ruby ihn sorgfältig beobachtete.

»Was meinte er mit *noch einmal?«* wiederholte Vernon seine Frage.

Chris gab ihm keine Antwort, weil Ben ihm nicht geantwortet hatte. Sie vermutete, daß der alte Ranger deshalb geschwiegen hatte, weil ihn die Erinnerung an Vernons Flucht und Hinterhalt vor vielen Jahren immer noch schmerzte.

»Ich kenne diesen alten Dummkopf nicht, aber jetzt erinnere ich mich, wo ich dich schon gesehen habe«, sagte Vernon, als Chris ihre Aufgabe beendet hatte und aufstand. »Wie kommst du hierher mit diesem alten Mann?«

»Fragen Sie ihn selbst«, antwortete Chris ausweichend und trat einen Schritt zurück.

Der Gefangene starrte nachdenklich auf den Rücken des alten Rangers. »Mensch, irgendwie erinnert er mich an . . . Nein, das kann nicht sein.«

»Und wenn es nun doch so wäre?« hänselte Ruby.

Chris warf ihrer Cousine einen warnenden Blick zu, aber Ruby schien ihn nicht zu bemerken. »Sie haben seinen Vater getötet!« stieß sie hervor. »Ben war Ranger in Texas. Er hatte Sie festgenommen, aber Sie sind ihm entkommen und haben ihm einen Hinterhalt gelegt. Sie haben ihn zurückgelassen in der Meinung, daß er tot sei, aber sein Pferd hat ihn gerettet. Es handelt sich um denselben Mann und um dasselbe Pferd.«

Vernon stieß hervor: »Nein, das kann ich nicht glauben!«

»Es wäre besser, Sie täten es!« sagte Ruby mit fester Stimme.

Chris ergriff ihre Cousine am Arm. »Wir wollen lieber den Männern helfen.«

»Wartet!« sagte Vernon. Als sich die Mädchen umwandten, deutete er mit seinem Kopf in Bens Richtung. »Dieser alte Mann bedeutet euch viel?«

Die beiden nickten, sagten jedoch nichts.

Vernons Augen verengten sich, und seine Stimme wurde kalt. »Dann solltet ihr lieber mir helfen, zu entkommen.«

»Was sollen wir?« Chris stotterte beinahe.

»Oh, bis wir die Zivilisation wieder erreicht haben, habe ich es auch ohne eure Hilfe geschafft«, versicherte Vernon ihr mit leiser Stimme. »Aber wenn ihr mir helft, dann tue ich ihm diesmal nichts.«

Ruby brauste auf. »Sie Mistkerl! Wenn Sie ihm auch nur ein einziges Haar krümmen, dann reiße ich Ihnen jedes Haar einzeln aus.«

»Beruhige dich, Ruby«, drängte Chris, ergriff ihre Cousine am Arm und drängte sie von Vernon fort. »Laß uns gehen.«

Die Mädchen eilten zu dem alten Ranger hinüber, aber Vernons Stimme folgte ihnen. Sie war laut genug, daß zwar sie die Worte verstehen konnten, nicht jedoch Spud oder die beiden Männner.

»Wenn ihr beiden mir helft, werde ich nett zu den anderen sein, einschließlich diesem sommersprossigen Jungen und euch beiden. Anderenfalls . . .« Vernons Worte verklangen in einer geheimnisvollen, unausgesprochenen Drohung.

»Glaubst du, daß er es ernst meint?« flüsterte Ruby Chris zu, als sie sich dem Schiefer näherten.

Chris zitterte. »Ja, er meint es ernst.«

Als sie unterhalb der Klippe auf dem engen Pfad stand, spähte Chris vorsichtig über den Rand des Abgrundes. *Wenn ich daran denke, was Vernon getan hat, bin ich froh, daß Bruder Ben ihn festgenommen hat. Aber wir sind hier völlig auf uns allein gestellt. Wenn Vernon uns entkommen kann, enden wir vielleicht alle unten in diesem Abgrund.*

Als die ersten Schneeflocken ihr Gesicht berührten, blickte Chris zu dem schwarzen Himmel auf. Sie bekämpfte das schreckliche Gefühl in ihrem Innern, das sie beschlich, wenn sie an ihre Familie dachte.

»Ruby, ich hoffe, daß sich unsere Angehörigen keine allzu großen Sorgen um uns machen.«

»Ich nehme an, daß mein Vati gerade jetzt eine machtvolle Predigt beginnt.«

»Ich sollte meiner Familie heute beim Umzug helfen.«

»Ich weiß. Ich habe darüber nachgedacht. Es tut mir leid, daß ihr umzieht, und es tut mir auch leid, daß wir hier draußen mit so einem schrecklichen Mann zusammen sind und das bei einem solch unangenehmen Wetter.«

»Mir auch.«

Der Schnee fiel immer dichter. Spud eilte herbei. Die Säge hielt er in der einen Hand, und mit der anderen zog er die gerade geschlagene Pinie hinter sich her. »Es wird jetzt schnell dunkel«, bemerkte er.

Der Einsiedler rief von dem Baum, an dem er den Seilzug befestigt hatte: »Es hat keinen Sinn, Ben! Wir lassen besser alles zurück und verschwinden von hier, bevor es so heftig schneit, daß wir den Weg zur Hütte nicht mehr finden können!«

Chris warf einen Blick auf den alten Ranger, der zuerst zum Himmel und dann auf das Pferd blickte. Sein Adamsapfel ging auf und ab, und er seufzte tief, als ob er große Schmerzen hätte. Einen Augenblick lang senkte sich sein Kinn. Dann hob er entschieden seinen Kopf, als ob er einem Problem gegenüberstand, das er nicht unter Kontrolle bekommen konnte. Er schaute die Mädchen an. »Zweifellos ist mir der Gedanke, Buster zurückzulassen, verhaßt, aber . . .« Er schwieg einen Augenblick. »Ihr bindet Vernons Knöchel lieber los.«

Chris protestierte. »Aber Buster wird sterben, wenn wir ihn jetzt hier draußen zurücklassen!«

Vernon antwortete: »Das werden wir auch, wenn wir nicht zurück zur Hütte kommen. Bindet meine Knöchel los, wie er gesagt hat.«

Als sich die Mädchen Vernon zögernd näherten, fragte er: »Seid ihr je vom Schnee eingeschlossen gewesen?«

»Noch nie«, räumte Ruby ein, während Chris sich bückte, um die Knöchel des Gefangenen loszubinden.

»Schreckliche Dinge können geschehen, wenn Menschen in einer kleinen Hütte vom Schnee eingeschlossen sind«, sagte Vernon mit leiser, geheimnisvoller Stimme. »Manchmal überlebt es nur eine Person.«

»Sie können uns keine Angst machen!« sagte Ruby.

»Nein, wirklich nicht?« Vernon schien vor bedrohlicher

Zufriedenheit zu schnurren. »Nun, bevor dieser Sturm vorbei ist, werdet ihr alle noch mehr als Angst haben. Das dürft ihr mir ruhig glauben!«

Kapitel 18

Ein gefährlicher Rettungsversuch

Nachdem der Einsiedler ein Abendessen aus Dosenbohnen, gebraten in ausgelassenem Speck zubereitet hatte, kümmerte er sich um Schlafmöglichkeiten. Sein Bett bot er Ben an, doch der alte Ranger nahm dieses Angebot nicht an. Er habe schon viele Male auf dem Boden geschlafen, erklärte Ben. Der Boden der Hütte sei gut. Spud berichtete davon, wie oft er in Waggons und im Freien übernachtet hatte. Auch für ihn reiche der Boden der Hütte aus.

Ben war einverstanden, daß Vernons Hände vorne zusammengebunden wurden. Vernons Knöchel ließ er jedoch mit einem kurzen Seil am Küchenofen sichern. Dennoch war es Chris nicht ganz wohl, wenn sie an Vernons Drohungen dachte.

Salter sagte zu den Mädchen: »Ihr könnt das Bett im Anbau nehmen.« Er überließ Spud, Ben und Vernon die Kerosinlampe, entzündete ein Streichholz und führte die Mädchen bei dem flackernden Licht in den Anbau. Dort entzündete er eine Lampe, und zum ersten Mal konnte sich Chris in dem Raum, in dem sie, Ruby und Spud früher an diesem Tag Zuflucht gesucht hatten, gründlich umschauen.

In die enge Kammer waren ein Doppelbett und eine Spiegelkommode gezwängt worden. Auf der Kommode standen vor dem Spiegel eine Dose mit Puder und eine Flasche Parfum. Alte Kalenderbilder schmückten die Wände. Gardinen zierten das Fenster.

»Ich habe diesen Raum für meine Frau gebaut«, erklärte der Einsiedler und hielt das Licht hoch. »Nachdem sie gestorben war, habe ich ihn abgeschlossen und seither kaum noch betreten.«

Es machte Chris betroffen, daß der Mann, der zuvor so schroff gesprochen hatte, auch freundliche Seiten hatte.

Salter stellte die Lampe auf die Spiegelkommode. »Meine Frau hat die Decken selber gemacht; ihr werdet warm schlafen. Die Tür mache ich zu, damit euch die Ratte nicht stört. Macht euch keine Sorgen wegen des Mannes.«

»Das werden wir schon nicht«, erwiderte Ruby, aber Chris schwieg.

Die Cousinen bedankten sich bei ihrem Gastgeber, der daraufhin den Raum verließ und die Tür hinter sich schloß. Die Mädchen zogen sich in dem ungeheizten Raum schnell bis auf ihre selbstgenähte Unterwäsche aus und schlüpften zwischen die Decken.

Chris blies die Lampe aus. Dann betete sie leise: *Herr, bitte beschütze uns vor diesem schrecklichen Mann. Und bring uns noch vor Weihnachten zu unseren Familien zurück.*

Ruby fragte: »Glaubst du, daß es Vernon ernst war mit dem, was er über seine Flucht gesagt hat, und daß nur eine Person diesen Ort lebend verlassen wird? Oder hat er nur versucht, uns Angst zu machen?«

»Er dürfte es ernst gemeint haben.«

»Aber er wäre ein Tor, wenn er bei diesem Sturm versuchen würde, etwas zu unternehmen, denn er käme nicht weit. Ich glaube, daß Bruder Ben und Herr Salter ebenso denken, denn ich kann sie schnarchen hören. Allerdings wundere ich mich, daß sie schlafen können, obwohl sie wissen, daß sie den Raum mit einem echten Mörder teilen. Und dazu auch noch mit einer Ratte.«

»Ich habe Gott gebeten, uns zu schützen. Also wollen wir auch schlafen.«

»Ich habe Angst, daß Vernon nur die passende Gelegenheit abwartet, und vielleicht ergibt sie sich heute nacht für ihn.«

»Du mußt Glauben haben, Ruby.«

»Ich habe niemals viel vom Glauben gehalten«, entgegnete

ihre Cousine kleinlaut. »Aber uns bleibt wohl nicht viel anderes übrig.«

Chris gab keine Antwort, und Schweigen legte sich über den Raum, bis Ruby fragte: »Glaubst du – ich meine – denkst du, daß Glenn es bemerken wird, wenn ich versuche, akzentfreier zu sprechen, zumindest, wenn er in der Nähe ist?«

Chris lächelte in der Dunkelheit. »Bestimmt wird er es bemerken.«

Ungeachtet ihrer Sorgen schlief Chris schließlich ein. Sie träumte unangenehm von ihrer Familie – sie wußte nicht, ob ihre Angehörigen lebten oder tot waren. Sie träumte, daß sie erst nach Weihnachten die Berge verlassen und ihre Familie nicht finden konnte. Dann sah sie in ihrem Traum, daß Vernon entkommen war und sie bösartig anlächelte.

»Siehst du?« sagte er und streckte die Hand nach ihr aus. »Ich habe dir gesagt –«

Ruby weckte sie. »Du sprichst im Schlaf, Chris. Na ja, es ist auch Zeit zum Aufstehen.«

Chris setzte sich auf und warf einen besorgten Blick aus dem Fenster. Erleichtert stellte sie fest, daß es nicht mehr schneite.

»Ich glaube kaum, daß wir es wagen können, den Heimweg zu den Armstrongs anzutreten, bevor der Sturm nicht ganz vorüber ist«, sagte Chris. »Hoffentlich ist es aber jetzt soweit.«

»Ich habe nur einen einzigen Wunsch: Daß wir hier lebend herauskommen. Dieser Vernon macht mir angst«, sagte Ruby, während sie sich eilig ankleidete.

Als die Cousinen den Hauptraum betraten, drehte sich der Einsiedler am Ofen um und nickte den Mädchen zu. Spud lächelte sie an. Ben und Vernon kamen gerade von draußen.

»Sehen Sie den Dingen ins Auge«, sagte Vernon. »Ihr Pferd ist in dieser Nacht mit Sicherheit erfroren. Es hat nicht einmal Sinn, hinzugehen und sich davon zu überzeugen.«

»Ich glaube nicht, daß es bereits friert,« antwortete Ben.

»Außerdem ist Buster unter einer nach Süden liegenden Klippe gefangen; dort dürfte er etwas geschützter stehen.«

Spud sagte: »Ich komme mit, Bruder Ben. Dann schauen wir gemeinsam nach.«

»Wir gehen alle gemeinsam«, sagte der Einsiedler.

Obwohl Chris gerne nach Hause wollte, erkannte sie an dem bedrohlichen Himmel, daß der Sturm vielleicht doch noch nicht vorüber war. Außerdem war sie besorgt, wie es Buster ging. Zugleich machte sie sich Sorgen, weil das Gehen durch noch mehr frischgefallenen Schnee dem alten Ranger zweifellos schwerfallen würde. Es würde auch einfacher für Vernon sein, einen Fluchtversuch zu unternehmen, wenn alle voll damit beschäftigt waren, Buster zu retten.

Nach einem Frühstück aus Speck, abgeschnitten von der Schwarte, Brötchen und Bratensoße verließen die sechs Personen die Hütte. Der alte Ranger schlug ein langsameres Tempo an als am Vortag, wie Chris bemerkte. Er blieb auch häufig stehen, scheinbar mit der Absicht, Spuren im Schnee zu untersuchen, aber Chris hatte den Eindruck, daß er Schmerzen hatte. Fest stand, daß das Atmen ihm mehr Mühe machte als bisher.

Vernon, dem die Hände vorne zusammengebunden waren, der aber keine Fesseln um die Knöchel hatte, schien Freude daran zu haben, seine Bewacher mit grausamen Bemerkungen zu quälen. Als sie weitergingen, sagte er zu dem alten Ranger, der unmittelbar hinter ihm ging: »Sie irren sich ganz gewaltig, Ben. Zum einen sehen Sie doch, daß das Wetter nicht hält. Bald stürmt es wieder, und dann erwischt es uns hier draußen im Freien. Und selbst, wenn wir dieses dumme Pferd erreichen, bevor der Sturm wieder losbricht, haben wir weder Futter noch Wasser für das Tier. Es mag Schnee geleckt haben, aber trotzdem ist es bestimmt tot.«

Als Ben keine Antwort gab, versuchte der Gefangene es erneut: »Sie wissen doch, daß Berglöwen Pferdefleisch lieben. Das gilt auch für Bären. Zwar dürften die Bären ihren Winterschlaf halten, aber die Löwen ganz sicher nicht. So wie der eine, auf den ich geschossen habe. Wenn er das hilflose Pferd findet –«

»Jetzt ist es genug!« sagte Ben scharf.

Er sprach mit solcher Autorität, daß Vernon schwieg, bis sie den Bergkamm oberhalb des Pferdes erreicht hatten. Vernon, der vor den anderen herging, blieb plötzlich stehen und deutete mit seiner Hand. »Der große Berglöwe, von dem ich gerade sprach, ist dagewesen! Ich wette, er hat das Pferd zum Frühstück verspeist!«

»Oh, seien Sie doch ruhig!« fuhr Chris den Mann an und eilte voraus zu der Stelle, von wo aus sie auf den Schiefer hinunterschauen konnte. Beim Anblick von Buster verließ sie der Mut. Das Pferd stand noch immer eingeklemmt zwischen dem Felsbrocken und der Klippe, aber es bewegte sich nicht.

Es ist tot! dachte sie.

Ben trat neben Chris und pfiff schrill. Buster riß seinen Kopf hoch und wieherte schwach.

»Er lebt!« schrie Chris. »Er lebt!«

Während sich die Gruppe dem Pferd näherte, redeten alle aufgeregt durcheinander. Nur der Gefangene schwieg. Chris sah, daß der linke Hinterhuf des Wallachs schwer verletzt war, weil das Tier immer wieder versucht hatte, sich durch heftige Tritte gegen den Felsbrocken zu befreien.

Chris' behandschuhte Hand flog gegen ihren Mund, als Buster erneut wieherte und versuchte, seinen Kopf seinem Herrn zuzuwenden. »Oh!« stöhnte das Mädchen, als es Blut zwischen Busters Stirn und seinem rechten Ohr erblickte. »Er hat sich verletzt, als er seinen Kopf gegen die Klippe geschlagen hat.« Chris kämpfte mit den Tränen.

Ben wandte sich an den Einsiedler und gab ihm das Gewehr. »Halten Sie das bitte. Alle bleiben hier.«

Salter nahm die Waffe entgegen und hielt sie zusammen mit seiner eigenen fest, während Ben vorsichtig zu dem Pferd hinunterstieg.

Chris legte ihre Arme um Ruby und beobachtete den alten Ranger gespannt. Auch auf Abstand konnte sie erkennen, daß Buster weitere schreckliche Wunden hatte.

Spud trat zu den Mädchen und sprach leise mit ihnen.

Chris nickte. Unablässig kämpfte sie gegen ihre Tränen an.

Nachdem Ben das Pferd gründlich untersucht hatte, kam er schwer atmend zurück. »Buster hat so oft versucht, sich zu befreien, daß sein rechter Vorderhuf beinahe abgewetzt ist. Der linke Hinterhuf ist fast bis auf den Knochen abgewetzt. Er hat seinen Unterkiefer wundgerieben, und er hat ein Loch in seinem Kopf.«

Chris fühlte sich elend. »Was werden Sie jetzt tun?«

Ohne ein Wort wandte sich Ben an Salter und nahm seine Waffe entgegen. Dann ging er wieder den schmalen Pfad zu dem Pferd hinunter.

Tränen stiegen Chris in die Augen, und sie wollte sich abwenden, aber sie konnte es nicht.

Sie beobachtete, wie Ben am Ende des Felsbrockens an Busters linker Seite stehenblieb. Langsam hob der alte Ranger das Gewehr. Chris wandte sich ab.

Sie hörte, wie der alte Ranger leise sagte: »Es tut mir leid, alter Freund.«

Eng umschlungen zuckten Chris und Ruby zusammen, als sie hörten, wie das Gewehr entsichert wurde. Chris hielt ihren Atem an und wandte der dramatischen Szene den Rücken zu.

Aber der Schuß blieb aus. Schließlich zwang sich Chris, wieder zu Buster und Ben hinüberzuschauen.

Das Pferd wieherte; seine weit aufgerissenen Augen waren erwartungsvoll auf den alten Ranger gerichtet. Langsam senkte Ben Strong die Waffe. Schweigend drehte er sich um und ging den Weg zurück.

»Er will unbedingt leben«, sagte der alte Ranger in seinem weichen Tonfall. »Und er erwartet mit Sicherheit nicht, durch die Hand eines Freundes zu sterben. Wir müssen versuchen, ihn zu befreien, bevor der Sturm uns wieder davonjagt.«

Chris, Ruby und Spud jauchzten vor Freude, und alle eilten den Abhang hinunter, während der alte Ranger die Aufgaben verteilte.

»Spud, versuch im Schnee den Stamm zu finden, den du gestern geschlagen hast. Ruby, würdest du mir bitte das Seil von dem Seilzug bringen, wenn Herr Salter es durchgezogen hat. Chris, ich möchte, daß du mir hilfst, das andere Ende des Seiles als Krause um Busters Hals zu legen. Vernon, wir können Ihr Gewicht an dem Stamm gebrauchen, wenn wir versuchen, Buster herauszuhebeln.«

»Das kann ich nicht mit zusammengebundenen Händen«, wandte Vernon ein. »Ich könnte in den Abgrund schlittern.«

Ben zögerte. »Ich will Sie lebend vor Gericht bringen, Vernon. Chris, binde ihn bitte los.«

Das Mädchen wollte protestieren, aber der alte Ranger wandte sich ab. Chris begann zögernd, den Knoten der Fesseln zu lösen. Sie sagte: »Hoffentlich haben Sie verstanden, daß er darauf vertraut, daß Sie nicht versuchen zu fliehen.«

Vernon kicherte beinahe. »Oh, er kann mir vertrauen. Ihr könnt mir alle vertrauen – im Augenblick.«

Die unheimliche Drohung sorgte dafür, daß sich über Chris' Arme eine Gänsehaut zog.

Chris schätzte, daß etwa eine Stunde vergangen war, bis alles für den Befreiungsversuch vorbereitet war. Der Himmel hatte sich bedrohlich verfinstert, und es war totenstill, als der alte Ranger und das Mädchen aus dem Baumwollseil eine Krause angefertigt hatten. Diese verlief von dem Widerrist des Pferdes über den Rücken und Rumpf. Chris führte das Seil zum anderen Ende des Felsbrockens, wo Vernon es entgegennahm. Er bewegte sich vorsichtig über den Schnee, der den losen Schiefer bedeckte. Oberhalb dieser Stelle übernahm Ruby das Seil und brachte es zu dem Einsiedler. Dieser führte es zweimal durch den Seilzug, den er am Stamm einer Weißtanne befestigt hatte.

Das vordere Ende des Pinienstammes, den Spud geschlagen

und von den Ästen befreit hatte, lag unter Busters Körper. Die Mitte des Stammes ruhte auf dem hinteren Ende des Felsbrockens.

»Ich denke, daß wir soweit sind«, kündigte Ben an. »Wir müssen uns gleich alle auf unsere Aufgabe konzentrieren.«

Ruby schaute besorgt zum Himmel. »Es beginnt – beginnt wieder zu schneien«, sagte sie nervös.

»Es sind nur einzelne Flocken«, erwiderte der Einsiedler. »Aber ihr könnt euren letzten Dollar verwetten, daß es schlimmer wird.«

Dollar! Plötzlich mußte Chris an ihre Angehörigen denken. *Selbst wenn wir rechtzeitig zurückkommen und wenn Vati mir den Silberdollar zurückgibt, den ich ihm geliehen habe, habe ich kaum noch Zeit, ein Geschenk für Molly zu kaufen, das ich dann in die rote Schachtel tun kann.*

Ben unterbrach ihre Gedanken. »Los, wir versuchen es jetzt. Salty, wenn Sie Ihre Waffe ablegen, dann können Sie das Seil und den Seilzug mit beiden Händen festhalten, während wir Buster hochhebeln. Vernon, Ihr Gewicht wird hier unten am Ende dieses Stammes gebraucht, zusammen mit dem von Spud und meinem eigenen. Ruby, du hilfst am Seilzug. Chris, ich lege ein Führungsseil durch Busters Zaum. Wenn du dessen Ende nimmst und dich dort drüben an die Klippe stellst, dann kannst du Busters Kopf zu dir hinübergezogen halten. Also, los geht's.«

Als sich alle an ihrem Platz befanden, klang Bens Stimme klar durch die Stille der Berge. »Ich zähle bis drei. Eins, zwei . . .«

O Herr! Chris schloß ihre Augen und betete schweigend, während sie Busters Führungsseil hielt. *Laß sie nicht ausgleiten und rückwärts in den Abgrund stürzen!*

»Drei!« Bei diesem Wort öffnete Chris ihre Augen.

Spud, Ben und Vernon drückten mit ihrem ganzen Gewicht das lose Ende des Pfahles nach unten und gebrauchten so den Felsblock als Drehpunkt für ihren Hebel. Chris spannte ihre

Muskeln an und konzentrierte in Gedanken ebenfalls ihre ganze Kraft auf das Ende des Pfahls.

Ruby, die gemeinsam mit dem Einsiedler den Seilzug hielt, stieß einen hoffnungsfrohen Schrei aus. »Ich glaube, da bewegt sich etwas!«

»Sei ruhig!« unterbrach der Einsiedler sie. »Wenn wir nur etwas nachlassen . . . hilf mir ziehen!«

Er brach ab, als der Pfahl plötzlich unter dem Pferd hervorglitt. Der Hebel, von seiner Spannung befreit, sprang wie ein lebendes Wesen in die Luft und warf Spud, Ben und Vernon aus dem Gleichgewicht.

»O nein!« Die Worte explodierten aus Chris' Mund, als sie die Szene hilflos beobachtete.

Ben, Spud und Vernon ruderten verzweifelt mit ihren Armen. Unaufhaltsam glitten sie über den Schiefer und den Schnee auf den Rand des Abgrundes zu.

Kapitel 19

Vom Schnee eingeschlossen und Hüttenfieber

Chris ließ Busters Führungsseil sinken und schrie laut auf. Ihr Schrei schien ein Echo zu haben. Dann erkannte sie verschwommen, daß Ruby ebenfalls aufgekreischt hatte, als Spud, Ben und Vernon rückwärts auf den Rand des Abgrundes zuglitten.

In hilflosem Entsetzen sah Chris, wie Spud verzweifelt nach dem Rand des großen Felsblocks griff, der Buster gefangenhielt. Die Finger des Jungen glitten ab, konnten dann einen Halt finden und klammerten sich an eine Felsplatte. Mit seiner anderen Hand ergriff er den Arm des alten Rangers. Er schwang seine gestiefelten Füße fort vom Rand des Abgrundes. Vernons Füße schossen über den Rand des Abgrundes hinaus, bevor es ihm gelang, einen jungen immergrünen Schößling zu ergreifen.

Chris hastete wagemutig über den trügerischen Schiefer zu dem Felsblock hinüber. Sie hielt sich mit einer Hand daran fest und streckte die andere Spud entgegen. Nachdem der Junge wieder festen Grund unter den Füßen hatte, half er dem alten Ranger und Vernon in Sicherheit.

Dann waren auch Ruby und der Einsiedler herbeigekommen. Alle standen sie keuchend in der Bergluft. Aller Augen waren auf die riesigen, zerklüfteten Felsblöcke auf dem Boden des Abgrundes gerichtet.

»Dank sei Gott!« rief Chris, als sie ihrer Stimme wieder mächtig war. »Einen Augenblick lang dachte ich –«

»Ich auch«, fiel Ben ein, noch immer schwer atmend. »Nun, es ist zu riskant, es bei diesem immer schlechter werdenden Wetter noch einmal zu probieren. Wir sehen besser zu, daß wir Unterschlupf finden und versuchen es etwas später noch einmal.«

Chris war sich bewußt, daß dies ein ernster Rückschlag war, denn an diesem Tag würde es unmöglich sein, einen weiteren Rettungsversuch zu unternehmen, und am nächsten Tag konnte Buster tot sein. Sie schloß sich den anderen an, die schweigend zurück zur Hütte gingen. In ihr schmerzte die Enttäuschung .

Die Schneeflocken fielen wie große, weiße Federn vom Himmel, als sie die Tür der Hütte öffneten und sich hineinzwängten. Während Ben Vernons Knöchel mit Seilen festband, sagte der Einsiedler: »Es sieht aus, als ob es so heftig stürmen wird, daß uns der Schnee für eine Weile einschließt. Also können wir es uns bequem machen. Ich richte uns etwas zu essen.«

Chris wollte ihre Gedanken von der enttäuschenden Situation, ihrem Verlangen nach daheim, den sie bedrohenden Gefahren und besonders von Vernon ablenken. Deshalb fragte sie: »Können Ruby und ich das übernehmen, Herr Salter?«

Der Mann schaute das Mädchen mißtrauisch an. »Willst du damit sagen, daß ich das nicht kann?«

Chris zuckte bei dem barschen Ton des Einsiedlers zurück. Ihr Blick fiel auf Vernon, und sie erinnerte sich an seine Warnung, was geschehen konnte, wenn Menschen aufgrund schlechten Wetters in einer kleinen Hütte eingeschlossen waren. Chris versuchte, überzeugend zu klingen. »O nein, natürlich nicht, Herr Salter! Aber wir sind daran gewohnt, zu kochen, und ich –«

Er unterbrach sie mit einem Knurren. »Ich glaube, ich kann es mir doch einmal erlauben, mir einen Tag frei zu nehmen. Nimm eine der Luftdichten von dem Regal.«

Chris und Ruby schauten zunächst sich und dann den Einsiedler verständnislos an.

»Der Luftdichten?« fragte Chris.

»Dosenmahlzeiten!« fuhr er sie an und wies auf ein Regal, auf dem glänzende Dosen aufgereiht standen. »Sie werden Luftdichte genannt.« Vor sich hinmurmelnd, wandte er sich ab.

Chris und Ruby schauten sich an und grinsten dann.

»Spielt jemand Karten?« fragte der Einsiedler und setzte sich auf die Ecke seines Bettes. Er winkte Spud, Ben und Vernon, ihre Sitzgelegenheiten näher heranzuziehen.

Chris hörte, wie Vernon erklärte, mitspielen zu wollen, aber Ben und Spud lehnten ab.

Salter erklärte: »Es macht keinen Spaß, wenn man nur zu zweit spielt. Wie ist es mit Reden? Jeder erzählt, woher er kommt. Spud, du beginnst.«

Chris wollte zuhören, aber sie konzentrierte sich auf die magere Auswahl von Dosen. *Bohnen!* dachte sie mit Abscheu. *Schweinefleisch und Bohnen. Grüne Bohnen. Es gibt nichts anderes als Bohnen.*

Vorsichtig öffnete sie einen kleinen geschlossenen Schrank unter den Regalen und hoffte, daß keine Ratte herausspringen würde. Sie gab einen kleinen Seufzer der Erleichterung von sich, als sie nur eine Scheibe Speck mit Schwarte und eine offene Dose mit reinem Schmalz darin entdeckte. Sie schloß die Schranktür und nahm eine große Dose Schweinefleisch mit Bohnen von dem Regal.

Ruby suchte in einer Schublade mit Eßbesteck nach einem Dosenöffner. »Ich habe den Eindruck, daß Herr Salter schlechte Laune bekommt«, sagte sie so leise, daß nur Chris sie verstehen konnte. »Glaubst du, das kommt daher, weil er keine Gesellschaft gewohnt ist oder weil er Hüttenfieber bekommt?«

Chris rieb die Oberseite der Dose mit einem Küchentuch ab und hielt sie dann Ruby zum Öffnen hin. »Ich würde mir ihn oder Vernon nicht freiwillig als Gesellschaft aussuchen, wenn ich vom Schnee eingeschlossen wäre.«

»Darauf kannst du Gift nehmen!« Ruby drückte die Spitze

des Dosenöffners in die glänzende Oberfläche. »Wir wissen, daß Vernon ein böser Mann ist, aber wir wissen nichts von Herrn Salter, außer daß er einen Grund dafür hat, so abgeschieden und allein zu leben. Aber es wäre doch möglich, daß er ebenfalls wegen Mordes gesucht wird.«

»Daran habe ich noch gar nicht gedacht«, gab Chris zu und warf einen ängstlichen Blick auf die Männer. »Mir ist bei dem Gedanken überhaupt nicht wohl. Was kann uns hier draußen in dieser abgelegenen Hütte nicht alles geschehen.«

Ruby flüsterte: »Siehst du diese Bratpfanne? Und die Teller? Bei Tageslicht konnte ich sehen, daß sie völlig verschmutzt sind! Ich werde etwas Wasser kochen, um sie einmal gut abzuwaschen, bevor wir sie gebrauchen.«

»Mach ihn nur nicht verrückt«, warnte Chris, während Ruby die Dose mit Bohnen ganz öffnete. »Wenn er etwas sagt, sag ihm, daß wir gewohnt sind zu arbeiten, und daß wir uns beschäftigen wollen.«

»Wäre ich doch nur woanders«, antwortete Ruby mißmutig.

»Das wünschte ich mir auch.« Chris schaute sich im Raum um. »Es gibt hier keinen Kalender, aber Dienstag ist Weihnachten.«

»Nun, von Weihnachten ist hier nichts zu merken.«

Chris' Gesicht hellte sich auf. »Dann ändern wir das eben.« Sie wandte sich an Spud und die drei Männer. »Wie wäre es, wenn wir Weihnachtslieder singen würden?« fragte sie fröhlich.

Spud und Ben nickten, aber Vernon und Salter starrten das Mädchen ungläubig an.

»Ruby und ich werden beginnen«, bot Chris an. »Wie wäre es mit ›Macht hoch die Tür‹?« Sie schwang den Dosenöffner ein wenig hin und her und begann, mit ihrer Cousine zu singen. Spud und der alte Ranger fielen sofort ein. Einen Augenblick später begannen auch die beiden anderen Männer zögernd mitzusingen.

Als sie an »Stille Nacht« kamen, hatte sich jeder ein wenig verändert. Das Essen war fertig, und alle zogen ihre provisorischen Sitzplätze heran und ließen sich schweigend um den kleinen Tisch nieder.

Impulsiv fragte Chris: »Herr Salter, wäre es Ihnen recht, wenn wir ein Dankgebet sprechen würden?«

Der Mann blinzelte das Mädchen an. »Ein Dankgebet?«

»Ja. Ich bin sicher, daß es Bruder Ben nichts ausmachen würde, den Segen für uns alle zu erbitten.«

Der Einsiedler zögerte. Sein Blick wurde weicher. »Seit meine Frau gestorben ist, hat das niemand mehr in diesem Haus getan«, sagte er nachdenklich. »Ebenso wie hier seit Jahren kein Weihnachtslied mehr gesungen worden ist. Ben, bitte beten Sie.«

Die weiche Stimme des alten Rangers erfüllte die winzige Hütte. »Herr, da wir uns dieser heiligsten Zeit im Jahr nähern, preisen wir dich, daß du uns bei diesem Sturm in Sicherheit gebracht hast. Wir danken dir für Herrn Salters Freundlichkeit, sein Heim und sein Essen mit uns zu teilen. Wir bitten dich, die Mahlzeit zu segnen und unserem Gastgeber alles vielfältig zu vergelten.

Wir bitten dich, bei unseren Familien und Freunden zu sein, die sich bestimmt große Sorgen um uns machen. Gib ihnen Frieden, und laß uns alle bald zu unseren Familien zurückkehren. Führe uns zu Weihnachten zusammen, so daß wir uns alle an dem Wunder und der Gnade der Geburt deines Sohnes erfreuen können.

Wir erbitten außerdem deine Leitung bei unserem Versuch, ein edles Pferd vor einem schrecklichen Tod zu retten. Am meisten aber danken wir dir, daß du deinen Sohn vor so langer Zeit als kleines Baby auf diese Welt kommen ließest, damit wir durch ihn zu deiner Ehre auf der Erde leben und die Ewigkeit mit dir verbringen können.«

Als Ben »Amen« sagte, hörte Chris, wie alle um den Tisch Versammelten das Wort leise wiederholten. Überrascht hob sie die Augen und fragte sich, ob sie richtig gehört hatte. Die Augen des Einsiedlers leuchteten hell, und Chris war sicher, daß er sich freute. Als sie aber in die Augen des Gefangenen schaute, wurde sie unsicher. Hatte Vernons Härte nachgelassen, oder bedeutete er noch immer eine Bedrohung für ihr Leben?

Diese Frage beschäftigte Chris auch noch am nächsten Morgen, als sie aufwachte und feststellte, daß es noch heftiger schneite als am Vortag.

Ruby trat zu Chris, die aus dem Fenster des Anbaus hinausschaute auf die herabwirbelnden Schneeflocken, die alles mit einer weißen, makellosen Decke überzogen. »Heute können wir Buster wieder nicht helfen, und wir können es auch nicht wagen, zu den Armstrongs zurückzukehren.«

»Es ist Sonntag«, antwortete Chris. »Zwei Tage vor Weihnachten. Wir können nicht zur Kirche gehen, aber vielleicht können wir jetzt gleich selber so eine Art Gottesdienst halten.«

Ruby schüttelte den Kopf. »Ich war noch nie zuvor mit einem Mörder in der Kirche.«

»Wir waren auch noch nie zuvor vom Schnee eingeschlossen. Komm, wir wollen uns anziehen und schauen, ob Bruder Ben uns hilft, den Tag des Herrn zu ehren.«

Bevor sie ungestört mit dem alten Ranger sprechen konnte, bemerkte Chris bei allen die Veränderung, die am letzten Abend in ihnen, mit Ausnahme von Vernon, begonnen hatte. Vernon war still und zurückhaltend; seine Augen blickten wachsam. Die anderen beteiligten sich an einer heiteren Unterhaltung.

Nachdem Ben beim Frühstück wieder ein Dankgebet gesprochen hatte, reinigten Chris und Ruby fröhlich das Geschirr und schrubbten sorgfältig alles, was zu sehen war. Dazu mußte ihnen ihr Gastgeber zwei Eimer Schnee bringen, der auf dem Ofen zu kochendem Wasser geschmolzen wurde.

Als die Cousinen fertig waren und ihre Geschirr- und Handtücher zum Trocknen aufhängten, schlug der Einsiedler vor: »He, Mädchen, setzt euch zu uns. Spud hat uns seine Geschichte erzählt und ich die meine, aber Ben und Vernon wollen nicht. Also seid ihr an der Reihe.«

»Ich hätte Ihrer Geschichte gerne zugehört, Herr Salter«, sagte Chris, als sie und Ruby sich zu den anderen an den Tisch setzten. »Aber sie war schwer zu verstehen, weil Ruby und ich mit den Töpfen und Pfannen gescheppert haben.«

Salter sagte leise: »Ich habe gerade gesagt, wie sehr die Lieder und Bens Gebete mich an meine Mutter erinnert haben und wie ich in meinem Leben einige falsche Entscheidungen getroffen habe. Und nun bin ich hier gelandet, ohne Frau und ohne Kinder.«

Er schwieg einen Augenblick, während sich ein nachdenkliches Schweigen auf die anderen senkte. Schließlich räusperte sich der Einsiedler und schaute Ruby an. »Erzählst du uns jetzt deine Geschichte?« fragte er.

Ruby nickte, holte tief Luft und begann, von ihrem bisherigen Leben zu erzählen. Chris kannte ihre Geschichte, weil sie mit ihrer Cousine gemeinsam aufgewachsen war. Trotzdem wurde sie ein wenig traurig, als Ruby von ihrer Jugend bei einer zanksüchtigen Großmutter sprach, die sie hatte glauben lassen, daß sie eine Waise sei. Erst vor kurzer Zeit, so berichtete Ruby, hatte sie erfahren, daß ihr Vater noch lebte. Und dann erzählte sie, wie Chris, Spud und sie ihn gefunden hatten, und daß sie jetzt alle in Lone River lebten. »Und jetzt bist du an der Reihe«, sagte sie zu Chris.

Chris schüttelte den Kopf. »Ich . . . ich würde lieber nicht.«

Die anderen redeten ihr gut zu, aber Chris blieb bei ihrer Entscheidung.

Grinsend kündigte Vernon an: »Dann werde ich euch jetzt erzählen, wie Ben und ich uns vor Jahren begegneten.«

Chris warf einen Blick auf den alten Ranger und bemerkte den Schmerz in seinen Augen. Sie wußte, daß es ihm noch immer peinlich war, vor einem Fremden wie Salter zugeben zu müssen, daß er einmal einen Gefangenen hatte entkommen lassen, in einen Hinterhalt geraten war und gestorben wäre, wenn er das Pferd nicht gehabt hätte, das sie bisher vergeblich zu retten versucht hatten.

Die Ironie des Schicksals faszinierte Chris, denn nach vielen Jahren saßen diese beiden Männer jetzt Seite an Seite in einer vom Schnee eingeschlossenen Hütte. Aber das Drama war noch nicht vorbei – noch nicht.

»Also gut«, sagte Chris. »Ich erzähle meine Geschichte, aber laßt Bruder Ben in Ruhe.«

Sie berichtete, wie sie in einer Saisonarbeiterhütte zur Welt gekommen war, wie sie mit fünf Jahren Baumwolle gepflückt hatte und wie ihre Familie von Ort zu Ort gezogen war, weil ihr Vater nach Arbeit suchte. Chris erzählte auch vom Tod ihrer Mutter und ihrem eigenen Versprechen gegenüber den verzweifelten Geschwistern, daß sie einmal ein »bleibendes Zuhause« haben würden, das sie nie wieder würden verlassen müssen.

Sie sprach davon, wie sie während eines Gewittersturmes in Oklahoma ihr Leben Gott übergeben hatte, und wie sie später nach Kalifornien gekommen war. Auch ihren Traum, Lehrerin zu werden, ließ sie nicht aus. Schließlich berichtete Chris, daß ihre Familie nach Flatsville ziehen müsse und wie schwer es ihr falle, ihre Freunde in Lone River verlassen zu müssen.

Chris schloß: »Ich bin innerlich so traurig – nicht nur, weil ich die Menschen, die ich liebe, zurücklassen muß, sondern auch, weil es das Ende von etwas ganz Besonderem ist.«

Sie schaute über den Tisch; ihre Augen ruhten freundlich auf jeder Person, als sie fortfuhr: »Dies dürfte wohl das letzte Abenteuer sein, das ich mit Ruby, Spud und Bruder Ben erlebe. Das macht mich auch sehr, sehr traurig.«

Als Chris geendet hatte, fiel wieder ein Schweigen über die Gruppe. Das dichte Schneetreiben machte die Hütte so dunkel, daß Salter eine Laterne anzünden mußte. Er nahm sie von ihrem Nagel an der Wand und stellte sie in die Mitte des Tisches. Es war so still, daß Chris das schwache Zischen der Flamme in dem rauchigen Glaszylinder hören konnte.

Schließlich sagte der Einsiedler mit heiserer Stimme: »Chris, jeder und alles verändert sich. Kinder gehen zur Schule, kommen von einer Klasse in die nächste, und manchmal wechseln sie sogar die Schule. Menschen ziehen fort oder sterben. Da nichts gleich bleibt, müssen wir die Veränderung akzeptieren.

Für dich bedeutet das den Umzug nach Flatsville. Aber du brauchst deine Träume, von denen du uns berichtet hast, nicht aufzugeben. Eines Tages kannst du sie wahrmachen, egal, wo du in der Zwischenzeit lebst.«

Der Einsiedler machte eine Pause und schaute sich unbehaglich um. »Ich habe sicher schon genug gesagt. Aber Chris, ich hoffe, du wirst akzeptieren lernen, was das Leben dir bringt, einschließlich der Veränderungen.«

Chris war so traurig und nachdenklich, daß sie kaum etwas von dem hörte, was danach noch gesagt wurde. Selbst Ruby und Spud schienen zu spüren, daß sie mit ihren Gedanken allein sein mußte. Sie ließen sie am Fenster stehen, wo sie auf den fallenden Schnee hinausstarrte. Nach einer Weile schloß sie die Augen.

O Herr, betete sie, *so viele merkwürdige Dinge sind in diesen letzten Tagen geschehen. Hilf mir zu verstehen, was dein Wille ist für mein Leben – gerade jetzt.*

Sie wurde aus ihren Gedanken gerissen, als sie hörte, wie Vernon in ihre Nähe schlurfte. Aus einem Winkel ihres Auges sah sie, wie er hinter ihr vorbeiging und am Tisch stehenblieb. Seine Knöchel waren immer noch zusammengebunden.

Mit einem langstieligen Schöpflöffel brachte er etwas Wasser an seine Lippen. Er schaute nicht auf, aber sprach über den Schöpflöffel hinweg zu Chris mit einer so leisen Stimme, daß nur sie die Worte verstehen konnte.

»Manches ändert sich«, sagte er in einem so bösartigen Ton, daß Chris überrascht war. »Aber anderes wiederholt sich. Ich werde mich nicht von diesem alten Mann ins Gefängnis zurückbringen lassen, schon gar nicht für etwas, das vor Jahren geschehen ist.«

Vernon schwieg einen Augenblick und zischte dann: »Wenn du mir also nicht hilfst bei meiner Flucht, dann brauchst du nicht damit zu rechnen, daß einer von euch Weihnachten zu Hause ist.«

Er wandte sich um und hopste fort. Chris blieb entsetzt am Fenster zurück; ihr Herz schlug wild gegen ihre Rippen.

Kapitel 20

Die Drohung des Verbrechers

Voller Angst suchte Chris unablässig nach einer Möglichkeit, dem alten Ranger unbemerkt von der Drohung des Gefangenen zu berichten. Aber es bot sich keine Gelegenheit dazu, weil Vernon sich während des ganzen Abends absichtlich in ihrer Nähe aufzuhalten schien.

Er setzte sich an den Tisch, als die Mädchen das Geschirr spülten. Chris spürte seine harten, kalten Augen auf ihrem Rücken, so daß ihr sogar die Lust verging, mit Ruby zu sprechen. Chris war auf der Hut vor Adele, der Ratte, aber weder das noch Vernons Drohung hielten das Mädchen davon ab, an ihre Familie und an Weihnachten zu denken.

Da sie Vernons Drohung nicht kannte, hörte Ruby weiterhin zu, wie Spud, Ben und der Einsiedler, die am anderen Ende der Hütte saßen, Geschichten erzählten. Chris wurde erst aufmerksam, als sie hörte, daß der alte Ranger erwähnte, wie er im Bürgerkrieg gekämpft hatte.

Sie hätte gerne mehr gehört, denn Ben Strong sprach selten über sich selbst. Sie hoffte, daß er auch von seiner Zeit als U. S. Marschall und Texas Ranger berichten würde. Aber sie war so entnervt von Vernons Nähe, daß sie sich nicht auf Bens weiche Stimme konzentrieren konnte.

Schließlich hängte Ruby ihr Geschirrtuch an einen Nagel und eilte hinüber, um sich der Runde anzuschließen. Chris hängte schnell die schwere Eisenpfanne an ihren Nagel beim Ofen, damit sie sich endlich von Vernon entfernen konnte.

Sie hörte seine leise Stimme hinter sich. »Wenn du mir hilfst, fortzukommen, dann lasse ich dich nach Hause.«

Sie wirbelte herum. »Nein! Das tue ich nicht!« Sie ging schnell durch den Raum, um sich zu den anderen zu setzen.

Ihr Verhalten erstaunte Ruby, Spud, Ben und Salter. Forschend schauten sie das Mädchen an.

»Stimmt etwas nicht?« fragte der alte Ranger und ließ seinen Blick mißtrauisch von ihr zu dem Gefangenen wandern, der noch immer an dem Tisch saß.

Chris war versucht, die Wahrheit herauszusprudeln, aber sie hatte das Gefühl, daß das nicht vernünftig gewesen wäre, solange sich Vernon in der Nähe befand. Er würde die Vorwürfe vermutlich zurückweisen, eine Diskussion beginnen und die Dinge noch schlimmer machen. »Es ist alles in Ordnung . . .« Sie schaute den Einsiedler an und wechselte das Thema. »Was soll ich mit den leeren Dosen tun? Sie beginnen sich aufzustapeln.«

»Wirf sie in den Ofen«, erwiderte er. »Ist kein Essensgeruch mehr an den Dosen, machen sich die Tiere nicht an ihnen zu schaffen, wenn ich sie draußen wegwerfe. Brennt man sie aus, verrosten sie auch schneller.«

Chris wollte wieder zu dem Ofen gehen, aber Spud bot an, die Arbeit für sie zu erledigen, so daß sie Ben zuhören konnte. Chris setzte sich neben Ruby und Salter auf eine umgedrehte Nagelbüchse und schaute den alten Ranger an.

Dieser sprach mit seinem weichen, langsamen Tonfall, und ohne sich dabei an die zeitliche Reihenfolge zu halten, erzählte er von seinen Erlebnissen. Chris hörte besonders aufmerksam zu, als er davon berichtete, daß er so arm gewesen war, daß er barfuß gehen mußte, als er 1889 an der Eröffnung der Cherokesenrennbahn in Oklahoma teilnahm. »Dort gab es das größte Pferderennen der Welt«, erklärte er.

Spud hatte die Dosen in den Ofen geworfen und schloß sich dem Kreis wieder an, als Ben davon sprach, wie er für einen Dollar am Tag als Straßenarbeiter gearbeitet hatte, um die Kopfsteuer zahlen zu können, damit er zur Wahl gehen konnte. Von dem Hinterhalt, den Vernon ihm gelegt hatte, sprach er jedoch nicht.

Als der Gefangene mit zusammengebundenen Knöcheln

herüberschlurfte, um sich zu der Gruppe zu setzen, schwieg Ben. Vernon sah Chris nicht offen an, aber sie fühlte sich bedroht, als läge eine zusammengerollte Klapperschlange zu ihren Füßen, die jeden Augenblick zubeißen konnte.

Aus Angst, daß Vernon noch einmal versuchen würde, seine frühere Begegnung mit dem alten Ranger zu schildern, schlug Chris impulsiv vor, den biblischen Bericht von der Geburt Jesu vorzulesen. »Herr Salter, darf ich Ihre Bibel ausleihen?«

»Ich habe keine Bibel«, gestand der Mann, »aber vielleicht kann ich die Geschichte aus dem Gedächtnis erzählen.«

Chris und die anderen sahen sich überrascht an, als der Einsiedler seine Augen schloß, einen Augenblick schwieg und dann leise begann: »Und es begab sich in jenen Tagen . . .«

Die Stimme des Einsiedlers wurde immer lauter, bis sie zum Ende der Geschichte wieder leiser erklang. ». . . Und plötzlich war da bei dem Engel die Menge der himmlischen Heerscharen, die lobten Gott und sprachen: Ehre sei Gott in der Höhe und Friede auf Erden und den Menschen ein Wohlgefallen.«

Eine ehrfürchtige Stille senkte sich auf die Menschen in der Hütte. Chris schaute Vernon scharf an, aber er schien als einziger unberührt. Er starrte nur zur Decke hoch; sein Gesicht war unbewegt.

Ruby sagte schließlich ehrfürchtig: »Herr Salter, das war großartig! Wie kommt es, daß Sie so gut aus dem Gedächtnis erzählen können?«

»Ich hatte eine gläubige Mutter. Sie hat mich viel gelehrt, als ich noch klein war. Dazu gehörte auch das Auswendiglernen langer Abschnitte aus der Bibel.« Dann schwieg der Mann. Es war offensichtlich, daß er nicht davon sprechen wollte, was ihn dazu gebracht hatte, den Glauben aufzugeben und zu dem Menschen zu werden, der er heute war.

Er stand auf und brachte die Lampe in den Anbau. »Wir sollten uns jetzt schlafen legen«, sagte er.

Als sie später in dem winzigen Raum alleine waren, berichtete Chris Ruby flüsternd von Vernons Drohung. Sie bat ihre Cousine, es ihr am nächsten Morgen irgendwie zu ermöglichen, einen Augenblick mit Ben allein zu sprechen.

Voller Angst vor der Gefahr, die Vernon darstellte, betete Chris leise um Schutz für alle, die sich in der Hütte befanden. Aber das Wissen, daß sie sich alle in großer Gefahr befanden, hielt sie vom Schlaf ab, während Ruby einschlummerte. Chris versuchte, sich damit zu beruhigen, daß Ben Strong den Gefangenen wieder mit Händen und Füßen am Ofen festgebunden hatte.

Chris fand aber dennoch keinen Frieden. Deswegen begann sie wieder, schweigend zu beten: *Herr, ich hatte gedacht, daß der Umzug nach Flatsville das Schlimmste sein würde, das geschehen könnte. Ich konnte den Gedanken nicht ertragen, Ruby, Spud, Bruder Ben und alle anderen Menschen, die ich liebe, verlassen zu müssen. Aber das war falsch. Wichtig ist ja nur, daß ich lebe und eine Familie habe. Meine Eltern machen sich jetzt große Sorgen, weil sie nicht wissen, was mit uns geschehen ist. Die Hilfssheriffs, die Frau Armstrong uns schicken wollte, kommen offensichtlich nicht. So halte du bitte Vernon davon ab, seine Drohung wahrzumachen. Bring uns alle unversehrt wieder heim. Daß wir wieder zusammen sind, ist wichtiger als der Ort, an dem wir leben. Wir alle wünschen uns so sehr, zu Weihnachten bei unseren Angehörigen zu sein, wo immer sie sich auch befinden.*

Ein Gefühl von Frieden kam über sie, und sie schlief ein.

Chris erwachte bei dem Geräusch, das der Einsiedler verursachte, als er den Rost des Ofens schüttelte, damit die Asche hinunterfiel, und er anschließend Feuer machen konnte. Sie setzte sich auf, daß ihr die schweren, selbstgearbeiteten Decken von den Schultern fielen.

Heute ist Heilig Abend. Morgen ist Weihnachten! Ob wir es wohl schaffen, heute noch nach Hause zu kommen? Aber das hängt natürlich vom Wetter, von Buster und von Vernon ab.

Ein starker Schein erfüllte den Raum und lenkte Chris' Aufmerksamkeit auf das Fenster. Einen Augenblick lang dachte sie, daß das Licht durch den üblichen Widerschein des Schnees verursacht wurde. Dann erkannte sie: *Es hat sich aufgehellt! Der Sturm ist vorüber!*

Schnell weckte sie ihre Cousine, um ihr die Neuigkeit mitzuteilen. »Steh auf!« drängte Chris aufgeregt. »Vielleicht gelingt es uns heute, Buster zu retten und zu den Armstrongs zurückzukehren! Wenn die Straßen frei sind, können wir uns heute abend auf den Weg nach Lone River machen. Dann sind wir Weihnachten zu Hause bei unseren Angehörigen.«

Zu Hause! Die Sehnsucht nach Lone River stieg heiß in Chris auf. Aber dann erinnerte sie sich plötzlich: *Meine Familie ist umgezogen, so daß ich gar nicht weiß, wie mein Zuhause jetzt aussieht.* Dann erhellte sich das Gesicht des Mädchens wieder, als es dachte: *Aber es spielt keine Rolle, wo wir leben, wenn wir nur zusammen sind.*

Die Cousinen betraten den Hauptraum, um sich den anderen anzuschließen. Ruby fragte Ben: »Glauben Sie, daß wir bis Weihnachten wieder zu Hause sind?«

Der Mann nickte. »Ich hoffe es.«

»Was ist mit Buster?« fragte Chris.

Vernon höhnte: »Der ist jetzt endgültig erfroren.«

Der Einsiedler fuhr herum und sagte scharf: »Das zeigt, wie wenig Sie von den Bergen hier wissen. Es ist eine merkwürdige Sache, aber damit es schneit, muß es zuerst wärmer werden. Es stimmt natürlich, daß wir manchmal Schneestürme haben, bei denen der Wind fürchterlich kalt ist. Aber wenn es sich heute aufhellt, dann wird es heute nacht wesentlich kälter sein als bisher. Ich meine, daß wir gleich nach dem Pferd schauen sollten, und dann geht ihr alle nach Hause, um Weihnachten zu feiern.«

Vernon schnaufte spöttisch. »Selbst wenn das Pferd noch lebt und es tatsächlich gerettet wird, ist es so schwach und verkrüppelt, daß es ewig dauern wird, bis wir es ins Tal zu einem Tierarzt geschafft haben. Wer also darauf versessen ist, Weihnachten zu Hause zu sein, sollte besser das Pferd vergessen und sich auf den Weg hinunter ins Tal machen.«

Chris spürte, wie ihre Hoffnungen schwanden, denn sie wußte, daß Vernon recht hatte. Sie fühlte sich sofort hin- und hergerissen zwischen dem Wunsch, daß Buster noch am Leben war und gerettet werden konnte, und dem Wissen, daß sie alle in einem solchen Fall Weihnachten hier in der Einsamkeit und mit einem Mörder in ihrer Mitte würden verbringen müssen.

Der Einsiedler erwiderte ruhig: »Ben und ich haben das bereits überlegt. Wenn Buster noch am Leben ist –«

»Entschuldige bitte, Salty«, fiel der alte Ranger ein, »aber ich denke, es ist besser, wir fangen an.«

Chris sah, wie es in den Augen des Einsiedlers zunächst zornig aufblitzte und dann wieder ruhig wurde. »Reden können wir auch später noch«, stimmte er zu.

Während eilig das Frühstück zubereitet wurde, gelang es Ruby, Salter und Vernon aus Chris' Nähe zu entfernen, so daß diese Ben und Spud von Vernons jüngster Drohung in Kenntnis setzen konnte.

Nachdem sie das getan hatte, meinte der alte Ranger: »Das überrascht mich gar nicht. Ich vermute, daß er warten wird, bis wir Herrn Salter verlassen haben. Es tut mir leid, daß du, Ruby und Spud in die Sache verwickelt worden seid, aber ich tue, was ich kann, um das Risiko so gering wie möglich zu halten.«

Impulsiv schlug Chris vor: »Warum bitten wir Herrn Salter nicht, mit uns zu kommen? Er könnte Weihnachten in unserem Haus verbringen –« Sie hielt inne, als sie sich an den geplanten Umzug erinnerte.

Spud sagte schnell: »Ich könnte ihn einladen, zu uns zu kommen. Ich bin sicher, Onkel Matt und Tante Beryl würden sich freuen, ihn bei sich aufzunehmen – das heißt, wenn er zuerst einmal badet.«

»Bei mir ist er ebenfalls willkommen«, fügte Ben hinzu. »Also werden wir ihn fragen. Aber ob er nun mit uns kommt oder nicht – wir müssen Vernon dennoch scharf im Auge behalten. Er wird mit Sicherheit versuchen zu fliehen, bevor wir zu Quints Haus kommen, wo er der Polizei übergeben werden soll.«

Wie ein Stein lag Chris die Erkenntnis im Magen: *Vernon muß heute die Flucht versuchen. Wenn sie ihm gelingt, wird er aber seine Drohung ausführen, und keiner von uns wird seine Familie wiedersehen.*

Als Chris sich abwenden wollte, hielt der alte Ranger sie zurück. »Mir ist da gerade eine Idee gekommen, wie man mit Vernons Drohung umgehen könnte.«

»Was für eine Idee?«

»Sie könnte nicht funktionieren, wenn du davon weißt«, sagte der Mann mit einem schwachen Lächeln.

Ben und Chris gingen zu dem Einsiedler hinüber, der Speck von der Schwarte abschnitt. »Salty«, begann der alte Ranger, »wir haben gerade etwas besprochen. Wir möchten Sie einladen, die Feiertage bei uns zu Hause zu verbringen.«

Chris sah, wie die Augen des Einsiedlers plötzlich feucht wurden. Er senkte seinen Blick und sagte nur: »Ich überlege es mir.«

Nach dem Frühstück eilte die Gesellschaft über den festen Schnee zu dem Kamm oberhalb der Stelle, wo Buster gefangen war. Chris, die zusammen mit Ruby einige Schritte hinter den drei Männern und Spud ging, hörte besorgt, wie Ben Strong keuchend atmete. Als sie aber nach vorne ging, um Ben darauf anzusprechen, blieb Vernon stehen.

»Bärenspuren«, verkündete er.

Die anderen versammelten sich schnell um ihn. Der Einsiedler meinte: »Nach der Größe der Fußabdrücke zu urteilen, muß es ein großer, alter Bär sein.« Er beschattete seine Augen mit einer Hand als Schutz vor der Sonne. »Ich habe euch gesagt, daß so alte Burschen wie dieser hier manchmal an warmen Tagen aus dem Winterschlaf kommen und herumwandern.«

»Wenn er uns riechen könnte«, sagte Ben nachdenklich, »würde er vermutlich davonlaufen. Aber der Wind bläst in die andere Richtung, so daß er nicht weiß, daß wir da sind, es sei denn, er hört uns.«

Der Einsiedler ließ seinen Blick über die Landschaft gleiten und fügte hinzu: »Wir wollen ein wenig Krach machen, damit er uns aus dem Weg geht. Ich bin in den vergangenen Wintern unerwartet auf einige dieser alten Burschen gestoßen, und sie waren immer in einer sehr gemeinen Stimmung.«

Chris ergriff tröstend Rubys Hand, als alle gespannt und aufmerksam weitergingen. Sie sprachen laut miteinander, während sie den Bärenspuren folgten, die anzeigten, daß das Tier stehengeblieben war, um einige Felsbrocken umzuwälzen. Nach einer Weile sahen sie, wie in einen umgefallenen Baumstamm Löcher gerissen worden waren, weil der Bär dort nach Maden gesucht hatte.

Chris' Augen folgten den Bärenspuren, die jetzt nicht mehr nach rechts oder links abwichen. »Schaut einmal«, sagte sie. »Der Bär ist geradeaus gegangen.«

»Er hat vermutlich etwas gerochen«, sagte Salter sinnend. »Er bewegt sich direkt darauf zu.«

»Pferdefleisch«, meinte Vernon kaltlächelnd. »Er hat Ihr totes Pferdes gewittert, Ben. Und jetzt wird er wahrscheinlich gerade dabei sein –«

»Das reicht jetzt!« sagte Ben scharf. »Vernon, Sie gehen hinten, so daß Salter Sie im Auge behalten kann. Ihr Kinder haltet euch auf der Seite. Ich werde nachsehen.«

Der Gewehrhahn klickte, als der alte Ranger eine Patrone in den Gewehrlauf legte. Aber sein Atem ging so stoßweise, daß Chris etwas sagen mußte.

»Bitte, Bruder Ben! Ruhen Sie sich aus, während ich nachschaue.«

»Danke, aber das ist zu gefährlich.«

»Ich werde gehen«, bot Salter an. »Aber zuerst werde ich meine Schrotflinte gegen Ihr Gewehr tauschen.«

Als die Männer die Waffen tauschten, sagte Chris: »Herr Salter, ich würde gerne mit Ihnen gehen.«

Der Mann zögerte und nickte dann. »Bleib aber hinter mir.«

Auch Ruby und Spud wollten mitgehen, doch der Einsiedler schüttelte den Kopf. »Einer ist genug. Komm mit, Chris.«

Die Spuren des Bären führten direkt zu dem Bergkamm. Dort blieben Chris und der Einsiedler stehen und reckten den Hals, um hinunter auf den Schiefer zu sehen. Mit einem schnellen Blick bemerkte Chris, daß Buster noch genauso zwischen dem Felsen und der Bergwand eingekeilt stand wie am Vortag, als sie ihn zuletzt gesehen hatte. Neu waren nur die Spuren des Bäres hinter ihm im Schnee.

Chris flüsterte: »Er bewegt sich nicht. Aber wo ist der Bär?«

Der Einsiedler deutete mit der Hand. »Nachdem er hinter Buster hin- und hergewandert ist, ging der Bär genau dort den Hang hinauf, wo die Klippe beginnt. Siehst du, wo seine Spur die Bärentrauben erreicht? Er dürfte schon länger verschwunden sein.«

Chris nickte. »Ich bin froh, daß er nicht versucht hat, Buster etwas zu tun.« Sie wandte sich um, um erneut nach dem Pferd zu sehen. Es hatte sich nicht bewegt. Sie fragte leise: »Ist er . . . tot?«

»Ich fürchte es.«

Chris verspürte eine schreckliche Traurigkeit. »Armer Buster! Es tut mir so leid. Bruder Ben wird das Herz brechen.«

»Ich kann ihn verstehen«, seufzte Salter. »Ach, wie hasse ich es, schlechte Nachrichten zu überbringen. Komm, gehen wir; wir müssen es ihm doch sagen.«

Als er sich umdrehte, sog Chris ihren Atem scharf ein. »Warten Sie! Es sah so aus, als hätte Buster sich gerade doch bewegt.«

»Das hast du dir bestimmt nur eingebildet.«

Impulsiv meinte Chris: »Ich schaue zur Sicherheit doch schnell nach.«

»Paß aber auf dich auf. Ich warte hier.«

Chris wollte sich keinen falschen Hoffnungen hingeben, aber als sie auf Buster zuging, regte sich dennoch eine leise Hoffnung in ihr.

Plötzlich vernahm sie in den Bärentrauben zu ihrer Rechten ein Geräusch. Nur wenige Zentimeter vom Rand des Abgrundes entfernt blieb sie auf dem engen Pfad stehen. Ihr Herz klopfte heftig, während sie in das Unterholz spähte.

Mit einem zornigen Brüllen sprang ein riesiger Schwarzbär aus dem Busch und kam direkt auf Chris zu!

Kapitel 21

Angstvolle Augenblicke

Chris schrie laut auf, als der Bär auf sie zurannte. Ihre Kehle war wie zugeschnürt. Aufschluchzend wirbelte das Mädchen herum und rannte über den tückischen Schiefer den Pfad wieder bergauf. Chris hörte das angsteinjagende Klicken der Zähne des Bären und seine kurzen, keuchenden Atemzüge. Sie erinnerte sich daran, einmal gelesen oder gehört zu haben, daß ein Bär schneller als ein Pferd sein konnte, wenn auch nur auf einer kurzen Strecke.

Verzweifelt dachte sie: *Morgen ist Weihnachten, aber ich werde nicht da sein, um –*

Ihre Gedanken wurden unterbrochen, als sie auf dem Schnee ausrutschte und zu Boden stürzte. Das geschah so schnell, daß sie kaum ihre behandschuhten Hände ausstrecken konnte, um den Fall aufzuhalten. Gleichzeitig glitten ihre Füße unter ihr fort und sie rutschte zurück auf den Rand der Klippe zu.

Verzweifelt krallte sie ihre Hände in den schneebedeckten Pfad. Aber ihre Versuche, einen Halt zu finden, waren vergeblich. Es war zu spät. Sie spürte, wie ihre Füße über den Rand des Abgrundes rutschten. In diesem Augenblick faßten ihre Hände den Schößling einer Weißtanne. Ruckartig wurde ihr Fall aufgehalten. Verzweifelt klammerte sich das Mädchen fest. Seine Beine baumelten über dem Nichts des gähnenden Abgrundes. Sein Oberkörper lag ausgestreckt auf dem schmalen Pfad. Chris' Augen weiteten sich entsetzt, als sie sah, daß sich der wütende Bär praktisch über ihr befand.

Plötzlich krachte es wie bei einem Gewitter, und Chris erkannte, daß der Einsiedler einen Schuß abgefeuert hatte.

Der Bär blieb wenige Zentimeter vor Chris' Kopf stehen.

Sie schaute ihn ängstlich an. Er erhob sich auf seine Hinterbeine und starrte den Pfad zum Gipfel hinauf. Chris' Augen glitten ebenfalls zu dem Gipfel, wo der Einsiedler im Schnee kniete. Chris hörte, wie der Mann leise schimpfend durchlud: Die Hülse der abgefeuerten Patrone fiel in einem kurzen Bogen aus dem Gewehr, und die zweite Patrone rutschte in die Kammer. Der Einsiedler legte die Waffe an seine Schulter und feuerte erneut.

Der Bär ließ sich auf seine vier Pfoten fallen und rannte von dem hilflosen Mädchen fort. Mit erstaunlicher Geschwindigkeit erklomm er den Hang bei der Klippe und verschwand in den Bärentrauben.

Salter rief: »Halt durch, Chris! Ich komme!« Ohne sich um die Gefahren zu kümmern, die der Schiefer in sich barg, rannte er auf das Mädchen zu.

Chris hielt sich krampfhaft fest, als der Einsiedler die Waffe fallenließ, mit seinen beiden Händen ihre Handgelenke ergriff und heftig daran zog. Sie rutschte über den schneebedeckten Rand in Sicherheit, als Ruby, Spud, Ben und Vernon auf sie zugelaufen kamen.

»Alles in Ordnung?« fragte der Einsiedler atemlos.

Das Mädchen nickte; es konnte nicht sprechen. Es warf einen Blick zu der Stelle, wo der Bär verschwunden war, drehte sich dann um und schaute mit einem Schaudern in den Abgrund, in den sie beinahe gefallen wäre.

Danke, Herr! Vielleicht komme ich doch noch zu Weihnachten nach Hause –

Ihr stilles Gebet brach ab, als sie Vernon erblickte. Es war, als wenn sie seine Gedanken lesen konnte: *Diesmal bist du davongekommen, aber noch hast du es nicht geschafft – weder du noch die anderen.*

»Es tut mir leid, daß ich den alten Bären so nahe an dich heranließ, Chris«, entschuldigte sich der Einsiedler. »Ich bin mit dieser Waffe noch nicht so vertraut, weißt du.«

»Ich bin froh, daß Sie ihn nicht getötet haben.«

»Das hatte ich auch nicht vor«, erklärte Salter. »Ein Bär läuft normalerweise beim Anblick oder bei der Witterung eines Menschen davon. Aber ich nehme an, daß dieser alte Bursche dachte, du würdest seinen Nahrungsvorrat bedrohen.«

»Danke«, sagte Chris. Impulsiv beugte sie sich vor und gab ihrem Retter einen schnellen Kuß auf seinen wilden Bart.

Der Mann wußte vor Verlegenheit weder aus noch ein, aber Chris lenkte schnell die Aufmerksamkeit auf etwas anderes, indem sie mit Ruby, Spud und Ben zu reden begann. Mit Absicht wich sie Vernons drohenden Augen aus.

Nachdem sich die anderen über die Rettung in letzter Minute wieder beruhigt hatten, erklärte Chris, warum sie sich das Pferd genau hatte ansehen wollen. »Ich dachte, ich hätte eine Bewegung wahrgenommen, aber das muß wohl ein Irrtum gewesen sein.« Sie schwieg einen Augenblick und legte ihre Hand auf die des alten Rangers. »Es tut mir so leid.« Die Worte schienen so unpassend, so leer zu sein, obwohl sie sie ernst meinte.

»Mir auch«, erwiderte der alte Ranger leise. »Buster hätte es besser verdient nach allem, was er für mich getan hat –«

Er brach so plötzlich ab, daß Chris dachte, er bekäme keinen Atem mehr. »Was ist los?« fragte sie besorgt.

»Er lebt!« schrie Ben.

»Das gibt es nicht!« knurrte Vernon. »Das ist überhaupt nicht möglich.«

»Pscht!« Auf Chris' Stirn hatten sich scharfe Falten gebildet. Sie wandte sich wieder dem Pferd zu und sah, wie es langsam den Kopf hob. Buster wieherte leise seinem Herrn zu. »Er lebt!« rief Chris froh aus.

»Na und?« fragte Vernon mit einem höhnischen Grinsen. »Es ist zu spät, das Pferd zu retten. Ich habe es euch schon einmal gesagt: Selbst wenn wir es hier herausbekommen, wie weit glaubt ihr, wird es ohne Hufe kommen? Außerdem ist es so schwach, daß es nicht stehen kann. Erschießt das Tier!«

»Halten Sie den Mund!« rief der Einsiedler aus und ging zu dem Pferd hinüber. »Ich schaue es mir näher an, Ben.«

Alle schwiegen, während der Einsiedler das Pferd untersuchte und zurückkam. »Seine Verfassung ist nicht besonders gut, aber wir könnten Buster zu meinem Haus bringen. Ich könnte für ihn sorgen, bis ein Tierarzt hier heraufkommen kann.«

Spud sagte: »Wenn Sie das tun, können Sie Weihnachten nicht mit uns verbringen.«

»Ich freue mich über die Einladung«, antwortete der Einsiedler, »aber ich bin jetzt lange genug mit Menschen zusammen gewesen – selbst wenn sie so nett sind wie ihr. Ich hätte gerne wieder meine Ruhe. Das Pferd wird mir Gesellschaft leisten, falls es nötig ist.«

Ben sagte: »Ihr wollt gewiß alle nach Hause, weil es Heilig Abend ist –«

»Das stimmt!« unterbrach Chris ihn: »Aber welche Erinnerungen hätten wir an dieses Weihnachtsfest, wenn wir Buster hier allein sterben ließen?«

Spud sagte: »Alles, was wir brauchen, ist doch vorhanden: der Seilzug, die Seile, die Krause. Wir müssen nur den Hebel wieder an der richtigen Stelle ansetzen.«

Bens Gesicht zuckte, als wenn er die Tränen zurückhielt. »Seid ihr alle einverstanden?« Alle nickten eifrig, mit Ausnahme von Vernon. »Dann gehen wir alle auf unsere Plätze.«

Chris spürte sowohl Erleichterung wie Sorge, als sie Busters Führungsseil ergriff. Sie sah, wie Ben die geliehene Waffe sorgfältig neben dem Sattel und dem Zaum gegen die Klippe lehnte. Chris' Blick flog zu Vernon, dessen Augen sich verengten, als er die Waffe erblickte.

Aber Chris war beruhigt, als Salter sein Gewehr an die Weißtanne lehnte, an der der Seilzug befestigt war. Er konnte sie leicht erreichen, bevor Vernon das Gewehr in seinen Besitz bringen konnte. Befriedigt richtete Chris ihre Aufmerksamkeit auf den letzten Rettungsversuch.

Wie zuvor hielt Chris' Führungsseil Busters Kopf hoch und lenkte ihn zu der Klippe hin. Die Seilkrause verlief von dem Nacken des Pferdes nach hinten zu der Weißtanne, wo Ben und Ruby warteten. Spud, Salter und Vernon standen mit dem Rücken zum Abgrund gewandt. Knapp dreißig Zentimeter trennten sie von der Tiefe. Die Hände und Füße des Gefangenen waren losgebunden worden, so daß er mithelfen konnte, den Hebel hochzustemmen.

Chris biß sich nervös auf die Lippen, als sie daran dachte, daß der Hebel beim ersten Versuch abgeglitten war und Spud, Ben und Vernon aus dem Gleichgewicht geworfen hatte. Chris erschauderte, als sie wieder deutlich vor sich sah, wie die drei beinahe in den Abgrund gerutscht waren.

Ben rief von der Weißtanne herüber: »Zählen Sie, Salty.«

Der alte Einsiedler nickte und lehnte sein Gewicht auf den Hebel. »Sind wir soweit fertig?« Als alle die Frage bejahten, rief er: »Bei drei!«

Chris' behandschuhte Finger umgriffen Busters Führungsseil noch fester, während sie ein Stoßgebet zum Himmel schickte.

». . . drei!« rief der Einsiedler. »Jetzt!«

Chris bemerkte, wie sie sich innerlich anspannte, als wollte sie ihr Gewicht dem der Männer und des Jungen hinzufügen, als diese mit ihrer ganzen Kraft den Hebel hinunterdrückten.

Einen langen Augenblick lang schien nichts zu geschehen. Dann stieß Chris einen wilden Schrei aus: »Es funktioniert!«

Von der Weißtanne rief Ruby zufrieden: »Na, und wie! Buster wird einfach hochgehoben!«

»Hilf mir, an diesem Seil zu ziehen!« befahl Ben. »Wenn wir das Seil nicht straff genug anziehen, sinkt Buster wieder zurück.«

Chris sah, wie Ruby schnell gehorchte – das doppelte Seil glitt durch den Seilzug, bis es nicht mehr weiterging.

Ruby rief enttäuscht: »Wir haben nur drei Zentimeter geschafft!«

»Aber so weit sind wir beim ersten Mal gar nicht gekommen!« rief Chris zurück und spürte eine Welle der Aufregung. Laut sagte sie: »Herr Salter! Es funktioniert! Buster hat sich etwas in die Höhe bewegt, und der Seilzug bewahrt ihn vor dem Zurückgleiten!«

»Dann wollen wir weitermachen!« antwortete der Einsiedler.

Langsam und mühselig ging es weiter, während die Sonne höher stieg und den Schnee auf dem bereits schlüpfrigen Felsvorsprung schmolz. Das Pferd war zu schwach, um zu kämpfen oder ein Geräusch von sich zu geben, während der Hebel es Stück um Stück anhob.

Während Chris den unglaublich langsamen Vorgang beobachtete, dachte sie nach einer Weile mit zunehmender Sorge: *Was ist, wenn Buster in den Abgrund stürzt, wenn er rückwärts rollt? Was ist – Ach, hör doch auf!* schalt sie mit sich selbst. *Denk an etwas anderes. Denk daran, daß wir heute nachmittag wieder ins Tal hinabsteigen. Denk an das Weihnachtsfest, das du zusammen mit deiner Familie feiern wirst, auch wenn diese von Lone River fortgezogen ist.*

Salters Stimme unterbrach ihre Träumerei. »Buster ist jetzt so hoch, daß er einen Winkel von fünfundvierzig Grad bildet, Ben. Ich weiß, daß an dem Seilzug ein ziemliches Gewicht hängt, aber wenn er hält, haben wir es beim nächsten Mal geschafft.«

Chris' Aufmerksamkeit richtete sich wieder auf Buster. Seine vorderen Flanken ragten über den Felsen, der ihn festhielt. Seine Beine baumelten herunter. Er schien auf seine Hinterbeine zurückzusinken.

Ben rief: »Chris, du brauchst das Führungsseil nicht mehr zu halten. Wir können deine Hilfe hier am Seilzug gebrauchen, damit wir Buster so vorsichtig wie möglich nach hinten rollen lassen können. Salty, ihr drei solltet den Hebel besser noch einmal neu ansetzen, so daß ihr ihn unmittelbar unter Busters Bauch hochstemmt anstatt schräg von unten.«

Als Chris zu Ben Strong hinaufkletterte, hörte sie, wie Vernon ärgerlich sagte: »Das bedeutet, daß wir direkt am Rand des Felsblockes stehen müssen! Ein Fehltritt, und wir fallen alle in den Abgrund, wie es beinahe schon einmal geschehen wäre.«

»Wir haben keine andere Möglichkeit«, erwiderte der Einsiedler gleichmütig.

»Ich mache nicht mehr mit!« schrie Vernon.

»Dann fliegen Sie jetzt sofort in die Tiefe!« rief Salter und ergriff Vernon bei beiden Armen.

»Schon gut! Schon gut!« schrie Vernon. »Ich mache weiter!«

Chris seufzte erleichtert auf, als der Einsiedler winkte und zu ihr, Ruby und dem alten Ranger hinübergrinste. *Herr Salter hat geblufft!* entschied sie.

Nachdem sie den Hebel neu angesetzt hatten, beugten sich Spud, Salter und Vernon auf dem Felsblock über den Stamm.

Der Einsiedler sagte: »Ich denke, daß wir es gleich geschafft haben. Seid ihr fertig?«

Chris beobachtete gespannt die dramatische Szene unter ihr. Gemeinsam mit Spud, dem Einsiedler und Vernon spannte sie all ihre Kräfte an, als die Männer den Hebel kräftig herunterdrückten.

»Er kommt heraus!« rief Chris, als das Seil in ihrer Hand erschlaffte. »Er macht eine Rückwärtsrolle! O Herr, laß ihn nicht über den Rand stürzen!«

Einen Augenblick lang schien Buster auf den Abgrund zuzugleiten. Dann landete er mit seinen Hinterbeinen auf dem schmalen Pfad und stand näher an der Klippe als an dem Rand des Abgrundes.

Ein lautes Freudengeschrei ertönte über die Berge, als sich alle um das erschöpfte Pferd versammelten. Mit einiger Anstrengung rollte es sich auf die Seite und hielt seinen Kopf hoch, gab jedoch keinen Laut von sich.

Chris' Augen füllten sich mit Tränen. Alle befanden sich in

Sicherheit, auch Buster. Der prächtige alte Wallach, der viele Jahre zuvor Bens Leben gerettet hatte, hatte jetzt die Gefahren, die ihm – nur wenige Zentimeter von einem Abgrund entfernt und eingezwängt zwischen eine Bergwand und einen Felsbrocken – von einem Berglöwen, einem Bären, einem Schneesturm sowie von Kälte, Schmerz, Hunger und Durst gedroht hatten, überlebt. Jetzt war er frei!

Ben atmete schwer. Zwischen zwei Atemzügen stieß er hervor: »Das Schlimmste ist überstanden. Jetzt müssen wir ihm auf die Beine helfen und ihn zu Ihrer Hütte bringen, Salty.«

»Keiner bewegt sich!«

Vernons schroffe Stimme ließ Chris und die anderen herumfahren.

In der allgemeinen Aufregung hatte sich der Mann auf die Seite geschlichen und das Gewehr ergriffen. »Ihr geht alle zum Rand der Klippe hinüber! Los, bewegt euch!«

Kapitel 22

Das unvergeßliche Geschenk

Chris' Augen weiteten sich vor Schrecken, als Vernon seinen Befehl wiederholte. »Ihr geht alle zu der Klippe hinüber!«

Niemand bewegte sich. Wie Chris schienen sie alle vor Entsetzen gelähmt zu sein.

Chris dachte, *Jetzt haben wir Busters Leben gerettet und werden das unsrige verlieren. Das Weihnachtsfest mit unseren Angehörigen daheim können wir wohl auch vergessen!*

»Wir tun lieber, was er sagt«, drang die Stimme des Einsiedlers in das Gewirr von Chris' Gedanken. Salter machte einen schnellen Schritt weg von dem Pferd hinüber zu dem Rand der Klippe.

»Beeilt euch!« donnerte Vernon. »Bewegt euch! Bewegt euch!«

Schweigend schloß sich Chris den anderen an und stellte sich an den gähnenden Abgrund am Rande des Pfades.

Sie konnte das, was geschah, nicht fassen. *Es muß doch einen Ausweg geben –*

Ihre verzweifelten Gedanken wurden von Vernon unterbrochen. »Das ist besser. Nun, alter Mann, wir haben noch ein Hühnchen miteinander zu rupfen.«

Chris war überrascht, wie ruhig Ben erschien. »Das gilt für Sie und mich, Vernon. Die anderen haben nichts damit zu tun; also lassen Sie sie gehen.«

»Sie wissen, daß das nicht möglich ist.«

Der Einsiedler rief: »Was für ein Mensch sind Sie nur, Vernon? Sie können doch diesen Kindern nichts tun! Ihr ganzes Leben liegt noch vor ihnen. Lassen Sie sie gehen!«

Vernon schüttelte den Kopf. »Sie sind alt genug, um als Zeugen vor Gericht aufzutreten. Nun, Ben, da Sie dies alles begonnen haben, dürfen Sie auch alles bis zum Schluß verfolgen. Sie werden der Letzte sein. Mit wem soll ich beginnen?«

Bens weiche Stimme schien unbeeindruckt. »Ich bin froh, daß Salty gefragt hat, was für ein Mensch Sie sind, denn das habe ich mich all die Jahre gefragt. Ich hatte gehofft, Sie hätten sich geändert, aber das ist nicht der Fall.«

»Schluß jetzt mit dem Gerede!« Vernons Lippen zogen sich verächtlich zusammen. »Bringen wir die Sache hinter uns.«

Ruby stöhnte: »Oh, ich kann nicht glauben, was hier geschieht!«

Chris streckte ihre Hand aus und zog ihre Cousine an sich, sagte jedoch nichts. *Was könnte ich sagen?* fragte sich das Mädchen verzweifelt. *Alles, was mir noch vor einigen Tagen wichtig war, ist bedeutungslos geworden. Es ist unwichtig, ob meine Familie von Lone River fortgezogen ist oder ob ich ein Geschenk für Molly habe, das ich in die rote Schachtel legen kann. Nicht einmal der Wunsch nach einem »bleibenden Zuhause« ist noch wichtig. Alleine das Leben zählt noch.*

Spud berührte Chris' Hand und drückte sie dann leicht. Die kurze Geste berührte Chris so tief, daß sie plötzlich am liebsten geweint hätte. *O Spud! Du wirst niemals wissen, wie wichtig du für mich bist!* dachte sie. An einem so herrlichen Tag wie heute sollte man leben und glücklich sein und nicht so etwas Schlimmes erleben.

Chris' Lippen bewegten sich. *Herr, ich wollte meinen eigenen Weg gehen. Ich wollte nicht fortziehen. Aber das war falsch. Nicht mein, sondern dein Wille –*

Ihr Gebet blieb unvollendet, als ihr ein Vers in den Sinn kam, den sie in der Sonntagsschule gelernt hatte. *Sorget nichts, sondern in allen Dingen lasset eure Bitten im Gebet und Flehen mit Danksagung vor Gott kundwerden!*

Leben! dachte sie. *Egal, wo!* Sie öffnete die Augen, als Vernon das Gewehr entsicherte.

Der alte Ranger räusperte sich. »O Vernon, möchten Sie vielleicht diese hier?«

Chris blinzelte, als Ben seine geschlossene rechte Hand vorstreckte, sie dann langsam umdrehte und seine Finger öffnete. Drei Messingpatronen spiegelten sich im Licht der Morgensonne.

Chris rang nach Atem, als sie erkannte, was das bedeutete.

»Salty«, sagte Ben in seinem langsamen, weichen Tonfall. »Nehmen Sie ganz schnell Ihre Waffe. Vernon, ich nehme Ihnen dieses Gewehr ab, denn es ist nicht geladen und daher nutzlos für Sie.«

Vernon zog an dem Abzug, aber es war nur ein metallisches Klicken zu hören.

Der Einsiedler lachte schallend und nahm sein Gewehr auf. »Vernon, Sie waren nur ein zahnloser Tiger. Nur wußten Sie es nicht!«

Der alte Ranger ging hinüber und nahm dem verblüfften Mann die Waffe ab.

Ben erklärte: »In der Hütte warnte mich Chris, daß Vernon gedroht hatte, uns allen etwas anzutun. Nachdem Salty den Bären abgewehrt hatte und wir die Waffen wieder tauschten, wandte ich mich ab, damit niemand sehen konnte, daß ich mein Gewehr entlud. Ich stellte es so ab, daß Vernon es problemlos ergreifen konnte. Es tut mir leid, daß ihr alle solche Angst haben mußtet, aber ich denke, daß uns Vernon jetzt keinen Ärger mehr macht.«

Der Einsiedler sagte fröhlich: »Na, dann wollen wir Buster jetzt auf die Beine stellen und zu meinem Haus bringen. Und dann macht ihr euch lieber auf den Weg, wenn ihr Weihnachten zu Hause sein wollt.«

Mit etwas Mühe gelang es, den Wallach aufzurichten. Von allen Seiten gestützt, wurde Buster mit vereinten Kräften langsam zu der Hütte des Einsiedlers geführt, wo Wasser und Nahrung auf ihn warteten und seine Wunden versorgt wurden.

Nachdem Buster in einer von Salters leeren Scheunen untergebracht worden war, schaute Chris dem Einsiedler ernst in die Augen. »Herr Salter, ich hoffe, daß Sie uns eines Tages besuchen.«

Der Mann lächelte durch seinen wilden Bart hindurch. »Vielleicht tue ich das, wenn es Buster wieder gutgeht und Ben kommt, um ihn zu seinem Freund zu bringen.«

»Glauben Sie, daß Buster wieder gesund wird?«

»Da bin ich ganz sicher.« Der Einsiedler nahm einen von Chris' Zöpfen und zog leicht daran. »Wirst du sie jemals abschneiden?«

»Ja. Wenn ich heimkomme, wo das auch sein wird, dann werde ich sie abschneiden.«

»Gut! In dem Augenblick, als ich dich sah, dachte ich, daß du zu alt seist für Zöpfe. Sie passen zu kleinen Mädchen, aber du wirst erwachsen.«

»Glauben Sie?«

»Da bin ich mir ganz sicher.«

»Danke. Vielleicht ist das, was in den letzten Tagen geschah, deswegen geschehen, damit ich Dinge erkenne, die ich zuvor nicht gesehen habe. Ich weiß jetzt, daß Leben tatsächlich Veränderung bedeutet. Menschen und Tiere sterben. Väter bekommen einen anderen Job, und Kinder wechseln die Schule. Menschen – wie meine Familie – ziehen fort von denen, die sie lieben.«

»Du wirst neue Freunde finden«, versicherte ihr der Einsiedler.

Chris lächelte ihn an. »Ja, Freunde wie Sie!«

Der Mann lächelte zurück. »Danke. Man muß die richtige Einstellung gegenüber den Veränderungen haben. Ein Mensch kann auch falsch auf Veränderungen reagieren. Das habe ich vor langer Zeit getan und bin so in dieser Hütte hier gelandet.«

Er schwieg einen Augenblick und fügte dann mit einem Grinsen hinzu: »Oh, was die Ratte betrifft: Ich habe euch nur beschwindelt. Adele ist schon vor langer Zeit ausgezogen, aber ich habe ihr Nest nie fortgeräumt. Es tut mir leid, daß ich euch Mädchen angst gemacht habe mit meiner erfundenen Geschichte.«

Chris lächelte und verabschiedete sich. Dann machten sie sich auf den Weg ins Tal.

In der nächsten halben Stunde kamen sie gut voran, bis Chris bemerkte, daß der alte Ranger Schwierigkeiten beim Atmen hatte. Sie sagte, daß sie Rast machen müsse, und so blieben alle stehen.

Ruby, die auf einem umgestürzten Baumstamm saß, sagte: »Ben, Sie haben uns niemals erzählt, wie Buster Ihnen das Leben rettete.«

Chris warf ihrer Cousine einen warnenden Blick zu, weil das Thema recht heikel war, aber der alte Ranger schien das nicht mehr so zu empfinden.

Er sagte nachdenklich: »Ich bin sehr froh bei dem Gedanken, daß Buster leben wird und daß wir Vernon den Behörden bald übergeben können. Das wischt den Schandfleck von meiner Karriere als Ranger. Jetzt macht es mir nichts mehr aus, darüber zu sprechen, was damals geschah.«

Vernon hob seine gefesselten Handgelenke und knurrte: »Erzählen Sie lieber keine Märchen.«

»Sie können mich korrigieren, wenn ich Falsches berichte, Vernon«, antwortete Ben. Er wandte sich um, um Chris, Ruby und Spud anzuschauen. »Nun, wie ich euch drei bereits erzählt habe, hatte ich Vernon tief im texanischen Buschland festgenommen.

Wir machten uns auf den Rückweg zum Hauptquartier. Ich ritt Buster. Vernon, Sie waren auf das Pferd gebunden, das meinem Vater gehört hatte. Dann machte ich einen Fehler.«

Vernon lachte häßlich. »Das machten Sie allerdings! Sie banden mir die Hände los, als ich Ihnen sagte, daß ich mich mit gefesselten Händen nicht auf dem Pferd würde halten können, wenn wir durch ein Gebiet mit vielen Klapperschlangen ritten. Wenn mein Pferd sich erschrecken würde, würde ich abgeworfen und wahrscheinlich selber gebissen. Deswegen nahmen Sie mir die Handschellen ab, und dann nutzte ich meine Gelegenheit.

Als Sie zurücktraten mit den Handschellen, trieb ich meine Sporen in das Pferd und schrie wie ein Apache. Sie versuchten, aus dem Weg zu springen, aber die Brust meines Pferdes erwischte Sie, und Sie gingen schwer zu Boden.«

»Sie hatten mich überrascht«, gab Ben bedauernd zu.

»Und wie«, pflichtete ihm der Gefangene bei. »Während Sie dort lagen, ergriff ich Ihr Gewehr und Ihre Pistole und ritt davon. Ich nahm nicht an, daß Sie so dumm sein würden, zu versuchen, mir ohne Waffen zu folgen.«

»Sie kannten uns Ranger nicht«, erwiderte Ben in seinem langsamen, weichen Tonfall.

Chris drängte: »Was geschah dann?«

»Als ich wieder zu mir kam«, erklärte Ben, »holte ich einen Revolver zum Vorschein, den ich in meinem zusammengerollten Bettzeug verborgen hatte. Dann sprang ich auf Buster und folgte den Spuren von Vernons Pferd.«

Vernon rümpfte die Nase. »Sie hatten sicher angenommen, daß ich mich beeilen würde, und normalerweise hätte ich das auch getan. Aber ich begann mir Sorgen zu machen, weil ich Sie lebend zurückgelassen hatte. Daher wandte ich mich um, hörte Sie kommen und wartete einfach.«

»Sie legten mir einen Hinterhalt, während ich mit meinen Augen den Spuren folgte«, gab Ben traurig zu.

»Ich dachte, ich hätte Sie endgültig mit Ihrem eigenen Gewehr zu Boden gestreckt«, sagte Vernon bitter. »Sie fielen aus dem Sattel, als ob Sie von einem Schlachtbeil getroffen worden wären. Als Sie sich nicht bewegten, ritt ich weiter, denn ich glaubte, daß Sie erledigt wären. Aber das war ein Irrtum, denn sonst hätten Sie mich nach so vielen Jahren nicht erwischt.«

»Wir Ranger werfen lange Schatten«, antwortete Ben.

Ruby fragte: »Aber wie rettete Buster Ihnen das Leben, Bruder Ben?«

Der Mann holte lang und schnaufend Atem, bevor er antwortete. »Die Kugel brach mir das Schlüsselbein. Ich wußte, daß ich sterben würde, wenn ich keine Hilfe bekam. Aber soweit mir bekannt war, befand sich in einem Umkreis von hundertfünfzig Kilometern kein einziges Haus.

Glücklicherweise geriet Buster niemals in Panik, und deswegen rannte er nicht davon, als ich aus dem Sattel geschossen worden war. Mit nur einer Hand und einer wie verrückt schmerzenden Schulter gelang es mir irgendwie, mich selbst an den Steigbügeln hochzuziehen, und schließlich schaffte ich es, auf Busters Rücken zu klettern.

Aber ich war so schwach, daß ich nicht aufrecht sitzen konnte. So lockerte ich die Zügel, gab Buster den Kopf frei, ergriff das Sattelhorn mit meiner gesunden Hand und lag über Busters Nacken. Ich fiel immer wieder in Ohnmacht, während er ging, aber ich war so zornig über das, was Vernon meinem Vater angetan hatte und was ich mir hatte zustoßen lassen, daß es mir irgendwie gelang, mich festzuhalten.

Schließlich hörte ich Stimmen und spürte Hände, die mir aus dem Sattel halfen. Ich öffnete meine Augen und sah, daß wir uns auf einer Lichtung bei einer kleinen Hütte an einem kleinen Bach befanden. Buster trank daraus, nachdem der junge Mann und seine Frau, die dort lebten, mir aus dem Sattel geholfen hatten. Sie brachten mich in die Hütte, versorgten mich, so gut sie konnten, legten mich dann auf einen flachen Wagen und brachten mich zum nächsten Arzt.«

Ben machte eine Pause und fügte dann hinzu: »Ich habe niemals herausgefunden, wie es Buster gelungen ist, die einzigen Menschen zu finden, die in der Nähe des Hinterhaltes lebten.«

Vernon rief aus: »Das ist einfach! Das Pferd muß das Wasser gerochen haben, und es war so durstig, daß es direkt dorthin geritten ist. Sie haben einfach Glück gehabt, daß dort Menschen lebten.«

Der alte Ranger nickte und stand auf. »Das könnte möglich sein, aber ich denke auch, daß Gott für mich sorgte. Aber wie auch immer – wäre Buster nicht gewesen, wäre ich jetzt tot.«

»Und nun«, sagte Chris leise, »hat er sein Leben Ihnen zu verdanken.«

Alle schwiegen, als sie weiter den Berg hinabstiegen zum Haus der Armstrongs.

Am späten Nachmittag des Heiligen Abends erreichten Chris, Ruby, Spud und Ben mit dem gefesselten Vernon das Anwesen der Armstrongs. Sie wurden von Quint und Martha mit offenen Armen empfangen. Die Hilfssherrifs wurden gerufen, und sie kamen sofort, um Vernon in Gewahrsam zu nehmen.

Spud rief seinen Onkel Matt in Lone River an, um ihm zu berichten, was geschehen war. Nachdem er aufgelegt hatte, wandte er sich an Chris und grinste glücklich. »Phantastische Neuigkeiten! Onkel Matt sagt, daß deine Eltern so bestürzt waren über dein Verschwinden, daß sie noch nicht nach Flatsville gezogen sind. Sie sagten, daß sie das nicht tun könnten, bevor sie nicht wüßten, daß es dir gutgehe. Onkel Matt sagte, daß er dafür sorgen wird, daß deine Familie in Bens Haus ist, wenn wir dort eintreffen. Rubys Vater wird ebenfalls dort sein.«

Nach dem Genuß heißer Getränke und warmer Brötchen war der Augenblick des Abschieds gekommen, und die Aufbrechenden wünschten den Armstrongs ein frohes Weihnachtsfest. Chris war so glücklich über die Aussicht, ihre Familie zu sehen und Weihnachten in Lone River zu verbringen, daß sie auf der Rückfahrt ins Tal fröhliche Weihnachtslieder anstimmte, in die die anderen einfielen.

Es war beinahe Mitternacht, als Ben den Packard auf seiner Ranch zum Stehen brachte. Chris' Familie, ihr Onkel und die Angehörigen des Bankiers, gefolgt von Unfug, Chris' zahmer

Waschbärin, kamen herbeigeeilt, um die Ankömmlinge zu begrüßen. Rubys Gesicht strahlte, als Glenn Masters aus dem Wagen der Farnhams stieg und sie scheu anlächelte.

Als Bens Haus später mit Lachen und Singen erfüllt war, schlüpfte Ruby aus den Armen ihres Vaters. Sie bedeutete Chris, mit ihr zu kommen. Mit glänzenden Augen schaute Ruby zu der Stelle, wo Glenn sich mit Spud unterhielt.

Ruby flüsterte: »Es ist der Mühe wert zu lernen, wie man ein einwandfreies Englisch spricht. Ist Glenn nicht einzigartig?«

Chris lachte und umarmte ihre Cousine. »Wenn du es sagst, aber für mich ist Spud das.«

Elizabeth näherte sich den Cousinen. »Zu Hause gibt es einen Weihnachtsbaum, geschmückt mit Ketten aus Popcorn, Preiselbeeren und bunten Papierschlangen. Und es gibt einen Korb mit Lebensmitteln. Die Gemeinde hat ihn heute morgen gebracht. Zuerst war Vatis Stolz verletzt, weil er nicht so für uns sorgen kann, wie er es gerne möchte. Aber Molly hat ihm etwas zugeflüstert, und dann hat er sich nett und höflich bedankt.«

Elizabeths Worte erinnerten Chris an das Geschenk, das sie nicht für Molly hatte kaufen können. Chris konnte niemandem sagen, daß sie vorgehabt hatte, etwas für den Dollar zu kaufen, den sie ihrem Vater geliehen hatte und den dieser ihr nicht hatte zurückgeben können.

Es war in den frühen Morgenstunden, als die schläfrige Familie von Bens Ranch nach Hause kam. Chris schlüpfte in die Scheune und holte die rote Schachtel hervor, die sie dort versteckt hatte. Weil Chris kein schönes Band besaß, befestigte sie den Deckel mit einem Stück Bindfaden.

Sie lag noch eine Weile wach und überlegte verzweifelt, ob es nicht irgend etwas gab, das sie in die Schachtel legen konnte. Aber ihr fiel nichts ein.

Als die Kinder der Corrigans am Morgen um den kleinen Weihnachtsbaum standen, erhielten die fünf jüngeren eine

Orange, einige harte Bonbons und ein kleines, preiswertes Spielzeug, das Molly seit Monaten versteckt gehalten hatte. Chris bekam ein einfaches weißes Taschentuch. Und doch war es das einzige Weihnachtsgeschenk, an das sich das Mädchen sein Leben lang erinnern sollte.

Nachdem alle Geschenke ausgepackt waren, griff Chris nach der leeren Schachtel. »Hier«, sagte sie verlegen und reichte sie ihrer Stiefmutter. »Das ist für dich.«

Chris' vier jüngere Schwestern drängten sich um Molly, als diese sorgfältig den Deckel öffnete. Chris wollte sagen: »Ich werde dir später etwas geben –«, aber Iola spähte in die Schachtel und rief: »Sie ist leer!«

Molly streckte ihren Arm aus und umarmte die Fünfjährige. »O nein, das ist sie nicht, Iola. Ich kann etwas darin sehen.«

Iola, Sarah, Martha und selbst Elizabeth beugten sich schnell über die Schachtel, um zu sehen, was ihnen entgangen war.

»Ja«, erklärte Molly und schaute Chris mit glänzenden Augen an. »Sie ist gefüllt mit Liebe.«

Molly und ihre Stieftöchter wollten gerade das Weihnachtsessen vorbereiten, als Bens großer Packard vorfuhr. Chris rannte nach draußen, um einen Augenblick mit dem alten Ranger allein zu sein.

»Bruder Ben«, begann sie atemlos, »ich habe den Frieden Gottes gefunden, von dem der Pastor sprach. Ich kann nach Flatsville oder an einen anderen Ort ziehen, weil ich weiß, daß es nicht wichtig ist, wo ich jetzt bin, sondern wohin ich gehe.«

»Da bin ich aber froh, Chris«, erwiderte der Mann.

Chris fuhr hastig fort: »Ich werde immer schöne Erinnerungen an meine Freunde haben und an die wunderbaren Stunden, die wir zusammen verbrachten. Und ich hoffe ganz fest, daß wir uns wiedersehen. Und irgendwann werde ich mit

Gottes Hilfe Lehrerin und bekomme das ›bleibende Zuhause‹, das ich mir für meine Familie und mich wünsche.«

Der alte Ranger nickte. »Durch den Glauben an Gott ist es möglich, sich allen Veränderungen im Leben zu stellen. Vergiß das nie.«

Chris wollte noch mehr sagen, aber ihre Angehörigen kamen heran und baten ihren Gast ins Haus.

»Vielen Dank, aber ich bleibe nicht lange«, sagte Ben. »Dennoch werde ich einen Augenblick hereinkommen.«

Nachdem sich Ben im Wohnzimmer gesetzt hatte, erklärte er: »Ich wollte Ihnen berichten, daß ich heute einige Telefonate geführt habe. Das erste war mit einem Rancher, der in meiner Nähe wohnt. Er rief an, um zu sagen, daß einige seiner Cowboys unerwartet gekündigt hätten, und ob ich nicht jemanden wisse, der kurzfristig einspringen könnte. Joe, ich habe ihm gesagt, daß Sie ihn morgen früh sofort aufsuchen werden.«

Chris jauchzte vor Freude, aber der alte Ranger hielt seine Hand hoch. »Warte, ich habe euch noch nicht von den anderen Telefonaten berichtet. Als mich mein Sohn und meine Tochter anriefen, um mir ein frohes Weihnachtsfest zu wünschen, habe ich ihnen alles erzählt, was sich in letzter Zeit ereignet hat. Ich hatte ihnen erst später sagen wollen, wie es um meine Gesundheit bestellt ist, weil ich ihre Feiertage nicht verderben wollte. Aber nach allem, was in den letzten Tagen geschehen ist, habe ich meine Meinung geändert.

Ich sagte meinen Kindern, daß ich so gerührt war von dem Beispiel meines Pferdes, das nicht sterben wollte, daß ich beschlossen habe, gegen den Krebs zu kämpfen und so lange wie möglich zu leben. Auf diese Weise werde ich in der Lage sein, mich an meinen Angehörigen und meinen Freunden zu freuen. Auch kann ich hin und wieder Quint und Martha sowie Buster und Salty besuchen. Nun, meine Kinder werden mich besuchen, sobald sie können, und sie bringen all meine Enkelkinder mit!«

»O Bruder Ben!« sagte Chris gerührt. »Ich freue mich so für Sie!«

»Aber da ist noch etwas«, fuhr der Mann in seinem weichen Tonfall fort. »Meine Kinder haben gesagt, daß sie dort glücklich sind, wo sie jetzt leben, und daß es ihnen finanziell recht gutgeht. Deswegen wollen sie meine Ranch nicht übernehmen, obwohl ich beschlossen hatte, eine kleinere Wohnung in der Stadt zu nehmen. Sie sagten, daß ich meine Ranch anderweitig verwenden solle. Und jetzt möchte ich euch anbieten, dort mietfrei zu wohnen, bis alle sechs Kinder ihre Schulausbildung abgeschlossen haben.« Er schaute Chris an. »Du kannst deine Waschbärin behalten, einen Garten anlegen, eine Milchkuh halten –«

Chris' Keuchen und Mollys unterdrücktes Schluchzen ließen den alten Ranger kurz innehalten, doch dann fuhr er fort: »Es ist zwar kein ›bleibendes Zuhause‹, aber es ist zumindest ein Ort, an dem man Wurzeln schlagen kann. Was sagt ihr dazu?«

Chris jauchzte und stürzte zusammen mit den anderen auf den alten Ranger zu, um ihn zu umarmen. Gleichzeitig kamen ihr die vertrauten Worte in den Sinn: *Sorget nichts, sondern in allen Dingen lasset eure Bitten im Gebet und Flehen mit Danksagung vor Gott kundwerden! Und der Friede Gottes, welcher höher ist als alle Vernunft, bewahre eure Herzen und Sinne in Christus Jesus!* Laut flüsterte Chris: »Es wird nicht nur ein wunderschönes Weihnachtsfest und ein herrliches neues Jahr; es wird auch ein wunderschönes Leben!«

Und das wurde es – für Chris, ihre Familie, Ruby, Spud und all ihre Freunde.

Lee Roddy
Von der Abenteuer-Serie sind inzwischen acht Bände erschienen. Den neunten Band hast du in Händen. Sicher hat dich diese Story fasziniert und du möchtest auch die vorhergehenden Bände lesen.

Band 1
Zwei auf der Flucht
176 Seiten, Bestell-Nr. 56129

Band 2
Die verzweifelte Suche
208 Seiten, Bestell-Nr. 56133

Band 3
Gefahr am Donnerberg
220 Seiten, Bestell-Nr. 56135

Band 4
Das Versteck in der Höhle
224 Seiten, Bestell-Nr. 056137

Band 5
Die Feuerfalle
216 Seiten, Bestell-Nr. 056140

Band 6
Terror zwischen Himmel und Erde
216 Seiten, Bestell-Nr. 056142

Band 7
Das Geheimnis des verschwundenen Goldes
224 Seiten, Bestell-Nr. 056144

Band 8
Die Goldzugräuber
208 Seiten, Bestell-Nr. 056145